ラルーナ文庫

仁義なき嫁　遠雷編

高月紅葉

三交社

CONTENTS

仁義なき嫁　遠雷編 …… 5
イン・ザ・ミラー …… 385
あとがき …… 396

Illustration

高峰 顕

仁義なき嫁　遠雷編

本作品はフィクションです。
実際の人物・団体・事件などにはいっさい関係ありません。

1

寒さの中に明かりが灯《とも》るような、静謐《せいひつ》な香りの梅花が咲き終わり、春を呼ぶ、なごり雪が降った。そのあとで、大滝組《おおたきぐみ》・組屋敷のあちらこちらの庭土《にわつち》に、あざやかな椿《つばき》が落ちる。

三寒四温で変わっていく季節の合間にも、周平《しゅうへい》の娶《めと》った男嫁は、ひっそりと清楚《せいそ》だ。触れた場所から艶《つや》っぽく色づいていく雰囲気があり、たおやかなのにどぎつい。

組屋敷の敷地内に建つ離れへ帰り着いた周平は、着替えをするより先に寝室を覗《のぞ》く。白いカバーをかけた羽毛布団がこんもりと盛りあがっていた。頭までこっぽりとくるまった佐和紀《さわき》は、枕《まくら》にあごを乗せてタブレットを見ている。

指先がせわしなく画面を押さえる。パズルゲームの真っ最中だ。

「おかえりぃ～」

視線はちらっと数秒向けられ、あっけなくはずされる。

「シャワーを浴びてくる」

仕事帰りの周平は、寝室の襖《ふすま》を静かに閉じた。

結婚も五年目を迎え、夫婦仲は安定の極致だ。見えないしっぽを振って駆け寄ってきた頃が懐かしい。

ウォークインクローゼット代わりにしている自室へ入り、ジャケットを脱いでネクタイを首から抜いた。腕時計をトレイへ置く。

人の気配を感じて振り向くと、出入り口のドア枠に摑《つか》まった佐和紀が、ひょっこりと顔を見せていた。フランネル生地のパジャマに引っかけているのは周平のローブだ。裾《すそ》がひらりと揺れる。

「こっちへ来いよ。ほら」

カフスボタンを取ってから、両手を広げる。佐和紀は不満げにくちびるを尖《とが》らせた。

「酒の匂《にお》いがする。昨日も遅かったのに」

これでも今年で三十二歳になる男だ。なのに、顔のつくりの繊細な美しさを差し引いても、幼いほどの愛らしさが感じられる。まるで小さな子猫のようだ。

「そうだったかな？」

周平がおとなしく手を引っ込めると、佐和紀の眉《まゆ》が吊《つ》りあがった。片頬《かたほお》がぷくっと膨れる。素直に抱かれたらいいものを、どうやら機嫌が悪いらしい。

周平のローブを着ても寒くて、布団にくるまっていたのだろう。寒いのも寂しいのも、すべておまえのせいだと言わんばかりの目に見据えられ、周平はあきれるどころか嬉《うれ》しくなって肩をすくめた。

ゆっくりと近づいて、身を屈《かが》める。

「ただいま、佐和紀。キスをさせてくれないか」

今度はそっと指先を伸ばしたが、佐和紀は「がうッ」と犬の吠《ほ》え真似《まね》をしながら眉根を引き絞る。

「じゃあ、抱っこにしよう」

「なんだよ、勝手なこと言うなよ」

伸ばした手を振り払う佐和紀を抱き寄せ、部屋に引きずり込んだ。壁まで追いつめて、顔のそばへ肘《ひじ》をつく。

「……きれいだな」

正直な感想を口にすると、佐和紀はますます拗《す》ねた表情になる。

「見飽きただろ？」

悪態をつくのは照れ隠しだ。

「見飽きたりしない。今夜のおまえは、今夜だけの姿だ。昨日とも違う。……朝の爽《さわ》やかさとも」

「いちいち、エロい」

「エロいのを期待して、待ってたんだろう？」

ローブの内側に指を忍ばせ、厚手のパジャマごと腰の裏を抱く。

一歩踏み込むと、佐和紀の手のひらが三つ揃《ぞろ》えのベストに押し当たった。拒んだのではなく、ボタンをはずしにかかっただけだ。

「退屈してたのか」

さらさらと揺れる髪の先を目がけてくちびるを寄せ、耳のふちにキスをする。くすぐったそうに身をよじらせた佐和紀は、くすくすと笑い出した。

「帰ってくるのを、楽しみにしてるだけ……、んっ……」

「感じるなよ。いやらしい気分になるじゃないか」

「感じたわけじゃな……っ、んっ」

ベストのボタンをはずし終わり、シャツのボタンへ移行した佐和紀の指先がすべる。

「俺のローブを着て、なにをしてたんだ。パズルゲームだけか？」

声を低くしてささやくと、佐和紀は小さく唸《うな》りながら首を振った。

髪に頬をなぶられた周平はわずかに身を引く。佐和紀の両手がとっさに伸びて、周平のうなじを押さえた。

片手が頬をなぞり、もう片方の手が首筋へ回る。すり寄るように胸が近づいて、周平のくちびるに甘い吐息がかかった。

「この、感じ……」

佐和紀の声は柔らかくとろけて、チュッと下のくちびるを吸う。

「服に残ってる匂いじゃ足りなかった。周平の匂いが欲しくって、なのに、遅いし。……シャワーなんて、あとでもいいのに」

襟足を何度も掻《か》く指先の動きに、周平は思わず微笑《ほほえ》んだ。

眼鏡《めがね》のレンズを通して見つめ合う。

佐和紀が拗ねたのは、寝室を覗いたときにキスをしなかったからだ。甘い言葉をかけられながらのじゃれ合いを愉《たの》しみたかったのだろう。

「じゃあ、寝室へ戻ろうか」

周平が誘うと、佐和紀はすっと目を細めた。

黙っていれば涼しげな美貌《びぼう》に、シャープな険が加わり、やがて鋭利な艶が生まれてくる。

「やだ。もう気分じゃない」

口調だけ子どもじみているのも、はすっぱな色気があった。

「じゃあ、一緒にシャワーを浴びよう。離したくない」

もう一歩近づいて、腰と同時に背中も抱く。互いの身体《からだ》がぴったりと寄り添うと、互いの体温が相手に伝わり、服を隔てているのがもどかしくなる。

「な、佐和紀……」

眼鏡と眼鏡がこすれて、乾いた音が響いた。

佐和紀は首を傾けてあごをそらす。周平も逆側へ首を傾けた。くちびるが触れ合い、舌が這《は》い出して絡まる。

熱っぽくなった息を弾ませて寄せ合う身体は、セックスを始めていた。布地越しにこすれ、コリコリと硬い下半身の感触が脈を打ちながら育っていく。

「ここで、抜いて」

佐和紀が、まぶたを細く開いた。淫欲の陰りも艶《なま》めかしく潤んだ瞳《ひとみ》は、周平の理性を罪深くかき乱してしまう。

パジャマをたくしあげて下着ごと脱がす。周平は膝《ひざ》をついた。

頭上から降ってくるのは、佐和紀の吐息だ。拗ねるほど待ちかねた愛情の欲求に応《こた》えてやるため、周平は愛撫《あいぶ》のくちびるを開いた。


そういう日常の翌日もまた、ひと続きの日常だ。

前日の夜に、これでもかと佐和紀を悦《よろこ》ばせたくちびるから、吹けば飛ぶようなため息がこぼれ出る。

イヤホンマイクを耳からはずし、ベスト姿の周平はビジネスチェアへ背中を預けた。目を伏せると、吐息が笑いに変わる。

黒縁の眼鏡を指先で押しあげ、呼び出しのスピーカーボタンを押した。

支倉《はせくら》を呼ぶように指示を出すと、まもなくしてオフィスの扉が開いた。秘書業務を担当している支倉は、周平と同じく三つ揃えのスーツを愛用している。周平好みのイタリアンスタイルと違い、かっちりとしたブリティッシュスタイルだ。

髪は乱れなく撫《な》でつけられ、冷静沈着を絵に描いたような美形が映える。

「いかがされましたか」

笑っている周平を見ても、眉ひとつ動かさない。

「いや……、俺はいったい『誰《だれ》』と結婚したのか。そう考えると笑える。顔がいいだけの乱暴者をもらったつもりだった」

こみあげる笑いをしかめ面で噛《か》み殺し、引き出しから細巻きの葉巻《シガー》を取り出す。支倉がすかさずライターを取り出した。火が差し向けられる。

「野放しにするから、こういうことになるんです。きっちり型にはめておけばよろしかったものを」

「パンドラの箱を開けるのは罪か」

「最後に残ったものが『希望』でも、押し込められているものは『悪と災い』です。脅威に違いありません」

「『好奇心は身を滅ぼす』だろう。俺の場合には、あてはまらない。これは『愛』だ」

周平のまっすぐな言葉に、生真面目《きまじめ》な男は、ひくりと頬を震わせた。

「『愛』と『好奇心』に違いがあるとは思えません。それに」

言葉が途切れ、周平は静かに微笑む。

がらんと広いオフィスの窓は、一面のガラス張りだ。港町の向こうに広がる海は、春先の日差しを受けて明るくかすんでいる。

「支倉。箱の中に入っていた『悪と災い』を出し切って残るのが、本当の佐和紀なら、俺はそれでいい。人は誰でも、自分が何者か、それを知りたいんだ。おまえだってそうだろう。自己肯定のために、俺を選んだはずだ。違うか」

「返す言葉もありません」

「まだ佐和紀に不満があるんだな」

「強いて言うならば、『不安』を感じます」

「おまえが、喉《のど》から手が出るほど欲しかった『切り札』じゃないのか」

ビジネスチェアにもたれた周平は、深い息遣いを繰り返す。ネクタイをゆるめて、支倉が置いたアッシュトレイにシガーを休ませた。

「必要としていたのは『切り札』であって『核弾頭』ではありません。一歩間違えれば、命取りになります。ここまで来ては、もう、連れていく、いかないの話では済みません」

わかっているのかと、言外に問い詰める声は厳しい。

周平は浅く息を吸い込んで吐き出した。ビデオ通話をしていた悠護《ゆうご》にも同じことを言われたばかりだ。アメリカ西海岸は日付が変わる三十分前で、ビデオ電話の向こうにいる悠護は、どことなく思い詰めているように見えた。

事態はまだ、大きく動いていない。

横浜で匿《かくま》うことになった伊藤真幸《いとうまさき》は、にわかに信じがたい佐和紀の過去を話した。いまから十年ほど前、彼自身が十四歳ぐらいだった頃のことで、信憑性《しんぴょうせい》は低い。佐和紀の記憶を引き出すほどのインパクトもなかった。

それでも、支倉の『不満』は『不安』に変わり、悠護が隠していた情報も開示されることになった。真幸の記憶は正しかったのだ。一歩前進には違いない。

佐和紀と真幸は同じ場所で暮らしていた。まだ幼かった子どもと佐和紀の顔が一致したのは、『母親らしき人間』と似ていたからだ。『サーシャ』と呼ばれていた佐和紀は三歳ぐらいに見えたらしい。

本来なら、その頃の佐和紀は五歳のはずだから辻褄《つじつま》が合わない。発育が遅れていたのか、それとも佐和紀の戸籍が間違っているのか。

悠護は、後者だと言った。

周平も初めて知ったことだが、佐和紀の戸籍が作られたのは十四歳のときだ。佐和紀が母と祖母から教えられていた『生まれてすぐに性別を偽った』という話は作り話だということになる。

性別は女に、年齢は二歳増して、現在に至っている。

真幸が身を寄せていたのは、ある思想を持って武装準備を行う政治組織で、農業団体『ツキボシ会』を隠れ蓑《みの》にしていた。自給自足を目指す『ツキボシ会』は、いまも同じ場所を本拠地としているカルト教団だが、大きく世間を騒がせることもない。入信勧誘に煩わされたこともなければ、名前を聞いてもピンとこないような団体だった。

ツキボシ会とサーシャについての情報を悠護から引き出そうとしたが、ガードは固く、はぐらかされた。仕事仲間で友人だからこそ、互いの利害には慎重だ。知っていること、伝えたことが、害になる可能性もある。

情報というモノは諸刃《もろは》の剣だ。足りなければ道が開けず、溢《あふ》れていても収拾がつかなくなる。周平も承知しているので、手持ちの情報を渡すこともしなかった。

ツキボシ会の過去は、支倉から個人的に報告があがってきている。優秀な側仕《そばづか》えだ。周平に雑音を聞かせないため、必要とあれば自分がアンテナとなり、情報を精査してくれる。

ツキボシ会を隠れ蓑にしていた政治組織は、日本最後のフィクサーと称される『大磯《おおいそ》の御前』が、かつて秘密裏に支持した左派団体だ。しかし、御前が左派なのではない。

彼は常に中道を行き、左派にも右派にも顔が利く。政治も経済も外交でさえ、彼の指示で動いていた時代がある。

多種多様な組織を作り、それぞれを絡ませることで国内のバランスを取っていたのだ。

まさしく手駒《てごま》だ。戦後の日本社会は、彼の目前に置かれた将棋盤だった。

「そろそろ、みなさんにご紹介なさっては」

支倉の声は、小さいけれど通りがいい。

「……決め手に欠ける」

周平はいつものように物憂く答えて、眼鏡のズレを正した。

「あんな魑魅魍魎《ちみもうりょう》たちにさらしたくない」

「あなたの奥様は、その魑魅魍魎を、片っ端からかじってしまいそうな方ですが」

「俺があえて黙ってることを、口にするな」

思わず笑ってしまい、周平は眼鏡をはずした。『みなさん』という名の魑魅魍魎は、周平の『友人』だ。

表向きは学生時代からの付き合いということになっているが、実際は悠護とツルむようになってから知り合った人間ばかりだ。

周平と同じように『大磯の御前』の息がかりで、それぞれの仕事をこなしている。結婚して数年。彼らからも、自慢の嫁を紹介しろとせっつかれてきた。しかし、周平にその気はない。

美人でどぎつい異色のチンピラを自慢したい気持ちはあったが、一度でも面通しをすれば、有事の際に佐和紀を守ってくれという意思表示になってしまう。

そうなると厄介なのが、一癖も二癖もある連中からの接触だ。あの手この手で、近づこうとするに決まっている。想像するだけで周平の気持ちは休まらない。

「……支倉。おまえ、いつから佐和紀を認めたんだ」

「不安材料だと申し上げたばかりですが」

冷たく答えたが、本心ではないだろう。少し前なら、友人たちの中へ佐和紀を放り込み、いっそ誰かとあやまちの関係を持たせてしまいたいと、とんでもないことを口に出していたぐらいだ。

小姑《こじゅうと》でも、もう少し言葉を選ぶと言いたいほどの辛辣《しんらつ》さが、いつのまにか和らいでいる。

ただし、ちくちくと飛び出た小言のトゲはそのままだ。

「悠護に持っていかれる、ぐらいなら……か……」

口にした途端に、周平は疲労した。うんざりして、目元を手のひらで覆い隠す。

真幸の愛人である石橋組《いしばしぐみ》の美園《みその》のように、佐和紀が『純然たるヤクザ』ならよかった。

それとも、初めから、佐和紀の過去になど手を出さなければよかったのだろうか。

あちらとこちら。異なる価値観の板挟みになって失敗を続けた美園と真幸の二の舞だけは避けようと、夫婦間においては完全な信頼関係を構築してきたつもりだ。なのに、『予定』はいつだって『未定』で『決定』ではなかった。

人生に『絶対』はありえないのだ。

どんな過去もたかが知れていると封印を解いてみれば、ヤクザにもなりきれないチンピラの佐和紀は、真幸以上に真っ黒な生い立ちを持ち、彼とは比べものにならないほどの秘密を抱えていた。

このままいけば、悠護も痺《しび》れを切らす。かつて心を傾けた相手だ。危険にさらされると知れば、佐和紀の気持ちを無視してでも保護しようとするだろう。

愛される人間はいつも不自由だ。身勝手な優しさに束縛されて、身動きが取れなくなる。

優しさもエゴの一種だと周平は思う。

愛することで満足する心と裏腹に、愛されることは制約を生む。

それを振り切って逃げ回っていたのが真幸だ。美園を愛するがゆえに、彼を守ろうとしながらも、目覚めてしまった自意識に逆らえなかった。

美園も知っていて許した節がある。手元に置いていても、極道社会の荒波で傷つけられるだけだと思い、自由にしてやることで愛情を示そうとしたのだ。しかし、真幸の自由は自暴自棄と紙一重で、美園もずいぶんと精神的に追い込まれた。

生まれたときからヤクザだったような男を苦しめるのだから、真幸という男も得体が知れない。惚《ほ》れてしまった友人の不幸を肴《さかな》にして旨《うま》い酒を飲む代わり、周平は幾度となく裏へ手を回してやった。

美園も真幸も知らない話だ。しかし、はっきりさせておいたほうがよかったのかもしれない。首の皮一枚繋《つな》がるたびに美園のもとへ帰り、英気を養うとまた戦いへ出てしまう。そのたびに事態は深刻になり、前回はもう周平でさえ真幸が誰に使われ、なにをしているのか見えなかった。

「美園が佐和紀を頼るとは、考えなかっただろうな」

悠護のことを考えて周平が笑うと、支倉は眉をひそめた。笑いを噛み殺す仕草だ。

美園に愛人探しを頼まれた佐和紀は、見事に真幸を見つけ出し、大阪まで送り届けた。

そこへ現れた悠護の焦りもどれほどのものだっただろうか。

情報統制を図り、佐和紀を守るために来た、と予測したのは周平ではなく支倉だ。

真幸は見た目ほど平凡で純情な男ではない。自分の仕事と美園のためになら、いくらでも非道になれる。それを知っているからこそ、悠護は飛行機のトランジットだとうそぶいて駆けつけ、佐和紀に関する情報の取り扱いを保障させたのだ。

「やはり悠護さんは、御新造《ごしんぞう》さんと伊藤真幸との接触を恐れたのではないかと思います」

「そこそこ仲良くしてるだろう」

約束通り真幸を横浜へ呼び寄せ、佐和紀は定期的に様子を見に行っている。

「そこが御新造さんの恐ろしいところです」

嫌悪するように頬を歪《ゆが》ませた支倉は、小さく息をついた。

「悠護さんの策が、功を奏したというべきかもしれません」

「感謝はしない」

そんな義理は、感じたくもない。

「結局のところ、真幸は、佐和紀を利用した。悠護も同罪だ」

美園のためを思った真幸は、しばらく活動から距離を置き、休みたかったのだ。

長く心配をかけ続け、これ以上は互いの関係を根本から壊しかねないと判断したのだろう。はたから見れば遅すぎるほど遅い決断だった。別れずにきたことが奇跡に近い。

そんな真幸にとって、佐和紀の過去を知っていたことも、周平の嫁だったことも渡りに船の好都合だった。おそらく、美園が佐和紀に泣きついたことも。

その上、悠護が自発的に現れ、真幸が取り引きをするまでもなく、すべてのお膳立《ぜんだ》てをして去った。そこには美園に対する悠護の優しさも含まれているのだが、周平には関係のない話だ。

「ですから、みなさんにご紹介を、と申し上げているんです。このままでは悠護さんだけが知る『特異点』となります」

支倉の言葉が引っかかり、眼鏡を顔に戻した周平は視線を鋭くした。

佐和紀の過去が、どこに作用するのか。まだ見えない。だからこそ、思いもしないところで利用されかねない。爆弾もいいところだ。

「特異点か。……あっちもこっちも謎《なぞ》ばっかりだな。おまえはなにを握ってる。その手を俺に見せてみろ」

「現状では『ただの点』に過ぎません」

さらりと言い逃れる支倉は、静かにまばたきをした。

「まだ必要ない情報か……」

火のついた細巻きのシガーを指に挟み、周平はゆったりとくちびるへ運んだ。

「俺を落胆させるなよ」

ふぅっと煙を吐き出すと、支倉はきりっと表情を引き締めた。いっそう背筋を伸ばす。

情報をわざと隠して、周平から無視された過去を思い出しているのだろう。よほどこたえたのか、顔色がうっすら青ざめる。情報を握っているのは支倉だが、立場はいつだって周平が上だ。

「紹介の件は考えておく。……決め手に欠けるんだ」

周平はいつもと同じセリフを繰り返して、物憂い表情でくちびるを歪めた。

＊＊＊

桜にはまだ早いが、春の日差しは暖かい。

大きな窓のある喫茶店の片隅で、知世《ともよ》を隣に座らせた佐和紀は真幸と向かい合っていた。

「足の調子は？　ちゃんとリハビリに通ってんだろうな」

会うのは三週間ぶりになる。真幸は周平よりひとつ年下で、佐和紀とは七つ違いの年長者だ。しかし、初めて会ったときから佐和紀の態度は大きい。

「おかげさまで、養生をさせていただいています」

真幸が深々と頭をさげる。佐和紀は知世を振り向いた。

「嫌味だよな？」

「そんなこと……」

取り繕うように笑った知世は、佐和紀の紅茶に砂糖を二杯入れて、銀のスプーンでくるくると混ぜる。「どうぞ」と目の前に置かれたが、佐和紀はまだ手をつけない。

知世の前にも紅茶があり、真幸の前にはコーヒーが置かれている。

「見えない線が見えるんだよなぁ、俺とあんたの間に」

不満げに小首を傾《かし》げた佐和紀は、着物の衿《えり》に指をすべらせた。深緑の綸子《りんず》で誂《あつら》えた長着は、裾にたんぽぽの絵が描かれている。

「お世話になってる身ですから」

ベージュのセーターを着た真幸は苦笑を浮かべた。その裏にある真意を見定めようと、佐和紀は眼鏡越しに視線を向ける。

じっと見つめていると、真幸は心底から困った表情で身をよじらせた。

「知世くん。止めてくれないかな」

「俺の仕事では、ないので……」

佐和紀の若い世話係は、しらっとした表情で視線をそらす。

「そんな、つれないことを……」

ふっと息をついた真幸は、あきらめたように肩から力を抜いた。

「見るたびに思うけど、兄弟みたいに雰囲気が似てるね。どっちも美形だし、ヤクザには見えない」

最後は声のトーンを落としたが、ほんのわずかな間を置いて、

「カタギにも見えないけどね」

と付け加える。

日常着を和服で通している佐和紀は確かに異質だ。一方、新米世話係の壱羽《いちば》知世は、弱冠二十歳《はたち》の現役大学生で、身に着ける服にもスレたところがない。

ボートネックのシンプルなカットソーの重ね着に、生地感の上質なニットジャケット。すらりとした身体つきによく似合い、佐和紀の隣に収まって違和感がなかった。

知世に難点があるとすれば、格好がつきすぎて、街角スナップショットの撮影に引っかかることぐらいだ。

チャラチャラした三井《みつい》が隣に立つよりは見栄えがすると、大滝組の幹部には好評だから黙っているが、チンピラ好みの派手なシャツがトレードマークだった石垣《いしがき》が懐かしいこともある。

石垣は世話係を卒業して、アメリカ留学へ旅立った。去年の夏のことだ。

周平のかばん持ち筆頭だった岡村《おかむら》は別業務に就き、スライドするように、三井の業務も変わった。いまは佐和紀よりも周平について動くことが多い。いよいよヤクザとしての本格的な仕込みが始まるのだろう。

さびしいかと周平に問われたが、そんなことはまるでない。さびしさとは違う。

三井とは相変わらず飲み歩いているし、知世は眺めていてかわいい新人だ。うなじと鎖骨のバランスが華奢《きゃしゃ》で、この年齢だけの美しさを感じられるのは新鮮だった。

そんな若さを純粋に愛《め》でる佐和紀は、三十路《みそじ》に到達して、二十代の硬さが抜けつつある。青い果実の甘酸っぱさが日を追って熟し、佇《たたず》まいだけで相手を威圧することも少なくない。ただし、本人は無自覚だ。

「もうすぐ、すみれさんの結婚式ですね」

真幸が話を変えた。

「佐和紀さん、黒留め袖を着るって本当ですか」

「冗談ならいいのにな」

ふざけて笑い返した佐和紀は、ソファの背にもたれた。テーブルを人差し指で叩《たた》くと、知世が煙草《たばこ》を差し出してくる。受け取ってくちびるに挟み、ソファへもたれたまま、顔だけ向けた。今度は知世がライターの火を向ける。

こんなことをしていて、カタギに見られるはずがない。

近くの席のサラリーマンはぽかんと口を開き、手にしたカップが傾く。佐和紀がチラッとだけ視線を送ると、ついにコーヒーがこぼれて大騒ぎになった。

「財前《ざいぜん》から聞いたんだろう」

静かに煙草を吸い、煙を斜め下に向けて吐き出す。

こぼれたコーヒーの始末に忙しい店員と恐縮しきっているサラリーマンのやりとりを眺めていた真幸は、佐和紀の問いに答えないでうつむいた。

横浜でタトゥースタジオを営んでいる財前は、真幸の身柄を預かっている男だ。彼もまた、友人の真柴《ましば》とともに京都から逃げてきた経緯がある。原因は、桜河会《おうがかい》・桜川《さくらがわ》会長の嫁である由紀子《ゆきこ》だ。

桜川の甥《おい》である真柴は身を隠し、ときどき佐和紀と行動していたが、先月、若い恋人のすみれを伴って桜河会へ帰った。桜川と由紀子が離婚したことを機に、次期会長候補として呼び戻されたからだ。

政略結婚を心配した佐和紀は、事前に手を回して真柴とすみれの仲を裂かないように桜川会長を説得した。そして、この春、晴れてふたりの挙式が取り行われる。

桜の満開な時期を指定したのは桜川会長で、真柴の母親である彼の妹が結婚式を挙げたのも桜の季節だったらしい。

いかつい顔に似合わないロマンチストだが、妹にはよほど愛情があったようだ。真柴への対応を見ていればわかる。

その結婚式に財前は参加しない。佐和紀は勧めたが、はっきりと断られた。横浜で匿ってもらっている恩返しに、真幸の身柄を預かっているからだ。

真柴は参列を望んでねばっていたが、友人の頑固さは知っているとばかりに最後はあきらめた。

「好きでやってるわけじゃないからな」

佐和紀は煙草をふかしながら目を細めた。大滝組若頭補佐・岩下《いわした》周平の妻として、またしても女装させられることになっている。

いい加減、そんなことが似合う年齢でもないと思うのだが、周平が悪ノリしている以上は決定事項だろう。

「そうなんですか」

真幸が意外そうに目を丸くする。

「似合うんだから、いいじゃないですか」

「おまえだって、それなりにすれば、ちゃんとそれなりになる」

「程度の低い『それなり』ですね。見られたものじゃないですよ」

笑って答え、穏やかな仕草でコーヒーカップを持ちあげた。

初めて会ったときとは、まるで別人だ。

真幸は人差し指と中指の骨を折り、膝のケガを抱えた上に栄養失調に陥って、倒れたら最後、そのまま死んでもおかしくないほど酷《ひど》い状態だった。

ざんばらに伸びていた髪を整えた現在は、見違えて肌つやもいい。きちんと食べ、眠って、適度に働いている証拠だ。

佐和紀はなにげなく真幸の手元を見た。働きながらリハビリを続けている真幸の指は、右も左もぎこちない動きをする。おそらく、以前にも骨折したことがあり、両手指に古傷を持っているのだろう。

それが拷問の果ての負傷だと誰が想像するだろうか。

四十歳を手前にして、やや童顔でアクのない清潔な顔立ちをしている。笑顔になれば、目尻《めじり》にしわが寄る普通の男だ。

「美園と連絡は取ってるのか」

ふいに尋ねると表情に陰が差し込んだ。ひやりとした静けさが、佐和紀に伝わってくる。

「佐和紀さんが、取っているんでしょう」

言われて、佐和紀は深いため息をついた。

「俺の仕事じゃないだろ」

真幸とは一ヶ月に一度の頻度でしか会わない。横浜に匿って数ヶ月。美園について話すのは、これが初めてだった。

もしかしたら興味がないのかと思うほど、真幸は沈黙を守る。美園については口にしない。それが本人といるときでさえ同じなら、心を砕いているヤクザが不憫《ふびん》になる。

「足のつかない連絡先は知ってるよな？」

「用事がありません。向こうは、俺よりもっと忙しいし……」

「……知世」

佐和紀が声をかけると、静かに座っていた青年はびくりと背を揺らした。

「俺ですか。このタイミングで……？」

ため息を飲み込んだ知世は、片側だけ長い前髪を耳にかけるようにして、真幸へ視線を向けた。苦笑めいた薄笑みを浮かべる。

「ええっと……、真幸さん……。忙しいからこそ、声を聞きたいって、思うんじゃないですか。向こうは、心配もしてるだろうし」

「……ここで匿ってもらっていれば安全だ。なにかあれば連絡は行くはずだし」

「声を、聞きたいって……、それは……」

「いい年した男が、そんなこと、思ってるかな。君は若いから、そうかもしれないけど」

「佐和紀さん。俺には無理です」

くるっと振り向いた知世は、泣き出しそうに顔をしかめる。その肩をポンポンと叩いて、佐和紀は身を乗り出した。

「もう何ヶ月も経ってる。春だって来たんだ。……会いたいだろ？」

煙草を指に挟んで、テーブルに肘をつく。真幸はうつむき加減になった。

赤く燃える火種の先端を見つめた目元ではまつ毛がわずかに揺れ、くちびるがわなわなと小刻みに震える。

「佐和紀さん、泣かさないでくださいよ」

知世が慌てたが、真幸は泣いていない。くちびるを手のひらで覆い、両肩を大きく上下させながら深呼吸をしただけだ。

「京都で美園を見かけたら、真幸が会いたがってたって言うからな」

目を見開いた真幸が、ぶるぶると首を振った。

佐和紀は煙草を灰皿に置き、着物の衿をしごく。

「ダメ。俺は言う。それとも一緒に行くか？」

「……佐和紀さん、やめてください」

真幸の声は消え入りそうに小さく、心もとない。この声を聞かせたくないから、美園に連絡を取らないのだ。

「おまえとあいつの仲を取り持つって、約束しただろ」

佐和紀が言うと、隣に座った知世がのけぞる。

「え。本気だったんですか」

「当たり前だろ。やるって言ったら、やる」

「でも、佐和紀さん……」

そのまま言葉を飲んだのは、問題の関係が、見るからにこじれているせいだ。

若さゆえの行き違いならまだしも、出会って十年以上経っても嚙み合わない真幸と美園は、もはや中年同士になっている。

「美園みたいなヤクザがさ、肩を震わせて泣いてるのを見たら、おまえ、放っておけないだろ」

「それ、本当なんですか？」

「なんでそこで、俺に疑いの目を向けるんだよ」

「そういうタイプに見えないんです。美園さんのことですよ」

「岡崎《おかざき》と同じタイプなんだから、同じに決まってるだろ」

大滝組若頭の岡崎弘一《こういち》は、佐和紀の元・兄弟分だ。

「あの人を泣かせてるのは佐和紀さんじゃないですか」

「俺が相手だったら納得するのか」

「それは……まぁ……」

くちごもった知世は、気遣うように真幸へ視線を向けた。佐和紀と真幸では外見の出来が違う。そう思っていても口にしない。分別のある若者だ。

「おまえの気持ち、伝えてくるからな」

うつむいた真幸に、佐和紀はもう一度断言する。

「でも、不意打ちで会いに来るようなことは、させない。タイミングを見るから」

「タイミングって……」

「知世、ちょっと黙ってろ。おまえ、最近、タモツじゃなくて、タカシに似てきたんじゃないか」

「え。嫌です」

分別と好奇心がせめぎ合う年頃の知世は、眉を歪めて即答した。髪の長い陽気な男がここにいたら、騒がしく憤慨しただろう。

いなくてよかったと思いながら、佐和紀はそのまま知世に目配せした。

「じゃあ、黙ってろ。……真幸、うちの旦那《だんな》経由で、美園から金を預かってる。自由になる金がないと困るだろうってことだけど、どうする。っていうか、この金を用意してる美園の気持ち、わかってる？」

言ってみたものの、佐和紀も初めは理解していなかった。

普通に渡すなと周平に託された金は、十万円だ。

どうして普通に渡してはいけないのかと聞くと、逃げるには充分だからだと言われた。

それを承知で、美園は金を与える。逃げて欲しくはないが、ほかに愛情を示す手立てもないからだ。

「……財前さんに、預けてもらえませんか」

「わかった。知世、あとで店に届けてくれ。……大金持ったら、やっぱり飛ぶのか」

飛ぶというのは、逃げるという意味だ。

ようやく口元から手を離した真幸は、いつもそうするように首を左右に振った。

「金は預けてあると伝えてください。欲しいものはなにもないし、すべて揃っています。毎日が平和で、静かで……、満足しています」

「美園ってさ、おまえのために足抜けしようとしたことあるだろ。周平はしくじったって笑ってたけど」

「俺は望んでいませんよ、そんなことは。無理でしょう。美園が抜ければ石橋組はおろか、阪奈会《はんなかい》ごと危うくなる。それを見捨てられる人じゃない」

「亭主に、責任の重い仕事のあるほうが、おまえも都合がよかったんだろ」

「……佐和紀さん」

「俺はおまえのこと、ほとんど知らないよ。聞いても理解できない。でも、おまえにはおまえの人生があるし、好きだからってだけで、なにもかも捨てたら不幸になるしかないよな。それは理解できる。だから、このままカゴの中に入っていられそうか、ちゃんと考えておいて。そこんとこがはっきりしないと、取り持ちようがない」

「答えが出ると思いますか」

「いいんだよ。はっきりしてなくても。いま、どうしたいか。それだけだ。あとは、あっちの出方もあるだろう」

「よく、わかりません」

知世が言葉を挟んでくる。

「……黙ってなさいって、言っただろ」

「すみません」

ふっと伏せる目元にさびしげな雰囲気があった。知世も自覚している『処世術』だ。そればかりが原因ではないが、乱暴者で名を馳《は》せた佐和紀も、三井にするようには知世を小突けない。

「すみません、佐和紀さん」

「怒ってない」

そう答える一言が冷たく聞こえるのか、知世は過剰なほど肩をすぼめて小さくなる。

佐和紀と顔を見合わせた真幸が声をかけた。

「知世くん、さっきのお金を、財前さんの店へ届けに行ってきてくれないかな。いるはずだから」

言われた知世は佐和紀を見る。

「ここで待ってる」

うなずいて返すと、ジャケットのポケットに封筒があることを確認して立ちあがった。すっと店を出ていく。

背中を見送った佐和紀は、窓越しに姿を追った。

「いつもは、そうでもないんだけど。あんたがいると気がゆるむのかな」

「かわいい子犬じゃないですか。ふたりでやんちゃをしていることも聞いてますよ」

佐和紀の言葉に、真幸は微笑みを浮かべた。コーヒーカップを口元へ運ぶ。

佐和紀は髪を一振りして煙草を口にくわえた。ひとくち吸って答える。

「してないよ。そんなこと。ちょっとした遊びだ」

それを人は『やんちゃ』と呼ぶのだが、佐和紀は認めない。

「ケガには気をつけてください」

「あいつの顔、きれいだもんなぁ」

「いえ、佐和紀さん、あなたのほうが何倍もきれいだし、価値がある。岩下さんが泣きますよ」

同情した真幸が眉尻を下げる。佐和紀はいたずらっぽく肩をすぼめてみせた。

「泣かせてみたくない？　カッコつけてる男が泣くのって悪くないじゃん」

「……美園も、ですか」

「泣き顔なんて本当は見てないよ。泣いてるみたいだなと思うだけだ。……意外にメゲるんだな。さっきはそうでもなかっただろ」

「知世くんの手前、みっともないところは見せられないじゃないですか。あの人に、どうぞよろしくお伝えください」

「待ってる、って？」

佐和紀の問いに、真幸は身体を固くした。美園との関係は複雑だ。仲を取り持ってやるとは言ったが、周平と佐和紀のような夫婦には到底なれない。

どんな関係がふたりの望みで、どんな関係がふさわしいのか。それもまだわからなかった。まったくの手探りだ。

そのとき、ふいに真幸が動いた。ぐっとあごを引き、決意を滲《にじ》ませた表情でこくりと首を縦に振る。

「そうしてください。会える日が楽しみだって、伝えてください」

テーブルの上で組んだ指がわずかに震え出し、真幸は慌てて拳《こぶし》を引いた。

「すぐに、会いにくるかもね～」

佐和紀がからかうと、テーブルの下で拳を抑え込む真幸は苦笑した。優しくされるより、からかわれるほうが気楽になれるタイプの男だ。

「それは困るんですけど」

真幸が言い、煙草を揉《も》み消した佐和紀はテーブルに頬杖《ほおづえ》をつく。深緑色の袖がずり落ちて肘に溜《た》まる。

「なにが困るんだよ。好きなんだろ」

「好きだから一緒にいられるってわけでもないでしょう。あの人といると、なにかをしないといられないんです。わかりますか？　俺は『女』になれないし、あの人は俺を『女』にしようとして……失敗したんです」

「ふぅん。なるほどね」

頬杖をついたまま、佐和紀は真幸の表情を眺めた。

石橋組の組長となっている美園は実力のある男だ。粗野だが、胆力がある。同じ男として、真幸の自尊心は刺激されてしまうのだろう。

「俺はないなぁ、そういうの」

「……岩下さんにあれだけ気を使わせていれば、そうでしょう」

「美園に周平ぐらいの優しさがあればいいの？」

「浩二《こうじ》さんは心が狭いんです。嫉妬《しっと》深くて独占欲も強い。それを無理に抑えているのがわかるから……、面倒っていうか」

「面倒……」

「あっ、言わないでくださいよ。気にしますから」

「なんか、かわいいよな。そういうの。……わかる」

「え？」

真幸がおおげさに身を引く。佐和紀はハッとした。

「いや、そういう『かわいい』じゃない。美園に対してでもない。男ってさ、そういうところがある、と思って。周平だって面倒なんだよ。嫉妬も独占欲も、ぜんぶをエロいことで消化しようとするから」

「かわいいじゃないですか」

「他人事《ひとごと》かよ」

「他人事です」

顔を見合わせて、どちらともなく笑う。

「そういえば、すみれさんが、知世くんのことを心配していたんですよ」

「うん？　すみれ？」

着物の帯からシガレットケースを取り出し、ショートピースをくちびるに挟む。自分でマッチをすって火をつけた。

真柴の婚約者である斎藤《さいとう》すみれは、銀座《ぎんざ》キャバレー事件のとき知り合ったホステスだ。ヤクザだった父親の転落に巻き込まれ、身も心も傷つけられた過去がある。年齢はまだ若く、二十歳になるかならないか。知世と同世代だ。

「ふたりは境遇が似てるんですか？」

真幸に問われて、佐和紀は首を傾げながら煙を吐き出した。

「そう言ってた？」

「知世くんの必死さがわかるって話だったと思います。ふたりの送別会のときに少し話しただけなので、詳しいことは聞かなかったんですが。もしかしたら、さっきの態度の理由に繋がるかもしれませんね」

「さっきの知世。やっぱり変だったよな」

「いつも一緒にいる佐和紀さんもそう感じたのなら、間違いはないでしょう」

佐和紀の会話に入りたがることは珍しくない。三井が一緒なら、ふたりの掛け合いで心がなごむ。だから、佐和紀も横入りを許しているのだ。

しかし、ときどきタイミングが悪く、佐和紀が叱《しか》ることもあった。そんなときは静かに身を引いて控える。いつまでも引きずるような性格でもなかった。物覚えがよく、常に前向きなのが長所だ。

だからこそ、叱責《しっせき》に落ち込んだ雰囲気だったことが気にかかる。

「普段の行いが積み重なって、自省がきつくなっている可能性もありますから」

真幸の口調は冷静だ。佐和紀は煙草をふかしながら首を傾げた。

「自省ってなに。俺の言い方がきついのか……」

佐和紀が問い返したそのとき、喫茶店のドアが開く。新しい客が入ってきたのが視界の端に見えた。見るからにガラの悪い集団だ。

固太りの中年ふたりが中心にいて、前後を若いチンピラ四人が固めている。中年の男たちはスキンヘッドがきらりと光る強面《こわもて》だ。

あっと思うまでもなく、向こうが佐和紀に気づく。若いチンピラと離れ、早足で近づいてくる。

「お邪魔します」

大滝組配下の暴力団幹部である寺坂《てらさか》と杉野《すぎの》だ。佐和紀と真幸のそばに立ち、深々と頭をさげた。佐和紀は眉をひそめる。

「本当に邪魔。挨拶《あいさつ》はいらないから、向こうに行けよ。こっちがカタギだったらどうするんだ」

真幸を示して言ったが、財前の店で働いていることは知られている。

寺坂と杉野は、佐和紀の親衛隊に立候補したいと言い出したグループの一員だ。佐和紀は承認していないが、彼らは勝手に先回りしてあれこれと働いている。真幸や財前の暮らしについても、さりげないフォローが入っていた。

不機嫌な顔を向けた佐和紀に対し、杉野が申し訳なさそうに身を屈める。

「先週、うちの若いヤツがご迷惑をおかけしたそうで」

「あー、あれ。おまえのとこのヤツだった？　普通の不良だと思ってヤッちゃった。ごめん。ケガ、したよな……」

「こちらは自業自得です。ご心配なく。御新造さんに、おケガはありませんでしたか」

「それも自業自得だし……。っていうか、わざわざ謝らないで欲しいんだけど。俺の旦那に言ってないだろうな」

「もちろんです。下のヤツらにも、あえて言い聞かせておりません。もしなにかありましたら、すぐにご連絡ください」

「報復とか、ありそう？」

目を輝かせた佐和紀の顔に、たっぷりと五秒間は見惚《みと》れ、杉野だけでなく寺坂もあたふたと汗をかく。

「それだけはありません。そっちについては言い聞かせました」

「あー、そう。別にいいんだけど、相手にはならないな。威勢はよかったけど見かけだけだ。行儀よくさせるか、鍛えさせてやるか。どっちかにしてやれば？」

「わかりました。ありがとうございます」

ふたりはまた深々と頭をさげ、佐和紀たちから離れていく。

「噂《うわさ》の親衛隊ですか」

キョトキョトとまばたきを繰り返した真幸が苦笑いを浮かべ、佐和紀はたいして吸わないうちに終わってしまったショートピースを睨《にら》んだ。

「知世に絡んできたから、ふたりでちょっと遊んでやったんだよな」

「そんなに強いんですか、知世くんは」

「ケンカ慣れはしてるな。真顔で殴ってるから、俺に付き合ってるんじゃない？　楽しくはなさそうだ。引き際も知ってるし、頭いいよ」

「見た目からは想像できませんね。佐和紀さんの好きなタイプですか。弟分としては」

「抱いてもいいけどねー」

軽い冗談で笑い飛ばした佐和紀は、消えたはずの寺坂に気づいた。身を屈めたまま動きを止めている。聞いてしまったのだろう。

「旦那に言う？　タレコミしたら点数あがるかも」

流し目を向けると、ゆでだこのように赤くなる。

上部組織の幹部の点数よりも、佐和紀からの好感度をあげたい男だ。あたふたしながら、煙草の箱をテーブルの上へ置く。

「いえいえ、まさか。煙草がないように見えましたので、私の好みですが、どうぞ。……冗談を真に受けるほど、バカではありません」

世話係がいないことに気づき、佐和紀の煙草を心配したのだろう。差し入れを引き寄せると、またスッと身を引いた。

周りの客たちはなにごとかと振り返っているが、真相は想像もできないはずだ。

「真に受けないとか言って、真っ赤になるんだから、な」

煙草のビニールを剝《は》がして、一本取り出した。佐和紀の一番好きな銘柄はショートピースだが、普段に吸うフィルター付きの煙草にこだわりはない。

「あの子が、こうなるなんて」

真幸がぼそりと言う。佐和紀の子どもの頃を思い出しているのだ。

幼かっただけでなく、過去の記憶がところどころ抜けている佐和紀は思い出を共有できない。黙ってマッチをすった。懐かしい匂いがして、火がついた。

2

横浜は快晴だったが、愛知県へ入る頃から雨が降り始めた。新幹線の窓が濡《ぬ》れ、京都駅に着いても、そぼ降る小雨模様が続く。

桜河会が迎えに寄越したワンボックスカーに乗り込んだのは、佐和紀と周平。それから岡村と三井だ。

まずはホテルにチェックインして、真柴が手配した高級料亭の仕出し弁当を昼食とした。

周平と佐和紀の部屋は、かつて宿泊した懐かしのジュニアスイートだ。窓の外に広がった東山《ひがしやま》は、雑木林にまぎれた桜がうっすらと雨にけぶり、古都らしい風情がある。

人数分の緑茶を出し終わった三井が、窓辺に立つ佐和紀の隣へ並んだ。

「あー、いい景色。これ見ながら、アニキに……」

言い終わるより早く、佐和紀の腕が伸びた。胸元を掴んで、頬を平手打ちにする。肩まで伸ばした髪を揺らし、三井は飛びすさった。

「まだ言ってないじゃん！」

「そうかよ。じゃあ、言ってみろ。あぁん？　この景色見ながら、俺が周平とどうすんの？　ほらほら、言わねぇのかよ」

藤色の御召の袖を揺らして、窓辺へ追い込んだ三井のあごを鷲摑《わしづか》みにする。

「じゃれるのは、それぐらいにしてください。食後のお茶にしましょう」

落ち着き払った岡村が割って入り、佐和紀の指がそっとほどかれる。丁寧な仕草だ。三井は逃げようとあとずさる。しかし、動きを読んだ岡村に腕を掴み引き寄せられた。

「俺が、バックから責めてやろうか」

凄味《すごみ》のきいた低い声で耳打ちするのが聞こえた。

三井は小さく飛びあがり、めっぽうやたらに手を振り回す。足をもつれさせながら逃げ出し、ソファで煙草を吸っている周平のそばへ駆け寄っていく。

三十歳も近いというのに、まだまだ犬っころのままだ。

笑って見送った佐和紀は、ふいに眉根を開いた。岡村の肩に声を投げる。

「想像してるくせに」

よこしまなのは三井と同罪だ。そう思う佐和紀は、あえて言葉にはせず責めた。

世話係のひとりである岡村は物静かに目を細める。着物姿の佐和紀を目に映すたび、ほんの瞬間、見惚れてしまう男だ。以前は不自然に取り繕っていたが、この頃は隠そうともしない。

三秒ほど見つめる視線には舐《な》めるような下品さはない。かといって遠慮があるわけでもなかった。そこに佐和紀が立っている。その事実をなぞるように視線が動く。

そこにも、成長した男の落ち着きがある。惑わされるばかりではなくなった証拠だ。

周平のかばん持ちだった岡村は、引き継いだデートクラブの売り上げを失速させることなく切り盛りしている。いままでとは違う種類の人間を使うことになり、格を上げるために着始めたオーダーメイドのスーツも身に添うようになった。

上質な生地は、見た目からして量産品とは違う。なめらかな質感に誘われ、佐和紀が思わず指で触れてしまっても、岡村は動じない。

心の底ではいつだって、佐和紀の指を待ち望んでいるのかもしれなかった。

自分の中にある『線引き』を守る岡村は、朴訥《ぼくとつ》とした印象を残した顔ではにかんだ。

「俺は……、やっと、一緒に来られた、と思っているだけです」

忠犬のように振る舞っているが、道ならぬ横恋慕は言葉や声の端々に表れる。秘密の恋心ではなく、周平さえ知っている代物だ。

気持ちの深さを信用に代えて、周平は佐和紀の右腕として岡村を認めた。だからというわけでもないが、スーツもシャツもネクタイも、最近は佐和紀が選んでいる。

なにげなく誘われ、食事の前に付き合う。ついでを装って、佐和紀にもなにか買おうとするので、断るのに苦労した挙げ句に機嫌が悪くなることも少なくない。

「去年も来ただろう」

佐和紀がそっけなく言うと、岡村の表情が不満げに歪んだ。

間男候補のくせして、妙なところで自分の立ち位置を誇示してくる。

特別な存在になりたくて強気なのか、弱気なのか。おそらく岡村自身もわかっていない。

「あれはいろいろと……」

岡村が言葉を濁す。一緒に来たのは去年だ。秋が深まった頃で、真柴を桜河会に戻すために佐和紀が勝負に出たときだった。純粋な旅行ではなかったと言いたいのだろう。

佐和紀はその時も同じホテルに泊まったが、部屋はスイートルームではなかった。ひとりでは広すぎる。

去年の秋。桜河会会長である桜川の見舞いに訪れた佐和紀は、彼の妻だった由紀子と若頭補佐・道元《どうげん》の愛人関係を裂いて欲しいと、桜川本人から頼まれた。紆余曲折《うよきょくせつ》あった末、道元は心を入れ替えて桜河会に残り、由紀子は離縁となって京都を去った。

道元とタイマンを張った大一番で腕を振るったのは、周平の手腕を受け継いだ岡村だ。サディストと見せかけて隠れマゾだった道元を骨抜きにした技がどんなものだったのか。想像しようとするたび、佐和紀の脳裏には周平が浮かぶ。

人を屈服させたり堕落させたりする技術が本当にあるとしたら、きっと岡村の何倍も、周平のそれは、えげつなくてエロいに違いない。見たくないけれど、想像はしてしまう。

要するに、岡村の行為よりも、周平の行為を想像したいのだ。誰が横恋慕してきても、佐和紀の好意はいつも周平だけに向いている。

「佐和紀さん？　顔が、いやらしいですよ」

ひょいと覗き込まれ、佐和紀は眉を吊りあげた。そこへ周平の声が飛んでくる。

「丸聞こえだ。俺の嫁をさっさと解放しろ」

笑みを含んだ甘い響きに、佐和紀は岡村を見た。

「俺がいやらしいんじゃない。あっちがエロいんだ」

人差し指でびしっと周平を指した。

ひとり掛けのソファに座った三井がへらへらと笑い、

「そのエロいことをされちゃってるから、やらしくなってんだよ」

またしても余計なことを言う。佐和紀は裾を乱して、絨毯《じゅうたん》をダンッと踏んだ。三井に向かって叫ぶ。

「おまえらだって！　一流ホテルに泊まれば、女相手に『ガン責め』してんだろ！」

「だぁれだー。佐和紀に『ガン責め』とか余計な言葉、教えてんのー」

ふざけた口調の周平に見据えられ、三井が落ち着きなく視線を揺らす。佐和紀は頬を膨らませながら胸をそらした。

「おまえだよ、旦那！」

その一言で、部屋の空気がピシリと凍りつく。

「俺が知ってるエロワードのだいたいは、おまえが、ベッドで、しつこいぐらい、何回も何回も言うやつなんだよ。忘れてんの？　人にあれだけ言っておいて」

すたすたと歩いていって、周平の隣にドスンと座る。舎弟からの同情を一心に浴びた周平は、静かに煙草をふかした。

岡村が足音もなく近づいてきて、周平へと灰皿を差し出す。とんとんと灰を落とし、

「『ガン責め』なんて、言った覚えがない」

佐和紀へと視線を向けた。

「忘れてるだけだ。バカ」

「……じゃあ、改めて教えてもらおうか。おまえに」

するりと肩を抱き寄せられただけなのに、佐和紀の身体は火がついたように熱くなる。

「バカ……」

罵《ののし》る声さえ弱々しくなってしまう佐和紀のあご先を、周平の指が撫でた。

三井が「あッ！」と叫ぶ。鼻と口を手のひらで覆い、ぐいっとあごをそらす。

「おまえは……」

岡村があきれた声でつぶやき、ティッシュを取りに行く。

「見てもないのに鼻血を出すなよ」

「だって、シンさぁ～ん。姐《あね》さんがエロい～」

「俺？　俺のせい？」

周平に肩を抱かれた佐和紀は自分を指す。

「そもそも、タカシが余計なことを言うからだ」

周平の甘い声が耳元をくすぐり、身体がぶるっと震える。振り向くと、あっという間にキスが奪われた。

「なぁ、佐和紀」

声だけでも恐ろしく色っぽい周平に迫られ、思考回路がショートする。

この部屋にある思い出がよみがえり、甘酸っぱいような恥ずかしさを感じた。まだ、愛交の入り口しか知らなかった頃のことだ。

周平はそのとき、初めて思う存分に佐和紀を抱いた。由紀子に仕込まれた薬でおかしくなっていた佐和紀はなにも覚えていないが、それから間もなく教え込まれた性行為のあれこれを繋ぎ合わせれば、だいたいの想像がつく。

きっと、口にするのも憚《はばか》るエロワードを吹き込まれたに違いない。周平がささやく言葉はあけすけに卑猥《ひわい》で、この男だからこそ、相手の腰を疼《うず》かせる。

「そこで始めてもかまいませんけど……。見ますよ」

鼻血を出した三井の介抱をしていた岡村が、挑戦的な目で周平を見据える。

「どうする、佐和紀。ベッドで始めてやるか？　それとも窓際で、バックからガン責めに

「……」

「タカシが死ぬから、やめて」

佐和紀は肩をすくめて答えた。手のひらを厚い胸板に押し当て、三つ揃えのベストを撫でる。

「ひにまふー」

鼻血の止まらなくなった三井は、あごをあげたまま、鼻にティッシュを詰め、情けない声を出す。

笑いながら周平を押しのけた佐和紀は、テーブルの湯のみに手を伸ばした。

「これを飲んだら、桜を見に行こう。タモツに写真を送ってやりたい」

結婚して初めて京都へ来たときに同行した世話係は石垣だ。それはもちろん忘れていなかった。


「それで、円山《まるやま》公園の桜を見に行ったんですか？」

「ほんっと、タカシはアホやわ」

すみれと典子《のりこ》は、ほぼ同時に言った。お互いの顔を見て笑い出す。女の笑い声はコロコロと軽やかで、放っておくと、どこまでも転げていきそうだ。

披露宴を明日に控え、すみれの独身生活も今夜が最後だ。佐和紀と典子が食事に誘われ、同じく独身最後の夜を過ごす真柴は三井たちと出かけている。

周平は美園との会合だ。佐和紀を送りがてら、すみれと典子にも顔を見せた。

「すみれにとっては、横浜で暮らしているよりよかったかもな。典子ちゃんがいるし」

古い町家を改装したカフェバーの坪庭を眺め、佐和紀は手にしたビールを飲んだ。

ローテーブルには『HAPPY WEDDING』と書かれたチョコレートプレートのケーキが置かれている。それから、カクテルのグラスだ。

「はい。典子ちゃんには、これからもお世話になるつもりです」

すみれは朗らかに答えた。出会った頃の鬱屈《うっくつ》が嘘《うそ》のように笑う。陽気な真柴との付き合いが好影響を与えた結果だ。京都へ移ってからは、忙しくなった真柴に代わり、典子がすみれの相手をしている。

すみれの隣に座った典子は、わざとらしく胸を張って茶目っ気を見せた。佐和紀が女装するたびに駆り出される美容部員だが、その昔は横浜に暮らしていた。三井と付き合いが長く、いまも細々と続いているらしい。恋人ではないと、当事者たちは言う。

大人同士の恋愛だ。典子がかまわないという限りは、佐和紀も口出しするつもりはない。しかし、まだ二十歳にもならないすみれに対しては不安がある。

これが最後のつもりで、佐和紀は聞いた。

「本当に、真柴でよかったのか。悪くはないけど……」

ヤクザだ、と声にするのはためらった。

真柴自身は明るく爽やかな男だ。すみれとは十歳近く年齢が離れているが、いい影響を与えていることは確かで、大きく離れた年の差の利点は誰よりも佐和紀が知っている。

黙ってしまったすみれと佐和紀の間で、派手なウェーブヘアーを揺らした典子の視線が行ったり来たりした。なにか言おうと息を吸い込み、すみれを見つめたきり口をつぐむ。

坪庭に咲いた小さな花が風に揺れ、佐和紀はもう一度聞いた。

「結婚していいのか？　生まれだとか、育ちだとか、そう思うことが少しでもあるなら、考え直せ」

トイレとつぶやいた典子が気を利かせて席を立つ。うつむいたすみれは、長く伸ばした髪を耳にかけた。

「ないと言えば、たぶん、嘘になりますよね」

小さな声は春の夜風に消えかかる。

「でも、自分のことを汚れてるとか、その程度だとか、そんなふうには、もう思っていません。過去は消せないけど、永吾《えいご》さんと過ごす時間が、いつか過去のことも忘れるぐらい普通になるって、そう思っていて……。私、そう思いたいんです。結婚なんてよくわからないけど、ほかの人が彼の奥さんになると思うと嫌だし……。そんな気持ちで結婚したら、やっぱりダメですか」

反対に聞き返してきたすみれは、すがるように佐和紀を見た。

若い女の瞳はきらきらと輝き、不安よりも期待が勝っている。自分の決意を後押しする言葉だけを欲しがっているのがわかっていても、容易なことは口にできない。

「俺らの世界は、先がない。泥船だって言うやつらもいる。その船に乗って、おまえは後悔しないのか」

「……あの人の乗る船が泥船でも、かまいません。もともとは泥の中で溺《おぼ》れかけていた私です。それに、永吾さんとなら、泥が溶ける前に陸地につけると信じてます」

女の長いまつ毛に、丸いしずくがついた。まばたきをすると、溢れた涙はぽろぽろとこぼれ落ちる。

佐和紀は驚きもせず、相手を見据えた。

「俺は結婚したくてしたわけじゃないから。なにも言えないけど。……おまえに言っておきたいのはさ、ひとりじゃないってことだ。典子に言えば、俺まで伝わる。嫌になったり、困ったりしたら、いまいる場所から逃げられるってことは、絶対に忘れるな」

あ、と小さく声を発したきり、すみれは自分の顔を覆って泣き出す。強がりで隠せるような傷でないことは知っていた。

身体を奪われ、心を切り裂かれ、仕方がないとあきらめながら、すみれは懸命に自分の人生を綴《つづ》ってきた。

「いいよ、泣いて」

周りの目なんて、佐和紀にはどうでもいい。自分が人を泣かせてしまうことにも慣れている。

シガレットケースを取り出して、煙草をくちびるに挟む。火をつける気にはならず、指でつまんでもてあそんだ。

店の端から見ていたのだろう典子が戻ってきて、すみれの隣に寄り添う。きれいにアイロンのかかったハンカチを押しつけるように持たせて、ぎゅっと強く抱き寄せる。すみれの手が、典子の服を鷲掴みに握り返した。

「真柴さんは、見た通りの、ええ人ですよね。佐和紀さん」

典子が真剣な声で問いかけてくる。佐和紀は答えた。

「いいやつだよ。でも、幸せは男がくれるものじゃない。自分で選ばないとな」

その言葉を聞き、典子はくちびるを引き結んでうなずいた。イスから下りて足元にしゃがみ、若い友人の顔を見上げる。

「……もう泣いたらあかんよ、すみれ。……目が腫《は》れたらな、明日の結婚式、ぶっさいくになるやんか。こすらんと、押さえて拭《ふ》きや」

典子の声が震えて聞こえる。佐和紀は、ようやく煙草に火をつけた。一息吸い込んで、庭を見つめ、それからすみれに向かって言った。

「新しい家庭で、たいせつにしてもらえよ。すみれ」

静かに煙を吐き出すと、典子も肩を震わせて泣き始める。

佐和紀は店内を振り向いて、目が合った客たちに会釈を返した。テーブルの上のケーキを見れば、店員も客も納得するだろう。

女にとっても、結婚は一大事だ。自分にとっては取り引きだったと思いながら、佐和紀はいつまでもふたりを見守り、ビールを飲み干した。

＊＊＊

翌日の朝一番。すみれと真柴は役所へ出向き、婚姻届を提出した。結婚式と披露宴が行われるのは、北山《きたやま》にあるブライダル施設だ。チャペルでの人前式と、パーティー会場での披露宴。

てっきり、神前式と料亭での披露宴だと思い込んでいた佐和紀は拍子抜けした。自分の披露宴が例外だとは知らず、想像していたヤクザの結婚式とはほど遠いと思う。

新郎・真柴家の親族は、父親である生駒組《いこまぐみ》の組長と後妻、父親の姉妹が主だ。病状が安定しているので外出を許可された叔父《おじ》の桜川も参加する。実の母親はすでに死去していた。

そのほかには、桜河会の代表として若頭補佐の道元が呼ばれ、石橋組の美園もこちらに座る。あとはカタギとチンピラが入り混じった真柴の友人たちだ。

一方、新婦である斎藤家の親族は離散しているので、佐和紀と周平が両親代わりを務め、三井と岡村、そして典子に加えて、かつてのホステス仲間が数人、わざわざ関東から駆けつけていた。

銀座キャバレー事件の舞台となった『リンデン』の女の子たちは、佐和紀も一緒に働いた仲だ。彼女たちがよく知るチィママ・美緒《みお》に戻るため、ホテルの部屋で典子からメイクを施される。

周平たちは一足先に会場へ出かけていき、佐和紀は黒留め袖の着付けを終えてからタクシーで後を追った。典子の先導に従い、新婦の控え室まで連れていってもらう。

新婦の支度はもうすっかり整っていた。

部屋の中へ入った佐和紀は、啞然《あぜん》とする。

すみれは、ウェディングドレス姿だった。オフショルダーのレースが胸元を覆う純白のドレスで、おとぎ話のお姫さまのように裾が広がっている。きゅっと締まった腰のあたりにスミレの造花が散らされ、まとめあげた髪にもスミレをあしらった花冠が乗っていた。

そして、繊細なベールにも。

「お姫さまみたいだ」

ぼんやりと口走った佐和紀のセリフに、すみれもまた啞然とした表情でまばたきを繰り返した。

「美緒、さん……」

それは佐和紀が女装するときの通り名だ。ホステスをしていた若い頃の源氏名でもある。

「似合うでしょう?」

わざとしなを作ってみせると、すみれは目をキラキラと輝かせた。

「すっごい素敵です。似合ってます。男装もいいけど、佐和紀さんの女装は最高……ッ。写真！　写真撮ってもいいですか」

「い、いいけど……」

テンションの高さに押されながら横へ並ぶ。式場のアテンドが、すみれの携帯電話で写真を撮ってくれた。

佐和紀が着ている黒留め袖は、膝上から大きく描かれた熨斗《のし》と宝尽くしの意匠で、周平が作らせた手描き友禅だ。値段は聞きたくない。

だから、帯だけは新調するのを拒み、姉貴分である京子《きょうこ》から西陣の唐織綴《からおりつづれ》を借りた。白地に金糸銀糸を基調とした中に、パステルなピンクや緑が若々しく織り込まれている。

髪は典子のセンスに任せたが、襟足にまとめ髪の付け毛を足したシックなスタイルで、前髪は左右に分けて額を出している。眼鏡ははずして、コンタクトに替えた。

「私も、佐和紀さんみたいに色っぽくなれるといいな」

すみれがうっとりと目を細めて言う。

「それは真柴次第だな」

抜き気味に着付けた黒留め袖の衿をしごき、佐和紀は笑って答えた。

控え室のドアがノックされて、木製のつい立て越しに周平の声がする。すみれが即座に対応した。

「佐和紀さんはこちらです。どうぞ入ってください」

促された周平が姿を見せた瞬間、佐和紀はもう一度啞然とした。今度は完全に気を抜かれ、ぽかんとくちびるを開いてしまう。

手にした和装用のクラッチバッグが滑り落ちそうになるのを、大股《おおまた》に近づいた周平が支える。ふっと香るコロンに驚き、佐和紀は慌てて顔を背けた。

いまさら旦那にときめくなんて、と思う端から惚れ直してしまう。

新婦の父親らしくモーニングコートを着た周平は眩《まぶ》しすぎる。見るに見られず、どぎまぎと視線を揺らしてあとずさると、

「おふたりも写真を撮りますか？」

すみれが無邪気に提案した。周平が快諾して佐和紀の隣に並ぶ。

腕に摑まるようにと手を取られ、見上げた佐和紀は動けなくなる。

そこにいるのは確かに周平だ。きっちりと撫でつけられた髪。悠然とした佇まい。黒縁の眼鏡は、いつもと形の違うものだ。それがまた似合っていて、なにもかもが非現実的で、礼装用草履を履いた佐和紀の足元がふわふわとおぼつかなくなる。

カメラを構えたすみれは、声もかけずにシャッターを押した。


「俺、こういうの見たことあるわー」

と三井が笑う。

「内閣とかいって、大臣が階段で並ぶやつ。まぎれてても違和感ない」

周平と佐和紀を指しての言葉だ。褒められているのか、バカにされているのか、まるでわからない。

佐和紀はなんとなく不機嫌になって、手にしたクラッチバッグで三井の腰を突く。

「痛いっつーの」

結婚式の前には、どう考えてもヤクザ幹部の面通しでしかないような『親族の顔合わせ』があった。京都の桜河会に、大阪の生駒組、そして関東随一の巨大組織である大滝組の幹部が一堂に会するのだから、ヤクザ社会では大ニュースだ。

なるほど冠婚葬祭とはこういうものか、と佐和紀は思ったが、そう悠長にもしていられない。

生駒組組長の姉妹から着物を値踏みする視線を向けられ、無視するのに苦労した。彼女たちも和服だったが、かけた金額は桁《けた》が違っているだろう。

そこに、佐和紀を絶対に負けさせまいとする周平の意気込みが見え、惚れるやらあきれるやら、心の内側も忙しい。女のやっかみを気にする暇もなく、チャペルでの人前式に突入し、佐和紀と周平は、すみれを宣誓台の前まで連れていった。

男泣きをこらえている真柴に、これ以上なく清楚で美しいすみれを引き渡す。

ほんのわずかに惜しい気がしたのは、佐和紀の親心だ。真柴は気心の知れた友人だが、すみれの過去には特に同情している。もしも浮気でもして苦労させたら、ぶっ殺してやると本気で思った。

睨みつけた佐和紀を止めたのは周平だ。

本気でビビった真柴をかわいそうに感じたのだろう。これだから男は、と疎ましく思い、自分も男だったとチャペルを出てから気づく。女装も板につきすぎるとよくない。

「美緒さぁん！　タカシくぅん！」

「極妻って感じ！　素敵です！」

きゃいきゃいと近づいてきたのは、『リンデン』でホステスをしている、あかりとせりなだ。客としてはときどき店へ行くが、女装で会うのはキャバレー事件以来だった。

佐和紀よりも先に、三井が手を振る。

「なんだよ、めかし込んで。店からドレス借りてきたんだろ」

三井にからかわれ、女の子ふたりは楽しげに笑い声をあげる。

「これでも清純タイプにしてきたんです。二次会で将来の旦那様ゲットします！」

「よく選べよ〜。カタギとチンピラが混じってるぞ〜」

「え、そうなの？　じゃあ、タカシくん、探ってきてよ。給料なんて低くてもいいから、まともな人がいい」

「わたしは、将来有望ならちょっとぐらいやんちゃでもいい！」

「わかんねぇよ、そんなこと。手当たり次第に食ってれば、激ウマに当たるだろ」

「その前におなか壊しちゃうでしょ〜」

「知るか。なんなら、ふたりまとめて、俺が……」

と言った途端に、あかりとせりなが真顔に戻る。

「はー。タモツくんが懐かしい……カムバック……」

三井を無視したせりなが遠い目をして、空を見あげた。薄雲が流れる青空は眩しい。

「なんだっけ。そういうの、あったな。ウェスタンの」

佐和紀がつぶやくと、

「昭和ネタだろ、どうせ」

三井は眉をひそめて振り向く。そこへ、岡村が入ってきた。

「『シェーン』ですよ、佐和紀さん。もしくは、マンション会社のＣＭ」

「なにそれ。やっぱり昭和？」

三井がいっそう眉をひそめる。あかりとせりなの目がすかさず岡村を値踏みし、佐和紀とのやりとりに納得した表情になったあと、深いため息をつく。それに気づいた三井は、自分と岡村が比べられたと思い、不満げに突っかかる。

にぎやかなやりとりを横目に見た岡村は取り澄ましたままだ。

「そろそろ、パーティー会場のほうへ移動しましょうか」

黒留め袖の佐和紀をエスコートしようとして、指の先端だけがそっと背中に触れる。遠慮がちすぎて、下心が伝わってくる仕草だ。

佐和紀の流し目も素知らぬふりで受け流したくせに、黒留め袖姿を初見したときは、佐和紀が周平に対してときめいた以上の過剰反応で視線をそらした。惚れ直されたと思ったが、口には出さない。いまさらだし、からかうのも面倒なだけだ。

「真柴も移動じゃないの？」

チャペルの前に広がるガーデンスペースの片隅にいるのが見えた。まだ友人たちと話をしている。

「そうですね。声をかけてきます」

「あぁ、俺が行く」

腕を摑んで引き留め、三井のそばへ戻る岡村にクラッチバッグを押しつけた。

佐和紀はその場を離れ、集団へ近づく。白いタキシードの真柴を取り囲んで楽しげに騒ぐ友人たちの背後へ立った。

まず気づいたのは真柴だ。同時に友人たちが飛び退《すさ》った。蛇でも出たような扱いだが、道が出来たのはありがたい。

「永吾さん。そろそろお時間でしょう」

女にしては低い声で告げると、真柴は慌てて友人たちをパーティー会場へ促した。人を散らしてから、改めて佐和紀のもとへ近づいてくる。

「久しぶりに見ると、心臓に悪いですよね……。ツレに、男やって言いそびれました」

「リンデンのときに、嫌ってほど見ただろ。俺の性別なんか黙ってろ。見ればわかるんだから」

「やっぱり、怒ってはるんですか」

「女装が楽しいわけないだろ。しかもこんな真っ昼間にやらされて……。おまえらの結婚のための代償だよ。これで会長が満足するならいい。祝儀だと思って、黙って取っとけ」

真柴は桜河会の大事な跡取りだ。しかも結婚適齢期の独身男。父親である生駒組の組長や叔父である桜河会の会長は、有力な人間との政略結婚も視野に入れていたはずだ。

そこへ、一回りも年下の、幼さが残るすみれを押し込んだのだから、佐和紀の女装で代わりになるなら安いぐらいだった。

「感謝してます。ありがとうございます。ところで……、留め袖に一本かかってるって、ホンマですか」

「どうでもいいことを聞くな」

そんなことを吹き込むのは、真柴の父親の姉妹たちだろう。聞いてこいと言われたのかもしれない。くだらないと笑いながら、佐和紀は真柴を急《せ》かした。

「おまえは、さっさと行けよ」

「はい、すみません」

結婚式がよほど嬉しいのだろう。笑みを浮かべる真柴は、見ている側もつられてしまうほど幸せそうだ。

「真柴さん」

ふたりの会話が途切れた合間に、若い男の声がした。

「お忙しいところ、すみません」

「来てくれてたんか」

真柴の声が弾み、スーツを着た青年も物静かな笑みを浮かべた。見上げるほどに背が高く、育ちのよさそうな雰囲気だ。手には祝儀袋を持っていた。

「このたびはおめでとうございます。式に参列させてもらいました。これは木下《きのした》から預かった祝儀です」

「おおきに。確かに受け取った。よう礼を言うておいてくれ。落ち着いたら連絡する」

「また番号が変わりましたので、それも同封させてもらってます。それでは、これで。おめでとうございました」

礼をしたまま一歩さがり、小さくなった姿勢のまま広場を抜けていく。カタギだと思ったのは間違いで、兄貴分の代わりに参列した暴力団関係者らしい。

「それじゃあ、佐和紀さん。俺も行きます。すみれも、今度は髪型を変えるだけやから。お色直しのカラードレスは、そのあとに」

楽しみにしてくれと自慢げに言って、真柴は控え室へ駆けていく。軽い足取りを眺め、佐和紀は肩をすくめて笑った。

視界にひらひらと流れ込むものに気づき、そっと手のひらを差し出す。風に舞って落ちてくるのは、雪のようにも見える一片だ。

地面に落ちても消えなかった。

「桜か……」

風が吹いてきた方角へと顔を向けた佐和紀は、離れた場所に立つ桜の大木に気づいた。満開の桜の花びらが、風に吹き流されてきたのだ。

記憶が巻き戻り、寒い冬の日を思い出す。

あの日の夕暮れに舞い落ちた雪は、牡丹《ぼたん》の花びらのようだった。惚れて嫁いだわけじゃない。ほかに手立てを知らず、自己犠牲が心地よくさえ感じられていた。誰かのために、なにかのために、自分を投げ出して生きることに酔っていたのだ。

風に運ばれる桜の花びらに見入っていた佐和紀は、その向こうの建物の陰に立つ背の高い男に気づいた。ついさっき、真柴に祝儀袋を渡した青年だ。

「そろそろ始まるぞ」

周平が近づいてきて、気が削《そ》がれる。そらした視線を戻したが、建物のそばに人影はなかった。ほんの一瞬だけだが目が合った気がして、相手がなにか言おうとしているように思えた矢先だ。

桜が幻想的すぎて、夢でも見ていたかのような気分になる。

「どうしたんだ。帯が苦しいのか」

心配そうに身を屈める周平は、いつもより細いふちの眼鏡をかけている。見るからに紳士で、映画から抜け出てきたように凛々《りり》しい。

明治か大正か、昭和初期か。どれにしたって、貴族の役だろう。

「いや、だいじょうぶ。素敵な旦那さまだと思って……」

人影のことを忘れ、周平のモーニングコートの胸元へ左手を滑らせた。

まるで芸者と貴公子だと思い、笑いがこみあげる。

「最初は、そんなふうに思ってなかっただろう？」

周平の手が佐和紀の髪へ伸び、桜の花びらを一枚つまみ取る。

「いじめられている桜を助けたことがあるのかもしれないな。俺は」

突拍子もないことを言い出した周平は、指に挟んだ桜の花びらを佐和紀の胸元に押し込み、

「桜の精が、恩返しに来たのかもしれないよな」

いたずらっぽい微笑みを浮かべた。佐和紀も肩をそびやかして言い返す。

「牡丹燈籠《ぼたんどうろう》かもよ。おまえのこと、干からびるまで……」

「望むところだ。血でも唾液《だえき》でもザーメンでも、欲しいものはなんでもくれてやる。そばにいてくれるなら」

「口説いてるの？」

風がそよそよと吹いて、佐和紀は夢見心地に周平を見つめた。いつまで経っても新婚気分で、いつまで経っても、繰り返しの恋に落ちる。

「俺と結婚してよかったか」

周平のささやきに、同じことを考えているのだとわかった。

惚れるより先に結婚をした。もはや、辻褄合わせの恋愛だとうそぶける関係でもないけ

れど、順を追っていたらどんなふうだっただろうかと、ないものねだりを考えずにはいられない。

経験しなかった道を惜しく思うのは、いまを充分に堪能《たんのう》しているからだ。

「ほかのやつとなんて、気分にもならないんだから、おまえでよかったんだよ。周平こそ……」

その先は言わないでおく。眼鏡越しだろうと、見つめられるだけで、いますぐ帯をほどきたくなる。そういう色気のある男だ。

「俺と結婚できて、よかったね。……旦那さん」

両手で頬を包み、両方の瞳に周平だけを映す。あれほどものさびしく感じた牡丹雪さえ、いまは孤独な日々のラストシーンに過ぎない。

すぐあとに幸福が待っていると知っていたら、こんなにもロマンチックな記憶にはならなかった。なにも知らずにいたから、あの夜のことは、日毎《ひごと》に美しい思い出になっていく。

「おまえが単なる美人のチンピラでよかった」

周平がささやき、佐和紀は、ふっと笑みをこぼして身体を離す。

「優しくしてくれないと、知らないよ？」

岡村と三井が呼んでいた。その隣では、あかりとせりなが頬を紅潮させている。周平のせいだ。タキシードならともかく、モーニング姿の凛々しさは破壊力がある。

「……濡れた顔になってんじゃねぇか……。周平。フェロモン垂れ流すの、やめろ」

口汚く罵っても、周平は艶然《えんぜん》と微笑むのをやめなかった。

「おまえといるせいだ。どうにも欲情する」

「全然、冗談になってないから」

黒留め袖の衿をしごき、紳士な正装をしても色気過多な男を睨みつける。本当に、嫌味なほどの色男だ。

絡み合う視線が湿り気を帯びる前に、佐和紀は黒い袖をひらめかせた。肩越しに、負けじと流し目を送る。

夫婦間で争っても仕方がないが、自分ばかりがときめいて惚れ直すのもおもしろくなかった。


なごやかな披露宴が終わり、二次会へ移動する前のすみれを訪ねる。

二次会用のシンプルなホワイトドレスに着替え、ちょうどヘアセットが終わるところだった。

「明日は送らなくていいからな」

壁際に置かれたイスに腰かけて声をかける。どうせ真柴はひどい二日酔いだ。そばにいて介抱してやるのが、新妻に与えられた、とりあえずの仕事だろう。

「新婚旅行は、来週だって？　飛行機に乗るの？」

「佐和紀さん、飛行機は苦手なんですか」

「あんなものが飛んでるなんて、意味がわからない」

つんっとあごをそらして答えると、すみれが笑いを噛み殺す。

ヘアメイク係が部屋を出ていくのを待つ間、佐和紀は窓の外を見た。日が陰り、夕暮れがのどかに近づいている。

それさえ幸せな春の景色に思え、ふたりきりの部屋ですみれを振り向いた。

「真幸から聞いたんだけど。うちの知世を心配してるって？」

「あ……、それは……」

すみれは、ばつが悪そうに肩をすくめた。

「最近、ちょっと変だとは思ってるんだ」

たいしたことじゃないと答えたら、それで済ませるつもりでいたが、すみれは遠慮がちに言いよどんだ。言いたいことがあるのだろう。

佐和紀が促すと、柔らかなカーブを描く眉がかすかに跳ねた。

「変なんですか？」

「やけにしゃべるし、細かいことを気にするようになった。元から話好きではあるけどさ、俺の言ったささいなことを引きずって、なんだろうな、怒ってないって言っても信じない。そういう感じだ。俺に慣れて甘えてるだけなら、いいんだけど」

「違うんですか？　……そういうことですよね」

すみれは、うぅんと小さな声で唸った。

「うまく言えないし、間違ってたら知世くんにとって、大迷惑な話なんです……。でも、聞いてもらってもいいですか。絶対そうだってことじゃなくて、私がただ感じてることなんですけど」

うなずいて返すと、すみれは佐和紀に向かって腰を落ち着け直した。膝の上に置いた自分の指先を、落ち着きなくいじりながら目を伏せる。

「前に、少しだけ、話をしたんです。食事の片づけを手伝ってもらったときだったと思うんですけど。流れで兄弟の話になって……、初めは当たり障りなく話してたんですよ。でも、どうしてだか、兄弟がいるって大変だって話になって……、知世くんって、私と同じなのかなって思ったんです。それで、永吾さんに聞いちゃって……」

すみれはもじもじと身体を揺らし、小さなため息をついた。

「お兄さんを助けて、いろいろと大変な目に遭ってきたんですよね。それを聞いたとき、私、なんでだか、同じなんだってピンときて……」

すみれは性的暴行の被害者だ。そのことを姉に蔑《さげす》まれ、精神と肉体、両方に対する虐待を受けていた。それだけでなく、金をせびられ、身体まで売らされていたのだ。

「永吾さんには言わなかったんですけど……。いよいよ京都に行くってなったとき、急に怖くなって、私、真幸さんに、いままでのことを聞いてもらったことがあったんです。……それで、知世くんの話もしたんです。知世くんは男の子だし、ケンカも強いし、私と同じではないと思うんです。でも……」

表情を歪ませて、すみれは必死に言葉を選んでいる。

「思ってること、そのまま言ってみろ。真に受けたりしないから」

「……お兄さんに、虐待されて、ないですか」

部屋に沈黙が広がり、すみれは慌てて身を乗り出した。言い訳が始まる前に、佐和紀は手のひらを向けて黙らせる。

頭の片隅がカタカタと音を立てている気がした。

線の細い、清潔そうな横顔が脳裏に浮かぶ。時折見せる静かな表情も思い出す。それはほんの少しだけ寂しげだが、凜《りん》と澄んでいて美しい。だから、辛気臭いとは思わなかったし、嫌いじゃなかった。

「あいつを預かるときに、金で片をつけてる」

「お金が取れるとわかっていれば、他人だってしつこいんです。兄弟なら、なおさら……。私もそうでした。まとまった金額を渡したら、それぐらいは用意できると思われます。泣いたり喚いたりも平気でするし……私の姉も、何回だって自殺未遂をしてました。佐和紀さん、あのね、……知世くんがひとりごとみたいに言ってました。……兄貴の人生は、俺のすぐ隣にあるんだ、って」

いつそんな話をしたのかと思ったが、機会は何度もあった。年の近いすみれに対して、口が滑ったのかもしれない。

「すぐに意味を聞いたけど、ごまかされました。そのとき、すごく怖いと思って……」

「知世が、死にそうってことか」

「佐和紀さんのそばにいる限り、それはないと思うんです。佐和紀さんは気づかないかもしれないけど、一緒にいるときの知世くんはすごく楽しそうです。『あ、いま、息してるんだな』って、そんな感じ。私もそうでした。佐和紀さんに叱られて、自分だけの人生ってものがあるんだってわかったとき、息をするってこういうことなんだって……、思ったから。知世くんと家族って、縁が切れてるわけじゃないですよね？　お兄さんと直接会っていなくても、間を取り持つような人がいたら、それって、縁が切れたって言えないんです」

すみれは胸元を押さえ、ゆっくりと呼吸を繰り返す。知世に重ねて、思い出す過去があるのだろう。

「悪かったな。嫌なことを思い出させた」

「いいえ、だいじょうぶです。いまの私の人生は誰の干渉も受けていないし、永吾さんがいますから」

明るい笑みを浮かべて、すみれは背筋を伸ばす。

「佐和紀さん、昨日、言ってくれたでしょう。つらくなったら逃げてもいい、って。……すごく嬉しかったです。本当にいろいろお世話になりました。これからは永吾さんとふたりで努力しますから、見守っていてください」

座ったままで頭をさげたすみれが微笑む。それは、自分の人生を勝ち取った女の、人間らしい誇らしげな顔だ。

「俺が独り身だったら、俺と結婚したか？」

佐和紀の言葉に、すみれの目が丸くなる。

「どうかな……。無理かな……」

ひとりごとのように答えて、ふふっと笑い、軽やかに立ちあがる。ドレスの裾を整えた華奢な両腕が差し出され、佐和紀もイスから立った。

すみれの手が、佐和紀の腕に触れ、そっと袖の下に滑り込んだ。ぎゅっと抱きついて、すぐに離れていく。

甘い香水が淡く漂い、すみれは人妻になったのだと実感する。細く頼りなかった少女は、もうとっくに家庭の匂いがする女に変わっていたのだ。

佐和紀は目を細め、遠慮しているすみれを強く抱きしめた。

吐き出した煙が目の前に広がり、手のひらで払うと袖が揺れる。夜になっても黒留め袖が脱げず、佐和紀はすっかり疲れていた。

帯の締め具合がちょうどよくても、女らしい仕草を続けるのは億劫《おっくう》だ。真柴たちが二次会を行っている頃、佐和紀たちヤクザの間でも二次会が行われた。

桜川会長宅に集まったのは、桜河会会長と若頭、生駒組組長、そして石橋組組長の美園浩二、大滝組若頭補佐の岩下周平。嫁の佐和紀は挨拶程度に顔を出し、早々に引きあげた。それでも気を張った分だけ疲労する。

三井の姿は見えず、どうやら楽しいほうの二次会へまぎれ込んだらしい。あかりとせりなの邪魔にならなければいいと本気で心配したが、彼女たちも三井の扱い方は心得ている。

そういうわけで、佐和紀のお付きは岡村だ。

ホテルへ帰るタクシーには、ヤクザの二次会を抜け出した桜河会若頭補佐の道元も同乗していた。

「すみれは、きれいだったな。元がいい」

窓の外を見ながら、佐和紀はしみじみと口にする。

親はヤクザだが、お嬢さん育ちのキラキラとしたところが、すみれの長所だ。どれほど人生を踏みにじられても、結局、そこは変わらなかったのだろう。

『知世くんも、困ったときは佐和紀さんを頼ると思います』

そう別れ際に言われた。思い出した佐和紀の胸に、物憂い気分が広がる。

たまには知世にも休みをやろうと、横浜へ残してきたことが不安に思えた。移動する前にかけた電話には出たし、大学のツレと遊んでいると楽しげにしていたから、すべてはすみれの取り越し苦労なのかもしれない。その可能性は大いにあった。しかし、喉に刺さった骨のように真実が気にかかる。

タクシーがホテルへ着き、佐和紀と岡村、そして道元は、ラウンジバーへ入った。クラシックな内装に落ち着きがあり、まだ客はまばらにしかいない。

「感傷的ですね」

ウィスキーの水割りを飲んでいる道元に声をかけられ、佐和紀は不機嫌を隠しもせず、視線を返す。道元は怯《ひる》まなかった。肩をすくめるだけだ。

周平とも岡村とも違う洒脱《しゃだつ》な雰囲気の男で、都会的なバランス感覚が持ち味だ。真柴を神輿《みこし》に乗せ、これからの桜河会を担っていく幹部のひとりでもある。

そして、佐和紀にとっては情報源だった。

岡村を使って屈服させたのは、由紀子と別れさせるためだけでなく、こちらへ引き込み、西のヤクザたちの情報を得るためだ。

周平から流れてくる情報は、旦那の優しさによる手心が加えられ、ときどき肝心なことが飛んでしまう。佐和紀には佐和紀のルートが必須《ひっす》だった。

「すみれには、絶対に手を出すなよ」

ショートピースを指に挟んだ佐和紀は、いかにも女にモテそうな道元を睨み据える。親分の嫁と愛人関係になった男だ。仲間に引き入れたとはいえ、安心はできない。

「出しませんよ。女には困ってません」

「相変わらず、イジメて、いい気になってんの？」

佐和紀は、片手を自分のうなじに添えた。

客が増え始め、周りからの視線を感じる。

豪華な黒留め袖の女をソファ席の奥に据え、手前に向かい合って座るブラックスーツの男ふたり。この構図は、異様な光景だろう。

初めこそ佐和紀に見惚れたウェイターも、注文を取りに来たときは目を合わそうとしなかった。

「いい気になんて……」

辛辣な言葉に対して、道元は顔を歪めた。言いたいことの半分も口にしていないのだろう。その態度は、佐和紀への忠誠の証《あか》しになる。

しかし、道元が従う本当の理由は、佐和紀への忠誠などではない。

足を組み直した佐和紀は、乱れた裾を引きあげた。

「別になんでもいいけど、このあと、シンを連れ出そうと思ってんだろ」

図星を指された道元が視線を泳がせる。向かい合って座っている岡村が、深いため息を吐き出した。

「俺は部屋に帰って寝ます」

その一言に、道元はおもしろいほどわかりやすく息を呑《の》む。佐和紀は苦笑いを浮かべた。

「おまえのそれは、どういう感情なんだよ……」

岡村に『調教』を命じたのは佐和紀だ。

サディスティックな男を屈服させるなら、濃厚なマゾヒズムに浸らせてやればいいと考えただけのことだった。新しい性癖を植えつけてやろうなんて気は微塵《みじん》もなかったのに、どうやら道元は自分勝手に扉を開いてしまったのだ。

こうもハマったところを見ると、素質があったという事実以上に、岡村が体得している『周平仕込みの手腕』が恐ろしい。

身につけるものを上質に変え、朴訥とした印象を隠した岡村は、いまも全身から思慮深さを滲ませている。佐和紀の『右腕』としても申し分がない。なのに、卑猥な責め技を持っているなんて反則だ。

「俺は、別に……。御新造さんの耳に入れるには雑多なことを、彼には説明しておきたいと思っただけです」

平静を取り繕った道元に対して、岡村は静かに視線を向ける。

「じゃあ、俺の部屋には来ないわけだ」

問いかける声はひっそりとして意地が悪い。

「おまえのマンションへ行こうか。ゆっくり話せるだろ？」

いきなり誘われた道元は、声もなく、ぱくぱくとくちびるを動かした。桜河会若頭補佐の威厳は吹き飛び、まるで蛇に睨まれたカエルだ。

佐和紀は煙草をふかし、煙の向こうで向かい合う男たちを見比べた。どちらも女には困らないタイプだ。道元は見るからにスタイリッシュな二枚目だし、物静かに見える岡村も器用で、ついこの間まで人妻食いが止まらなかった。

「おまえらふたりのセックスは見たくないな」

「想像しないでください」

岡村が佐和紀を振り向く。

「セックスしたいなんて思ってませんよ」

道元も怒ったような声で言う。佐和紀はたいした興味も感じず、目を細めた。

「そうなの？」

「落ち着いて、情報交換をしたいだけです」

「ふぅん……。じゃあ、シン、説明を聞いておいて。俺はもう疲れたから部屋に戻る。周平も遅くはならないだろう」

「すぐに戻られると思います。……道元は待っていてくれ」

すくりと立ちあがった岡村が、佐和紀に向かって手を差し出す。視線を向けずに摑まり、佐和紀はあくびを嚙み殺しながら席を立つ。裾の乱れを直して衿をしごく間に、跳ねあがった二重太鼓のたれを岡村が撫でおろした。ヒップには絶対に触れない、絶妙な気遣いだ。世話を焼くついでのセクハラは岡村の本望ではない。そういうところはバカがつくほど真面目な男だ。

「じゃあ、道元。今度は俺ともゆっくり遊ぼう。横浜《ハマ》に来るときは声をかけて」

すでに席を立っていた道元は、バーの入り口までふたりを送りに出た。簡単な別れの挨拶を交わし、佐和紀と岡村はエレベーターへ乗り込む。

「あれから、あいつとなんかした？」

都内で数回会っているはずだ。

「なにをするんですか……」

あきれたような物言いで、岡村は深々とため息をつく。

「金を積まれても断りますよ。あれは特別だったんです。俺の趣味じゃないって、わかってます？」

ふたりだけの密室で、岡村が近づいてくる。押し返そうとした指が捕らえられた。

「手を見れば、男だとわかるのに。今日もあなたはきれいだ」

卒倒しそうな口説き文句をさらりと口にして、佐和紀がそらした視線の先に入ってくる。

壁のガラスに映ったふたりの姿はどう見ても男と女だ。結婚して初めての女装は、清楚な新妻路線だったが、キャバレー事件でチィママを演じたときは水商売の派手さが加わった。今日に至ってはもうストレートな極妻の貫禄《かんろく》だ。

「おまえのものじゃない。離れろ」

鋭く命じると、岡村は素直に身を引いた。しかし、握った手だけは離さない。

「シン……」

「ダメですか」

叱られた犬のようにうなだれてみせる岡村は、佐和紀の手を自分の口元へと引きあげた。くちびるが触れるより先に、クラッチバッグで頬をぶつ。

「殺すぞ」

睨みを利かせた佐和紀は、岡村の手を振りほどいた。そのまま、目の前の肩も殴りつけると、痛みに顔をしかめた岡村は、その場で踏ん張った。

「もっとましな迫り方をしろ。へたくそ」

エレベーターがベルの音を鳴らして止まる。佐和紀が大股でホールへ出ると、追ってきた岡村が先導しようと前へ出た。

「ここまででいい」

背中に声をかけられ、驚いたように振り向く。

「すぐそこだから見てろ。押し入られでもしたら、めんどくさい」

「しませんよ、そんなこと」

「知るか。ばーか」

クラッチバッグでぐりぐりと肩を押して道をあけさせる。

「佐和紀さん」

伸ばそうとした手が宙に浮き、次の言葉を探せなくなった岡村の表情に絶望が差し込む。

「……知世のことだけど、実家とはどうなってる」

出し抜けに話題を変える。暗い表情の岡村は即座に答えた。

「距離を置いているはずですが」

「距離か。どの程度の付き合いがあるのか、調べておいて」

「縁を切らせるのがいいですか」

理由は聞かず、結論を問うてくる。佐和紀が決めたことであれば、岡村には是非もない。

「知世がどうしたいのか、俺にはわからない。悩んだときに話してくれるなら、それでいいけど……」

すみれは、自分と同じように知世が佐和紀を頼るはずだと思っている。出会った当初、心を閉ざしていたことなど、すっかり忘れているのだ。

知世は岡村に惚れ、岡村の役に立ちたい一心で佐和紀の世話係になった。信頼関係は深いようでいて危うい。

「おまえにならいい弱音を吐く？」

「いえ、知世はあぁ見えて、自己解決するので」

「兄貴の影響なんだろう」

「どちらが兄かわからない関係だったと聞きます。あの、佐和紀さん……」

「怒ってる」

聞かれる前に答えた。愕然《がくぜん》とした岡村はよろけ、佐和紀は顔をしかめた。

「周平とする前には触らせない。今夜は爪《つめ》の先まであいつのものだ。わかってるだろう。ルールは守れ」

「……はい」

不服そうなニュアンスで、岡村はこうべを垂れる。言いたいことはわかっていた。

ふたりの間にルールなんて存在しないからだ。

岡村が接触を許されることは、周平とセックスをしたあとでもありえない。

「不満そうだなぁ。俺みたいなチンピラに、ルールだなんだって言われるのは嫌か。じゃあ、いまから部屋に行って、どうにもならないこの関係に終止符を打ってやろうか」

キスのひとつでもしてしまえば、ふたりの主従関係はそこまでになる。どんなに岡村が横恋慕しても、佐和紀の心はひとつしかなく、それはすべて周平のものだ。

身体はなおさらで、奪われたりしたら相手を生かしてはおけない。

殺しはしないまでもボコボコに痛めつけて、森か海に捨てるしかないだろう。

佐和紀はそうしたくないと思っているが、恋に血迷っている岡村は、ときどきボーダーラインの危うさを忘れてしまう。

「失礼なことをしました。謝罪させてください」

必死に詰め寄られ、佐和紀はつんとあごをそらした。

「おまえはさ、俺をなんだと思ってんの？　お利口そうなふりして、都合よく、もてあそんでるだろ」

「ないです。そんなことないです」

視界からどけと言わんばかりに身をよじっても、岡村は引かない。立ちふさがるのを押しのけた。

「誤解をしたままでは困ります」

部屋に向かおうとした肩を摑まれ、佐和紀は怒鳴りながら振り向いた。

「だから！　困るのはおまえだろッ！」

「佐和紀さんっ」

「うっせぇ……ッ」

女装をしていることを忘れてクラッチバッグを振りあげた瞬間、背後から腕を掴まれた。袖が滑り落ちて剝《む》き出しになった肘を押さえられ、肩越しに見た相手の指先が肌をなぞる。

「周平……っ」

「その程度にしておけ」

声は佐和紀にかけられたが、視線は岡村を見つめた。引くに引けない足取りが、それでも仕方なさそうにあとずさる。

「こんなところで怒らせるな。おまえが悪い」

周平はノーネクタイのスーツ姿だ。佐和紀を迎えに、バーまで下りるつもりだったのだろう。部屋に向かって手を引かれながら、佐和紀は肩越しに岡村を睨んだ。

表情をなくした岡村は顔面蒼白《そうはく》だ。お辞儀をすることも忘れ、呆然《ぼうぜん》と立ち尽くした姿は以前のまま朴訥としている。メッキの剝がれた、もの悲しげな振る舞いがいっそ腹立たしくて、ふいっと顔を背けた。

周平の腕にしがみつくように寄り添って宙を睨み、開けてくれたドアの内側へ飛び込む。

「なにをそんなに怒ってるんだ」

うなじに周平の手が伸びて、そっとくすぐられながらキスされる。くちびるをなぞられ、口角の隅にも甘いスタンプを押された。身体にこもった熱に煽《あお》られ、伸びあがるようにして首筋を引き寄せる。

黒留め袖から伸びた腕は剝き出しだ。周平の手がさするように触れてきて、甘く喘《あえ》いだくちびるが塞《ふさ》がれた。

今度は深いキスだ。くちびるが吸われ、舌がぬるりと忍び込む。

「んっ……ふ、っ……」

なにもかもを忘れさせるような濃厚さに、閉じたのまぶたの裏が淡く染まる。桜色の興奮に包まれた佐和紀は、待ちわびた香りに頰をすり寄せた。腰を抱かれて息をつく。

「あいつを連れてるのは、恋愛ごっこに付き合うためじゃない」

「……そうか」

気のない返事をするような響きに顔をあげると、周平は心配するでも怒るでもなく、顔をしかめていた。憐《あわ》れみの表情だ。

世話係に言い寄られている佐和紀への同情ではないと一目でわかり、苛立《いらだ》ちが再燃して身をよじった。周平の腕から逃げて、部屋の奥へ入る。

メイクをして出かけたときよりもきれいに整った部屋には花が飾られていた。披露宴ですみれから渡された花束を、いくつかの花瓶に分けてある。それがあちこちに置かれ、甘く爽やかな匂いを漂わせていた。

　本当なら、穏やかな感傷を持って眺めたかった。せっかくの結婚式だ。すみれはきれいで、幸せを約束された明るさは、眩しいほど胸に染みた。

「今日のおまえは格別なんだ」

　追ってきた周平が言う。

「シンの自制心をぐらつかせた、その自覚ぐらいはしてやれ」

「俺が悪いのかよ。女装なんて、もうしない。絶対に嫌だ」

　周平に背中を向けて、窓辺へ寄る。鏡のようになったガラスに映った自分を睨みつける。手や首のあたりのラインは男だ。しかし、『男みたいだ』と思える程度のあいまいさでしかない。自分でも不思議に思うほど、女の装いが板につく。

「じゃあ、最後の女装は俺のものだ」

　背中から腕が回り、覆いかぶさるように抱きすくめられた。

　抗《あらが》わずに身を任せると、右手が合わせの間に忍び込む。肩にあてた綿の下を探られた。

　指先が胸を這い、触られてすぐに、乳首が立っていると自覚する。さっきのキスに反応したからだ。こうされることを期待した身体はもう熱を帯びていて、サポーターに押さえられた股間《こかん》が苦しくなる。

「俺が血迷うぐらいだ。シンがのぼせるのは、許してやれよ」

「……なんでそんなに甘いんだよ。俺がキスされても、へい……んっ、ん」

長襦袢《ながじゅばん》越しに乳首を押されて、声が跳ねる。布ごとこねられると、腰の力が抜けてしまい、佐和紀は窓ガラスに片手を押し当てた。

「あっ……は……ぁ」

「そんなことはさせないだろう?」

「俺は……っ、したいなんて、言ってな……っ、あっ……」

周平の指はいやらしい。布地越しに胸筋を揉まれ、乳首をこねられているだけなのに、息が乱れて声が漏れる。全身の肌がぞわぞわと震えて、佐和紀はひときわ大きな声を出してのけぞった。

まとめ髪のきわをなぞるようなキスが首筋を伝い、典子が手際よくやってくれた着付けが乱れる。

「だ、め……」

「どうして。なにがダメなんだ。ほら、頑張って立っていろよ。この四年間でおまえがどれぐらい成長したか、今夜、確かめるから」

以前に宿泊したのは、結婚してわずか半年。新婚ホヤホヤだった。うぶな佐和紀を快楽漬けにしないようにと、我慢を重ねていた周平が悶々《もんもん》としていた頃で、薬で記憶が飛んだのをいいことに、思う存分抱かれた。

こうして窓辺でされたのか、それともベッドの上だったのか。佐和紀はなにも覚えていない。

「確かめないでいい……。おぼえてない……」

「俺がちゃんと覚えてる。おまえがどんなふうに乱れて、どんなにいやらしいことが好きか、俺の身体で調べたんだ」

「……変態」

思わず罵ってしまうと、笑う周平の息遣いがうなじをくすぐった。湿った息の熱さで、たまらない気分になる。本能のままになった自分がどんなふうだったのかなんて、聞きたくない。

それは本当の佐和紀じゃないはずだ。

周平は幻を抱いた、とも思う。

あのとき、記憶がない状態で抱かれたと知ったときもそうだった。身体に勝手をされたことへの怒りはなく、分かち合った快楽を、自分だけが知らないことが惜しかった。

しかし、時期が来るまで、知らなくていいことはある。

周平の性欲の濃厚さが、あのときの佐和紀には早すぎたのも事実だ。

どんな行為も受け入れるようになったいまだから、はっきりと言える。覚えていないことは幸福だ。周平もまた、あの夜の佐和紀とのセックスは回数に入れていないだろう。

その証拠に、周平が媚薬《びやく》のセックスを繰り返すことはなかったし、セックスのハードルがいきなりあがることもなかった。

丹念に積まれた性行為の上に、ふたりの絆《きずな》はある。

羽目をはずすようになったのは、周平のための『女』になると覚悟を決めて軟禁同然の夫婦生活を送ってからだ。結局、男にすがって生きる女の真似はできず、男の強がりを良しとする周平のやせ我慢も許せずにケンカをふっかけた。

佐和紀の自我は『男』だ。

しかし、周平の前では『男』でも『女』でもなくなってしまう。ひとりの人間であり、愛することと愛されることの両方を求めている。

だから、ときに周平を甘やかし、ときに周平を頼って、周平の古傷が痛む夜は抱いて眠り、佐和紀の心がさびしさに震えるときは周平の腕にしがみつく。

それがありのままの姿で、そして、主導権は流動している。そうなるように戦ったのは佐和紀で、周平はそうなるまいと抗った。『平等』のバランスを取るのは難しい。

「周平。すみれと知世は同じかな」

胸を探ってくる腕を引き抜き、くるりと振り向いた。視線を合わせる。

「すみれが心配してた。自分と同じ苦しみを感じてるんじゃないかって」

「なるほどな」

会話に応えながら、同時に、セックスの前哨戦《ぜんしょうせん》も楽しみたい周平は、佐和紀の腰に手を回す。ゆっくりと尻を撫でられ、佐和紀は背中をそらした。下半身を自分から押しつける。

周平は、満足そうに目を細めて言った。

「状況は似てるのかもしれないな。でも、すみれはまだ若い。自分の苦しみが大きかっただけに、自分を重ねすぎていることもある。知世は男だ。誰かの嫁になって傷を癒《い》やすことが最善とは限らない」

「嫁に来た俺に言う？」

ぐりぐりと腰を押しつけ、わざと妖艶《ようえん》を装って見つめる。

微笑んだ周平の瞳にも色気が増し、佐和紀はうっとりと見惚れた。相手に快感を期待させるのも、セックスの愉しみだ。甘い一瞬を分かち合い、周平の頬をそっと撫でる。

「俺だって、男だ」

「おまえは俺の傷を癒やしに来たんだ。初めて恋を知った哀れな男だろう。たいせつに愛してくれ」

「どこを……」

「おまえを求めてるところなら、どこでも」

甘くささやいてくる男の股間が脈を打ち、生々しい形になって布地を押しあげる。

頰に触れていた指先をすべらせた佐和紀は、くっきりとした喉仏をなぞり、艶めかしく開いたVゾーンを伝ってシャツのボタンを押す。ひとつ、ふたつ、みっつ。

そして、ベルトに触れた。

バックルの音が静かな部屋に響き、見つめ合ったままフロントのボタンをはずす。

「すみれが知世を心配するのは、いまが幸せだからだ」

されるがままの周平が言う。

「それが、ほかの誰にも平等に与えられるべきだと思っているんだろう。若い女の美徳だ。優しさだよ」

周平の穏やかな口調に、ファスナーを引きおろした佐和紀は動きを止めた。

口を開こうとしてやめる。そんな女がいたのかと問うことの無責任さを思った。

いないことは知っている。周平の人生を変えてしまった由紀子でさえ、特別な存在ではない。もしも、そんな女の優しさに触れていたら、佐和紀を待たずに伴侶《はんりょ》を得ただろう。

周平は、女が優しく、慈悲深いことを知っている。

誰にでも与えられるべき幸福を、慎《つつ》ましやかに差し出された夜もあったに違いない。しかし、それをすべて踏みにじり、もう二度と誰の影響も受けないと決めて生きてきた。

「俺なんかで満足して……。かわいそうな旦那さん」

そっと頰に口づけて、胸を近づける。指先を下へ向けて、布地越しに昂《たか》ぶりを摑む。びくっと揺れて、ぐんと伸びあがる。まだまだ成長途中だ。

すべての主導権と決定権を持ちながら無頼に生きている男を捕まえ、いままで拒んできた幸福を押しつけたのは佐和紀だ。無知だからできたと思う。世間知らずだから、男の自尊心が傷つくことなど微塵も考えなかった。

古傷をぐいぐい開いて、流れ出る苦しみさえも自分のものだと宣言したかっただけの、無責任な独占欲だ。周平は、無謀な愛情の犠牲者でもある。

「おまえこそ、俺なんかのために足を開いて……。かわいそうに」

周平にささやかれて、佐和紀はほくそ笑む。

「特別なんだよ。周平がかわいそうだから、特別に許してる」

指を動かして、逞《たくま》しい形をなぞった。触っているだけで、挿入されたときのぎっちりとした感覚がよみがえり、息が苦しくなる。

「……俺の人生は、おまえのものだ。佐和紀」

甘い言葉がふたりの間で溶けて、見つめ合う視線が熟れすぎた果実のようにとろけていく。その匂いはねっとりと甘く、頭の芯《しん》まで痺れさせる。

「荒らされても、乱されてもいい。おまえが俺の人生だ」

おおげさなセリフが、キザな周平にはよく似合っていた。

「うん、周平……」

あどけなくうなずき、佐和紀は自分の着物の裾を片手で摑んだ。持ちあげて開く。周平の指が忍ぶのを待ち、内腿の肌へ触れられる快感にのけぞって吐息を漏らした。

胸の奥が掻き乱され、ぎゅっと強く、周平の股間を摑んだ。同じようにされて、わなわなと震え出す息が、キスに奪われる。唾液を溢れさせて舌が絡み、佐和紀は何度となく背をそらして伸びあがった。

「あっ、あ……っ」

腰がびくっと跳ねて、周平の声に耳朶をなぶられる。

「黒留め袖でイクなんて、エロい」

「……はっ、く……んっ」

佐和紀はもう周平に触れていられなかった。一方で、周平の指先はじれったく佐和紀をなぞる。それ以上がなかなか始まらず、

「もう……、して……」

前戯の権利を周平に明け渡し、佐和紀はジャケットの襟にしがみつく。震える全身を抱き寄せられ、熱っぽく喘いで首を振った。

「うなじが真っ赤だ。昼間はあんなに澄ましていたくせに」

わざとイジメてくる言葉に息を呑む。腰下を抱き寄せた手が荒々しく動いて、着物をたくしあげるように尻を揉み始める。指が肉に食い込み、解放され、そしてまた摑まれる。

「あっ……ぁ……」

前にあてがわれた指は、熱を帯びた昂ぶりの位置を直しつつ、かりかりと裏筋を掻いた。焦《じ》らされる。

「んっ、ん……やっ……。はや、く……」

「してるよ、いま。おまえの身体がもっと俺を欲しがるように、しっかり準備をしてるところだ。ほら、このあたりから舌で舐めあげたら、気持ちがいいと思わないか」

指の先が上向きになった佐和紀の根元を突く。袋との境目から、裏筋をなぞり、先端の手前で止まる。

「しゅうへ……、あっ……」

先端からじゅわっと先走りが溢れ、ぴったりとしたサポーターが濡れる。身をよじらせたが逃げられなかった。尻に回った手が、着物をたくしあげる。

「ま、って……」

「ダメだ。待てない」

尻を包んだサポーターが引きあげられ、割れ目に食い込む。あらわになった生肌に周平の手が当たる。指先がきわどいところをなぞった。

「帯、ほどかせて……。京子さんの、だからっ……」

周平の動きがピタッと止まる。しかし、それは一瞬だ。考えもせずにまた動き出す。

「汚さなければいいだろう」

「バカッ。一点ものの西陣だ！」

どんっと胸を叩き、佐和紀は周平を押しのけた。こればかりは譲れない。帯締めをゆるめながら、ベッドの足元に置かれたチェストの向こう側へ回る。リビングスペースだ。

帯をほどいて、ソファの背にかける。そのまま着物を脱ごうとすると、部屋の明かりが消えた。

「そのまま来いよ」

ジャケットを脱いだ周平がシャツのボタンをはずして言う。もろ肌をさらけ出すと、紳士然とした雰囲気は失われ、唐獅子《からじし》牡丹を背負った切れ者のヤクザへ戻る。

言われるままに従った佐和紀は、薄闇《うすやみ》の中でもどぎつい入れ墨に引き寄せられ、伊達締《だてじ》めを腰に巻いた黒留め袖姿で抱かれる。

部屋が暗くなった分、窓の向こうの夜景が見えた。春のぬるんだ空気に包まれた街はまだ宵の口だ。道路を行く車は右へ左へと流れ、東山もほんのりと薄闇に浮かんでいる。

大きな手のひらで頬を包まれ、佐和紀は目を閉じた。キスをされて息があがり、周平の手首に摑まる。

細く開いた視界の中でも、周平はむせ返るほどに色っぽい。

せっかくの黒留め袖を汚されたくはなかったが、周平が仕立てさせた着物だ。元からこうするためだったと言われたら、汚す権利は周平にある。

「……脱がせて」

キスの合間に訴えてみたが、答えは返らない。

乱れた衿をいっそう開かれ、鼻先ですり寄られる。くすぐったくて身を揉むと、舌先がうなじを舐めた。

佐和紀のくちびるから吐息が漏れ、周平が満足げに目を細める。

「汚すのが怖いなら、先につけてやる。裾を持ってろ」

促されて襦袢ごと留め袖の裾を摑む。その手首ごと摑んで引きあげられた。下半身が剝き出しになる高さだ。

周平の手が、佐和紀のサポーターをずらした。

飛び跳ねるように出てくる性器が摑まれ、眼鏡越しに艶めかしく見つめられる。周平がポケットから取り出したのは黒いパッケージのコンドームだ。片手で持って、歯で器用にパッケージを破る。

「口でつけてやろうか」

「……だめ」

佐和紀は視線をそらしながら、顔をしかめた。

「本当に？　このままねっとりと舐めてやるけど？」

周平の指の輪が佐和紀をこねまわして、だぶついた皮をさげる。剝き出しになったそれは、いつも通りの敏感さで跳ねた。

「んっ……」

息を詰めた佐和紀の目の前で、周平がコンドームをくわえる。

それから、空になったパッケージを床に捨てた。周平はこれ見よがしに視線を合わせ、口でされるのかとドギマギしている佐和紀を堪能している。

意地の悪さを睨みつけると、周平はくわえていたゴムを指でつまんだ。佐和紀の股間を見ることもなくかぶせていく。手慣れていた。

佐和紀用のコンドームは分厚い。根元からこすりあげられる刺激が鈍り、感じやすい佐和紀にはちょうどよかった。

触られすぎるとすぐに参ってしまう。ベッドの上なら力が抜けても平気だが、今夜の周平は立ちバックをするつもりだろう。それなら、もうしばらくは足腰を保ちたい。

「背中を向けて、腰を突き出して」

チューブ型のローションを取り出した周平が用意周到なのはいつものことだ。言われるがままにガラス窓の方へ向き、腰壁の上に手をつく。

もう何度も身体を繋いで、いろいろな体位も試してきた。それなのに、腰を引き寄せる指の力強さに声が漏れ、佐和紀は恥ずかしさに頰を染める。抱かれるときの心の中は、いまでもうぶなままだ。周平はいまもなお新鮮な男ぶりで、少しも油断させてくれない。

唾液で濡れた指が、突き出した佐和紀の尻の割れ目に添い、じっくりと見られたくない場所を探る。それから、チューブの先端が差し込まれた。浅い場所にぬめりが溢れ、すぐに指が栓をする。

「んぁっ……ふっ……」

太い指がずくっと入り口を突き、刺激的な快感に胸と腰が疼いた。

「あっ……はっ……は、ぅ……っ」

ずりずり動くいやらしい指は、佐和紀の内壁をぐるりとかき混ぜた。入り口を丹念にほぐしながら奥へと這いずり、そしてまた引き抜かれる。

佐和紀は喘いだ。周平の指だと思うだけで欲情が渦を巻く。はぁはぁと乱れた息が、周平を焚《た》きつけることもわかっていた。

「ん……、いっちゃう……から、もう……は、……くっ」

指がずるっと抜ける感覚に肌がぞわぞわと波立つ。その場に崩れ落ちたいほどだったが、両足を踏ん張って耐える。

コンドームをつけた周平の先端が当たったかと思うと、浮きがちになる腰の裏を手のひらでぐっと押さえつけられた。留め袖の裾が伊達帯へ押し込まれ、いよいよ刺し貫かれる。

「は、ぁ……ぅ……」

太い亀頭がぐいぐいと入り口を押し広げ、佐和紀は感じ切って息を吐いた。その瞬間、肉襞《にくひだ》が柔らかくほどけ、ローションのぬめりを助けに、いきなりずくずくと動かれる。

痺れとも震えともつかない興奮に襲われた佐和紀は奥歯を噛みしめた。こらえきれずに漏れたのは、甘い嬌声《きょうせい》だ。

「あ……、あっ……はっ、あぁッ……」

息遣いに合わせて、周平の動きはゆるやかになった。

快感をコントロールする動きが、繊細に佐和紀を突く。さらに、左右に摑み割られたヒップを揉みしだかれ、内壁に刺激が響いた。

「んっ……ぅ、ん……っ」

「もっと激しく突いてやろうか？」

「……無理っ」

両手両足を突っ張って耐えるだけがやっとの佐和紀は、ぶるぶるとかぶりを振る。

「おまえの内側は期待してるんじゃないか。俺に絡みついて、ねだってくるみたいだ。ほら、わかるだろ」

言われなくても自覚はあった。形のはっきりした周平は極薄のコンドームに包まれていても段差が浮き出ていて、動くたびに佐和紀の柔襞のあちこちを引っ掻いていく。

刺激を味わった場所はきゅうきゅうと絞まり、太い周平に絡む。もっと奥へと誘う動きは佐和紀の腰にも伝染して、知らないうちにすり寄ってしまう。

「はぁ……んっ……」

佐和紀はのけぞった。ガラス戸に片手を押し当て、喉をさらしながら息を継ぐ。

ふいに、周平の手が首裏の衿を掴んだ。両肩が見えるほどに合わせが開かれ、温かいくちびるが素肌に吸いつく。

「んんっ！」

佐和紀の腰がきゅっと締まる。さすがの周平も息を詰め、背後から寄り添うように抱き寄せられた。片手は佐和紀の太ももの付け根を押さえ、もう片方の手は、肩からずらされて空間のできた、わき下の身八つ口へ入り込む。

「あぁっ……や、だっ……」

おもむろに乳首をひねられて、不意を突かれた腰が痙攣を始める。なおも周平の指は動き、敏感に立ちあがった突起を柔らかくこねまわす。佐和紀の腰はびくびくと跳ねながら前後に動いた。

「あ、あぁっ……ぅ」

止められない快感に押し流されていく。

「ひぃやだ……ぁ……あぁ……っ」

周平の動きが激しくなり、息が整う間もない。揺すられる佐和紀の股間では、コンドームの先端にもう液体が溜まっている。

「イキっぱなしだな、佐和紀……」

ねろりと首筋を舐められ、肩に歯を立てられる。

淫《みだ》らな性欲はひっきりなしに訪れ、佐和紀はもうなにも考えられなかった。触られてもいないのに精液が溢れ、周平の指にこすられる乳首はじんじんと痛いほどに疼くばかりだ。

「おまえが欲しい動きをしてやるから、口にしろよ……。もっと奥まで突いて欲しいか？」

「んっ……あぁっ、うご、いて……」

「動くだけ？」

周平はゆらゆらと揺れたが、その動きに抵抗して留《とど》まる力が佐和紀にはない。揺すられるままに腰が動き、ピストンの動きが鈍く感じられる。

「いや……だ。もっと、ちゃん、と……」

「ちゃんと？　……こうか」

周平の手が佐和紀の片太ももの付け根を押さえた。浅い場所にあった昂ぶりが、ずくっと奥まで入り込み、

「あぁっ……」

内壁を穿《うが》たれた佐和紀はガラス窓にすがる。息をしゃくりあげた。

身体中に快楽が回り、めまいがする。佐和紀の願望を知っている周平は、たっぷりと感じ切るのを待って動き始めた。

佐和紀の腰をしっかりと引き寄せて、自分の毛並みがふたりの間でこすれるほど深いピストンをする。一刺しごとに、太く逞しい性器が前後して、濡れた音はたちまち部屋中に響いた。

佐和紀は、マスカラで長く伸びたまつ毛を震わせ、額をガラス窓へこすりつけていく。吐き出す熱い息が、景色を曇らせる。

「して……っ。乳首も、して」

ねだる声に返事はなくとも、周平の指は、佐和紀を悦ばせた。

男の熱い指先が、熟れた小さな果実をこねまわし、ときおり痛みが走るほど強くひねる。そのたびに佐和紀は声を高く響かせ、すんすんと鼻を鳴らした。抜き差しされる快感と、乳首をいじられる悦楽がないまぜになり、股間がせつなくじわじわと勃《た》ち続ける。

触りたいと思ったのも一瞬のことで、耐えがたいほど気持ちのいい責めに、欲求さえ忘れてしまう。膝ががくがくと震え、佐和紀はひたすらに快感をなぞった。

なにもしなくても、ただ、ガラス窓にすがりつき、腰を突き出しているだけでいい。

あとは周平が動き、肉欲は次から次へと弾《はじ》けていく。連続で火のつく線香花火があるとしたら、いまの佐和紀だ。パチパチと弾け、ふるふると震え、名残惜しく落下する。そして、またすぐに火玉が弾けていく。

「あ、あっ……あ、あー……っ」

「好き者のいい身体だ、佐和紀。淫乱で、欲しがりで、いやらしい」

「あ、あっ、ん……おくっ、きもちいっ……突いて、もっと、奥が……いいッ……あぁっ」

佐和紀の意識はもうあいまいだった。

自分の嬌声さえ遠く聞こえる。確かなのは、自分の中で、ずこずことといやらしいピストンを続ける周平だ。同じように快楽を貪《むさぼ》っているという事実がそこにある。それがなによりも嬉しくて、新しい快感にまた火がつく。

着物を剝がれた肩に、周平の息がかかった。

「歩いてるおまえの腰つきがいやらしくて、こうすることばっかり考えてた。いい尻だ。根元までくわえ込んでエロい」

腰を動かし続ける周平の息遣いも乱れている。

「すき、だろ……」

「好きだよ。引き締まってて、弾力があって、こんなに絡みついてくる。……教えてやるよ、佐和紀。おまえの中は熱くて柔らかくて、腰が止まらなくなる。名器だ。イクのが惜しいぐらいに、気持ちがいい」

卑猥な声でささやいた周平の両手が、佐和紀の腰を強く摑む。指先が食い込み、

「あ、あっ……いい、いいっ」

ずくずくと強く深く突かれた佐和紀は、片手で窓ガラスにすがりながら、もう片方の手を自分の腰へ伸ばした。周平の手を探り出して、重ね合わせる。

「……イッて。俺の中で、イッて………」

感情の昂ぶりが止められず、腰がくねり出す。周平の動きを受け止めると、奥を突く先端が大きく膨らんだ気がした。もう周平も限界だ。

「佐和紀……」

繊細な響きで呼ばれ、動きが激しくなる。肌と肌のぶつかる音が高く鳴り響き、周平の乱れた息遣いが佐和紀をせつなくさせる。いっそう淫らにくねった腰の動きが、周平への愛撫に代わる。

息を呑む気配のあと、周平の動きがゆるくなった。腕が佐和紀の胴に回り、しっかりと抱き寄せられる。ぎっちりと挿入されたそれが大きく震えた。

熱が放たれて終わりが来る。

「たっぷり、出た……?」

身体をよじって振り返り、甘えるような声で尋ねる。そうだと嬉しい。周平のあり余る

性欲を満たすのは、パートナーである自分だと思っている。

「やらしい聞き方だな」

こめかみにキスしながら、まだ太いままの周平がずるっと抜け出していく。

「成長しただろ？」

冗談めかして答えた佐和紀は肩で息をしながら、上半身を起こした。ガラス窓にうっすらと映るふたりの姿に目を細める。

五つ紋の黒留め袖はもろ肌に乱され、顔は欲にまみれて物欲しげだ。そして、背後に立つ男は青い地紋の入れ墨を惜しげもなくさらしている。

「なぁ、俺のも、はずして」

倒錯的だと自覚しながら、ガラス窓を背にして裾を持ちあげる。

「襦袢が濡れちゃった。また新しくしないと……」

「女装はもうしないんじゃなかったのか」

「おまえ以外のためには、しない」

周平が望めば、いつだって、女装プレイぐらい受けて立つ。パートナーが興奮してくれるなら、それだけでもいい。

「興奮させるなよ」

佐和紀の黒いコンドームを手早く外した周平が、キスをしようと顔を近づけてくる。

くちびるを触れ合わせる前に、佐和紀は相手の股間をちらりと見た。コンドームがまだついている。先端に溜まった精液が逆流しないうちに押さえて、引っ張り剝がす。

その間にもむくむくと大きくなるのが嫌味なところだ。そして、佐和紀の欲情をそそる。

「まだ、しよう……？　もっと興奮させてやるから」

たっぷりと出た精液を前に、思わず口にしてしまう。あと二回以上も出せることを知っていた。

3

五月に入ると、天気のいい日が増えた。太陽光線はぎらぎらと強さを増し、日中の気温も上昇する。自然とビールが恋しくなり、大滝組長と将棋を指していた佐和紀は、夕暮れからのスナック行きを承諾した。

組屋敷の周りに建てられた離れの中で一番古い大滝組長宅から、周平と暮らしている離れへ戻り、しばらくのんびりしたあとで着物を替えた。単衣《ひとえ》仕立ての絣《かすり》を選ぶ。コシのある兵児帯《へこおび》を巻いて、シガレットケースの中の煙草を確認した。

ふいに一服したくなり、時計を確かめて縁側へ出る。

日は陰り始めていたが、数ヶ月前に比べれば遅い。季節は確かに行《ゆ》き過ぎ、初夏の気配だ。庭木の緑も鮮やかに色濃い。

ゆったりとした気分で煙草を吸った佐和紀は、満足して母屋へ向かう。

今日の世話係は知世だ。午前から昼過ぎまでは大学の授業があり、そのあとで組屋敷に詰めている。

三井は周平のお供で不在。岡村とは、京都の一件以来、顔を合わせていなかった。

岡村の仕事が忙しいだけかもしれないが、佐和紀には会うのも億劫な気持ちがある。渡り廊下を通って母屋の廊下へ出ると、台所の向こうから支倉が歩いてきた。

「なにしてんの？」

声をかけると、わざわざ立ち止まって一礼を返してくる。慇懃無礼《いんぎんぶれい》を絵に描いたような、不遜《ふそん》な態度だ。

「仕事に決まっているでしょう」

答える言葉にトゲが生えている。かなりキツい口調が、支倉の個性だ。

「お疲れだな。いまから組長とスナックで飲むんだ。たまには……」

「行きません」

「……あっそ。じゃあ、もうちょっと時間があるから、お茶でも飲もうか」

親指を立てて台所を示す。それは断られなかった。

食堂も兼ねた部屋の中には知世が控えていて、ドアを開けた音に気づくと、いじっていた携帯電話を伏せた。素早く立ちあがる。

「お疲れさまです」

佐和紀が声をかける前に明るく挨拶をして、機敏にカウンターキッチンへ入っていく。支倉の姿を見つけ、茶の準備が必要だと察したのだ。

「緑茶でいいですか」

尋ねられて、佐和紀は支倉を見た。

「それで結構です」

硬い返事をした支倉が、ダイニングテーブルのイスを引く。目配せで勧められ、佐和紀はそのイスへ素直に座った。その斜め前に回って、支倉が座る。真向かいには座りたがらない男だ。

「今日は周平と一緒じゃないの」

「これから合流します。日が変わる前に帰れるはずです。店まで車を回しましょうか」

「わざわざしなくていい。周平だって早く休みたいだろう。こっちも遊びすぎないようにするから」

「わかりました。同行は彼だけですか」

その質問には、茶を持ってきた知世が答える。

「組の人間がふたり、呼び出されてます」

「……知世。風邪《かぜ》でもひいてるのか」

眼鏡を指先で押しあげた佐和紀の言葉に、湯のみを置いた知世があとずさる。

夏日だったというのに、シャツのボタンはきっちりと留められ、カーディガンの長い袖が手首をしっかりと覆っている。

「だいじょうぶです」

「顔色が悪いですね」

支倉にじっくりと見つめられ、知世は居心地悪そうにうつむいた。

「昨日、授業で提出するレポートを書いていて、徹夜したんです。すみません、体調管理ができていなくて」

「そういうことなら、今日はついてこなくてもいいから。仮眠して帰れ。よくならなかったら、泊まっていけ」

知世はひとり暮らしだ。体調が悪くなっても、面倒を見てくれる人間がいない。その点、ここなら平気だ。大滝組はいまだに『部屋住み』と呼ばれる若い住み込みの準構成員を育てているから、人手には困らない。髪を短く切り揃えた彼らは、ヤクザ候補だというのが嘘のように礼儀正しく躾《しつ》けられている。

「部屋は空いてるだろう。部屋住みに聞いてやるから待ってろ」

大滝組の組屋敷には構成員が寝泊まりするための部屋がいくつかある。

「いえ、自分でしますから」

「埋まってるなら、離れで寝てもいい」

「それはちょっと……」

「周平にも言っておくけど」

「それでは、休まるものも休まらないでしょう。無理強いはよくありません」

支倉から正論を投げつけられ、佐和紀は意見を引っ込めた。その代わり、部屋を出ようとしている知世の背中へ声をかける

「知世。困ったことがあったら、相談しろよ」

そんなことしか言えなかったが、肩越しに振り向いた知世はにこりと笑った。

「ありがとうございます。でも、ただの徹夜疲れですから」

ぴょこんと一礼をして、台所を出ていく。

支倉とふたりきりになった佐和紀は、腕組みをしながらイスの背にもたれた。すみれからの忠告が頭をよぎったが、改まった話を知世へ持ちかけるのはタイミングが難しい。いきなり切り出しても、警戒して口をつぐむだけだろう。深刻な状況ならなおさらだ。

「徹夜疲れでも貧血になるよな？」

支倉に向かって問いかける。

「なるでしょうね。鉄分不足はありえます」

「鉄分だから……ひじきだな」

「彼のような子どもは好かないでしょう」

「あぁ、そう？　じゃあ……」

「素直にサプリメントを飲ませることですよ」

あっさり言われて、佐和紀は眉をひそめた。

「それって本当に身体にいいのかよ。どうせ薬《ヤク》だろ」

「紛らわしい言い方はやめてください。サプリメントとヤクは、明らかに違います」

「はい、はーい」

「返事は一度で結構です。こう見えてもイラついています」

「はいはい」

「……一度で、お願い、します」

「はーい」

「ふざけているんですか」

「はい……」

最後の一言は素直なあいづちだったが、支倉にその手の言い訳は通用しない。ぎりぎりと睨みつけられて、とっさに視線をそらした。

涼しげで端整な顔立ちが際立っているだけに、無表情で見据えられると非常に居心地が悪い。辛辣に悪態をつくときよりも恐ろしかった。


そんなふうに、佐和紀の日常はいたって穏やかだ。

月に二回の茶道教室、月に一回のいけばな教室。週に数回は、三井と一緒に大滝組のシマを巡り、飲食店から『おしぼり代』と称してみかじめ料を徴収し、世間話をする。

ほかに用事のない日は、遠野組《とおのぐみ》の能見《のうみ》がやっている道場で汗を流す。主に筋トレマシーンを使ってのトレーニングだが、空手の型を教えてもらうこともある。ときどきは、集団にまぎれてジョギングにも出ていた。走ることを日課にしたかったが、いざというとき、標的になりやすいからと、周平に止められている。

そこまで気にしなくてもいいと佐和紀は思うが、心配されるのは愛されている証拠だからとあきらめ、あとは気ままに過ごしていた。

街に出て、気になるチンピラや不良にケンカを吹っかけ、軽く小突いて遊ぶのも日課のようなものだ。

見ているだけの三井と違い、『壱羽の白蛇』という異名を持つ知世はケンカに加勢してくる。それも状況をよく見ていて、佐和紀以上に手を出すことはなく、引き際も鮮やかだ。岡村や三井に教えられ、後始末の方法もよくわきまえていた。

言いつけをよく守り、佐和紀の会話に口を挟んでも、我を通そうと口答えすることはない。

ヤクザでもなく、チンピラでもなく、組屋敷にいる部屋住みに近い。と思いながら、スナックのソファに座っている佐和紀は、自分で作った芋焼酎《いもじょうちゅう》の水割りを口へ運ぶ。

酔った大滝組長が気持ちよく歌っているのを眺めた。

甘い低音が女泣かせで、本人もまだまだ現役の男だ。年を取って円熟味を増したに違いない元からの二枚目は、貫禄と色気が混在している。

「おまえも歌ったらどうだ」

マイクを勧められ、「あとで」と断った。『組長』と『子分の嫁』の関係にあるふたりだが、互いの感覚の中では『将棋仲間』で『飲み友達』だ。

大滝がウィスキーの水割りを飲み干してグラスを置く。さっと手が伸びてきて、同行の構成員がおかわりを作った。

口にくわえた煙草には、佐和紀がライターの火を向ける。ホステス時代の癖が残っていて、ほんの少し仕草にシナが混じった。酔っているせいだ。

気づいた大滝に手首を摑まれ、ライターの火を引き寄せられた。煙草の先が近づいてくる。伏せられた目が佐和紀を見据え、これで落ちる女はまだごまんといるだろうと思った。

大滝の瞳は澄んでいて、ヤクザらしい鋭さの中に、頼りがいのある度量の広さが垣間見《かいまみ》えるからだ。

「野菜、そろそろ食べましょうか」

佐和紀が目を細めると、大滝の視線はするりと逃げていく。

「ダメですよ。ニンジンが嫌いなんて、子どもみたいだ」

テーブルの上の野菜スティックから、わざわざニンジンを抜き取って示す。

大滝はうんざりした顔でソファへもたれた。

「おまえは俺の母親か……？　嫁に来るって言うならまだしも」

「人妻になにを言ってんだか」

「まだ食べたくない。気分じゃない」

「そんなこといって、俺を酔わせて、うやむやにする気じゃないですか？」

前回がそうだった。

「いいだろう、別に。野菜なら家で食ってる」

大滝組の食事は、老家政婦と部屋住みが作る。もちろん栄養のバランスは考えられているが、大滝に運ばれる膳は野菜が控え目に盛られていた。

「じゃあ、家で飲めば？　ひとりで」

手にしたニンジンをぽりっとかじって、佐和紀はそっぽを向いた。

「べっつにー、俺は組長さんに遊んでもらわなくてもいいし。これを食わないで遊べる相手がほかにもたくさんいるんだったら、その人と遊べば？」

「……子どもか……」

「子どもです。亭主に甘やかされてるので、思い通りにならないことは大嫌いになりました。食べる？　食べない？」

「おまえは『強い』よ……」

佐和紀がかじったニンジンのスティックを奪い、ポリポリと嚙み砕く。

「うまくない」

顔中をくしゃくしゃにした大滝はいつもの文句を言う。子どもなのは彼のほうだが、佐和紀は真実を口にしない。自分が言うと、甘く聞こえることを知っているからだ。

佐和紀の周りの男たちはなぜか、子ども扱いされたり、軽くあしらわれたりするのが好きだ。いちいちしつこく絡んできて、そっけなくされると、どこか嬉しそうに顔を歪める。

それだけならまだマシで、ついでのように触られたり、口説かれたりするのが、若い頃は気持ち悪くて仕方なかった。

結婚してからは平気だ。周平の後ろ盾があるおかげで、無理強いを心配しなくていい。

「佐和紀。おまえ……、京都で妙子《たえこ》に会ったんだろう」

大滝が突然に言った。

先月のことではない。去年の話だ。答えあぐねていると、大滝は人払いをした。構成員たちが離れた席に移る。

「谷山《たにやま》が京都で囲ってる女だ。知ってるだろう」

「それがどうかしたんですか」

「会ったのか」

大滝は繰り返した。

京都担当の構成員、谷山の愛人とされている妙子は、周平の元愛人だ。父親のはっきりしない男の子とふたりで暮らしていて、金銭的な援助の出どころも周平だ。佐和紀は、周平本人から聞いた。

「子どもがいるだろう。誰の子か、知ってるか」

「さぁ、俺にはちょっと……」

佐和紀はそっけなく答えた。しかし、心の中では身構える。

大滝はカマをかけている。佐和紀の出方を見ているのだ。

どうしてそんなことをするのか、すぐには理解できなかった。いまさら周平との仲に揺さぶりをかけたいわけではないだろう。

佐和紀たちに離婚を迫ったこともあったが、それは、佐和紀の古巣であるこおろぎ組の松浦《まつうら》に口添えを頼まれたからだ。

「子どもは、男の子だってな」

佐和紀の困惑を無視して、大滝は話を続ける。

「妙子はしばらくうちで暮らしていたんだ。皐月《さつき》が生まれた一年後に環奈《かんな》が生まれて、いくら世話代を出したといっても、年子の赤ん坊がふたりだ。妙子だけでは手が回らない」

皐月と環奈。すでに成人している青年で、大滝の娘である京子の子どもだ。京子は大滝組若頭・岡崎に嫁ぎ、組屋敷の敷地内離れで暮らしている。岡崎との間にも男の子を産んでいるが、子どもたち三人は海外在住だ。

上のふたりの出生には暗い背景があり、当時の京子の精神状態は、出産さえ危ぶまれるほどだったと聞いている。

「京子と子どもを引き離したくなかったんだろう。乳母役に徹していてな。母親のようには振る舞わなかったし、子どもを甘やかすのはいつも京子の役目だった」

大滝は不自然に黙り込み、煙草をゆったりとくゆらせた。

その暮らしの中で、大滝と妙子は情を通わせたのだろう。そこへ間男として入り込んだのが周平だ。京都にいる少年が周平の子どもなら、組長の女を寝取って孕《はら》ませたことになる。子どもを出産した妙子は京都へ越してゆき、周平との関係はそのあとも細々と続いた。

佐和紀と結婚するまでの話だ。

佐和紀の脳裏に、妙子の面影が浮かぶ。たった一度だけ会った。その日のことを思い出す。別れ際に大滝の近況を聞かれ、妙子の様子から未練を感じ取った。

大滝よりも周平との関係を選んだのに、不思議な話だ。しかし、そこへ京子の存在を置けば、答えは出てくる。

自分の父親から妙子を奪うよう、周平に命じたのは彼女だろう。

しかし、妙子の相手が大滝と周平だけだったとも言えないから、子どもの父親はわからないままだ。誰も知ろうとしない。それも事実のひとつだった。

「おまえは気にならないのか」

大滝に言われ、佐和紀はするめのてんぷらを手に取った。

「妙子と周平の関係？　男が女を抱くのに、理由があるかな」

七味のかかったマヨネーズをつけて口へ入れる。

「だって、周平だよ？　期待するような湿っぽさは、ないんじゃない？」

「ドライだな」

「結婚したての頃は、次から次に愛人が押しかけてくるから、気が滅入ったりしたけど……。あれはさ、特別な思い出ってやつを並べ立てられたからだ。でも、すぐにわかった。それが周平のやり口なんだよ。相手を気持ちよくさせて、自分は平然としてる」

「悪い男だ」

大滝が笑いをこぼし、佐和紀は深くうなずいた。

「悪い男なんだよ。だから、かっこいい。みんな、周平に夢を見てた。でも、どの相手の話も、俺が知っている周平とは違ってた。まるでね、別人みたいに」

「おまえが知っている姿が本物か？　騙《だま》されているかもしれないぞ」

「だとしたら、余計に惚れ直すよ」

周平はきっと、妙子にも夢を見せた。それは自分との恋ではなく、手の届かない想いへの慰めだ。妙子はずっと、大滝が好きなのだろう。

そう思った佐和紀は、内心でハッとする。京都での別れ際に、妙子の様子を大滝に伝えると言っておいて忘れていた。

「本当は、知っているんですよね。子どもの父親が誰か」

佐和紀が水を向けると、大滝は煙草を揉み消して答えた。

「谷山だろう。でも、金を出しているのは岩下だ。関係が続いていたことも知っている」

店内にカラオケの前奏が響き、客が歌い始める。

「どうして関係が続いたか、それも知ってるんじゃないんですか」

「おまえはときどき、女みたいに鋭いな」

「褒めてる?」

「ベタ褒めだ。おまえみたいに利口な男を腐らせてたんだから、松浦もくだらない男だ」

「オヤジの悪口は聞きたくない」

大滝と松浦の間には、女を争った挙げ句の因縁がある。それを自分との会話に持ち込まれるのは好きじゃなかった。

父親のように思っている松浦を悪く言われたら、たとえ相手が大親分でもケンカするしかなくなってしまう。じっとり睨み据える佐和紀に、大滝も目をすがめた。

「俺を相手にそんな顔するのも、おまえだけだぞ」

「だから、こんな話もできるんでしょう」

「その通りだ」

大滝は笑いながら水割りを飲み、自分の眉をカリカリと指で掻いた。男の憂いがため息になってこぼれ、佐和紀はふいに物寂しくなる。

周平と妙子の間に存在したのは同情だ。お互いに傷を舐め合ってきたのだと、佐和紀は解釈している。しかし、この瞬間、別の真相が思い浮かんだ。

周平はやはり孤独で、誰にも傷を見せず、誰を抱いても渇き続けていた。それを周りは知らない。

男が女を抱くとき、そこに性欲や征服欲や、恋や愛があると思い込んでいる。真実、意味のないセックスが存在するとは思いもしないのだろう。

「子どもは、誰に似ていた……？」

聞いた大滝は振り向かなかった。それが、今夜の本題なのだ。大看板を背負う組長でも、ままならないことはある。

ヤクザとして生きることは、見栄と義理で板挟みにされることだ。それは地位があがるごとに男を縛る。

佐和紀はそんな大滝の横顔を見つめた。あの子どもが誰に似て見えたのか、佐和紀の中の答えはひとつだ。

「……周平。あいつに似てた」

答えを聞いても、大滝の表情は変わらない。佐和紀は物憂く視線をそらし、自分で煙草に火をつける。

誰にも似ていないことはありえず、大滝に似ているという答えも存在しない。少なくとも、ふたりがいつまで関係を続けていたのか、佐和紀は知らないのだ。

嘘でも言えないことだった。

「もしも、だ。岩下のタネじゃないとしたら嬉しいか」

「それはさ、俺の価値観じゃないんだよ。嬉しくないし、がっかりする」

もう二度と周平は子どもを作らない。佐和紀といる限り、永遠に。

それなら、あの少年は、周平の作った子どもであって欲しい。

そう思う佐和紀の気持ちは、理解されにくい。みんな当たり前のように、片方だけの遺伝子では嫌だろうと持ちかけてくる。佐和紀にはそれもわからないことだ。

意味のないセックスを続けてきた周平の行為に、ひとつの答えが出たのなら、それはそれでいいと思う。周平は容姿もよくて、頭もいい。遺伝子が残れば、それに越したことはない。佐和紀が傷つくようなことは、なにもない。

「お話の最中、失礼します」

構成員がやってきて、大滝のそばで身を屈める。話す声は佐和紀まで聞こえた。

「岩下さんから合流したいと連絡がありました」

「断れよ、そんなものは」

間髪入れずに大滝が声を沈ませる。佐和紀はそっと身を寄せ、不機嫌な顔になった大滝のわき腹をつまんだ。年のわりには肉がない。

「……だめ。すぐに来るように伝えて」

佐和紀の言葉にうなずいた構成員が離れていく。

「俺より偉そうだな、おい」

「立てるときは立てるよ。飲むときはツレだって言ったじゃないですか」

小首を傾げて顔を覗き込むと、大滝は長く深いため息をついた。

「俺の子分になればいいのになぁ。なんで、松浦なんかがいいんだ」

ひとりごとには取り合わず、佐和紀は指に挟んだ煙草をくちびるへ戻す。妙子の話題は、それまでとなり、佐和紀はまた、彼女との約束を果たせなかった。

＊＊＊

「佐和紀さん、少しいいですか」

縁側に座って詰め将棋をしていた佐和紀が振り向くと、濃い影に覆われた和室に知世が座っていた。

「うん、どうした」

左手を懐手にしたまま振り向くと、低い姿勢でそばへ寄ってくる。白い半袖のポロシャツが清々《すがすが》しい印象だ。

「こんなことを聞くのはアレですけど、岡村さんと出かけたのはいつが最後ですか」

「さぁ、いつだったかな。あいつも忙しいんだろう。話って、それか？」

佐和紀の問いに、知世が肩をすくめた。

「京都でなにか、あったんですか。あの頃から、顔を見る機会が減ったような気がして」

「おまえとシンの？　外で会ってんだろ」

「え？　いえ、特に用がなければ会いませんよ」

揃えた膝の上に両手をちょんっと乗せたまま、知世は前のめりになった。縁側の下に居ついている猫が現れ、ふたりの間をすり抜けていく。佐和紀の身体に寄ってきたかと思うと、隣にぴったりとくっついて丸くなった。

「飯を食いに行ってただろ」

「それはここで会うからです。どうせお互いにひとり住まいだから。……特に約束するわけじゃありません」

「会う段取りが欲しいのか？」

佐和紀は将棋盤へ視線を戻す。知世が縁側に両手をついた。

「そんなことは頼みません。……岡村さんが体調を悪くしないかと心配なんです」

「飯に誘ってやれよ」

「俺じゃダメじゃないですか。それに、弱ったところなんて見せられたら」

「見せられたら？」

繰り返すと、知世の頬はほんのりと赤くなった。

「誘ってしまいそうです」

消え入るように言って、がばっと突っ伏してしまう。

「なんだよ、それ」

笑い飛ばした佐和紀は、懐に入れた手で自分のあごを撫でた。佐和紀に会えないことで岡村が精神的に参っているとしたら、知世にはチャンスだ。しかし、弱みにつけ込みたくないのだろう。

「シンと寝たいのか、寝たくないのか、どっちだ」

「わかりません。だから、困ります」

「わからないうちから誘うなよ……。意味がわからないな」

若さのせいなのか、知世の性分なのかも決めかねる。

「まぁ、俺への腹いせに手を出されちゃ、たまったもんじゃないしな」

知世は、大事な世話係だ。

「……おまえさ、シンがどう出るか、試してみてよ」

「佐和紀さん……っ」

ぎゅっと拳を握った知世が顔をあげる。予想に反して、その目は潤んでいた。

「そんなひどいことを言わないでください。もし岡村さんが俺に応えたとしても、絶対に言いませんよ。そんなこと、報告しません。……わかってるんですか？　岡村さんほどの人を縛ってるのは、佐和紀さんなんですよ！」

「……ほどの、人……」

「佐和紀さんはご存じないだけです。組の中での評判もすごくいいんです。あんまり不当な扱いをしないでください」

「不当……」

「ふさわしくないってことです！」

噛みつくように言われて、佐和紀は肩をすくめた。丸くなっていた猫もひょいっと首を伸ばす。その額をそっとくすぐってやりながら、佐和紀は首を傾げた。

「仕事はちゃんとしてんだろ」

「当たり前ですよ。佐和紀さんの手前……」

「なんでも俺か？　……俺なのか」

知世の必死の表情が伝えてくる。

「そういうのがめんどくさいんだよな。俺は男だし、周平と結婚してるし、惚れるのは勝手だけどさ。いっそつぶれたらいいいんじゃね？　その程度なら、そこまでだ」

「佐和紀さん。本気ですか」

知世の声が泣き出しそうに聞こえて、佐和紀はぎょっとしながら振り向いた。潤んでいた目には涙の雫《しずく》が浮かび、転げ落ちる前に拳でぐいっと拭《ぬぐ》われる。

「まいったな」

泣き落としにかかっているわけではないからこそ、居心地が悪い。

「……わかった、わかった。本当ならあいつから声をかけてくるのが筋だけど、おまえに免じて連絡を取る。あいつが断ってきたら、俺に愛想を尽かしたってことだからな。それでいいな」

「はいっ！　じゃあ、すぐに電話しますね」

ポケットから携帯電話を取り出して、いそいそと電話をかけ始める。

「補佐のお帰りは夜中になるとのことですから」

そう言いながら差し出してくる携帯電話を受け取り、向こうがなにか言う前にまくしたてた。

「暇なら、晩飯でも付き合えよ。気楽に食って飲めるところならどこでもいい。あんまり遠くないところにしてくれ」

返事は聞かずに、電話を知世に突き返した。

「時間は適当に決めておいて」

すくりと立ち、にゃあと鳴いた猫を両手で抱いて和室へ入る。風通しのいい部屋だ。ひんやりとした冷たさが心地いい。

「美人の涙には勝てねぇよな」

首を傾けて、佐和紀はふるふると髪を揺らした。


岡村が選んだのは、湘南《しょうなん》の海が見えるレストランだった。

夕暮れに滲んだ海が見えるシーサイドの席で、運ばれてきたガーリックシュリンプに手を伸ばす。

「ずいぶんとご無沙汰《ぶさた》だったな」

車の中でも会話はなく、店に入ってからも岡村は世間話ひとつ口にしない。初めは怒っているのかと思い、それからあてつけがましいと苛立った。いっそう面倒になり、佐和紀は席を立とうとさえ考える。しかし、すぐにわかった。

言葉を選びすぎてしまうほどに、岡村は落ち込み、憔悴《しょうすい》している。

ビールがふたつ届く。帰りは組の人間に迎えに来てもらうつもりでいた。

乾杯するような雰囲気でもないから、佐和紀は黙って口をつけた。車の中と同じで、岡村は視線を向けてこない。

「知世が面倒だから、決着をつけておこうと思って……」

佐和紀の言葉に、岡村が肩を揺らした。そういう態度が、イジメたくなる原因だ。

大きく出ると決めたなら貫くべきだと思ったが、そういうわけでもないのだろう。あの夜も、岡村にとってはいつものじゃれ合いでしかなく、疲れていた佐和紀の虫の居所がたまたま悪かったのだ。

「そういえば、おまえさ、道元とどうなった。京都で」

「どうしてそこへ行くんですか」

「いや、憂さ晴らしに付き合わせたのかと思って」

「あなたが思ってるのは、どういう方法のことですか。飲みに行きましたよ。関西の情勢を聞くために。そのあとのことが気になりますか」

「怒るなよ。踏み込みすぎてるなら謝るし、怒られるのは好きじゃない」

「怒ってなんて……」

「いるじゃん。俺と飯を食うのが嫌なら、断ればよかったんだ」

「嫌じゃないから困ってるんです。……久しぶりすぎて……、緊張が……」

「はぁ？」

思わず大きな声で叫んでしまう。周りの視線など気にしない佐和紀は、ぽかんと口を開いた。

「あの日の佐和紀さんは完全にきれいで……、叱られたあと、俺はあなたを女性のように見たり扱ったりしているんじゃないかと、反省して……。それは失礼なことだし、そうであるなら、少し距離を置いて冷静になったら、のぼせた想いも冷めるんじゃないかと……考えました」

「それで……？　久しぶりに見た、男の俺はどうだった」

「きれいですよ。俺が好きなあなたです。女の姿なら口説けると勘違いしたことが恥ずかしいぐらいに、いまの姿のあなたが、俺は好きです」

「酒を飲んでるわけじゃないよな」

あまりにも当然のように言われて身震いする。岡村は怖いぐらいの真顔だ。

「あの夜、道元には誘われましたが、なにもしてません。信じてもらえなくてもいいです。あの男をいたぶったところで、俺の気持ちは晴れませんから」

「あっそ……。で、一ヶ月ぐらい、俺から離れてたらしいな。気にしてなかったけど」

「忙しく仕事をしていました」

「男の常套句《じょうとうく》ってやつだな」

「いてもいなくても同じでしょう。元々、あなたの世話係はタカシとタモツがメインで、いまは知世がしっかりこなしている。俺の出番はありません」

「シン。必要だと俺に言わせたいか。いまさら」

「必要とされてるから、一緒にいるわけではありません」

岡村が必要としているからなのかと考え、佐和紀はイライラとテーブルの端に爪をぶつけた。

おもしろくない。迫られて口説かれるのは面倒だが、自分の勝手で近づいたり離れたりされるのも癪《しゃく》だ。

「てめぇの都合かよ」

口汚く言うと、岡村はまっすぐに佐和紀を見た。

「それが許されないこともわかっています。一ヶ月近く、そばを留守にしたんです。怒られることも罵られることも覚悟して……」

「知世に頼んで繋ぎを取ったのか」

「それはありません」

「じゃあ、どうするつもりだったんだ」

佐和紀は指でエビの皮を剝ぎ、口の中へ押し込む。グラスのビールをぐっとあおった。

「わかりません」

岡村は、静かに答えた。仕立てのいいスーツを着て、シャツのボタンはきっちりと留め、ネクタイも歪みなく結ばれている。どこから見ても一流の男だ。しかし、いますぐ土下座をしろと言えばするだろう。海岸線を十往復走れと言ってもやるだろうし、全裸になれと言ってもやる。

そういうひねくれた実直さが岡村にはあった。

「俺の行いが、あなたをからかっているように思われたのはショックでした」

「女じゃないからな。ちやほやされても嬉しくないんだよ」

「はい……」

「けど、俺も悪いよな。おまえの気持ちを知っていて、我慢させているわけだし」

佐和紀の視線を真正面に受け止めた岡村は身じろぎもせずに固まっている。まばたきもしないが、くちびるはかすかに痙攣《けいれん》していた。

「キスするか、シン」

佐和紀の言葉で、糸が切れたようにくちびるが震え出す。それが終わりの言葉だと思っているのだろうことは手に取るようにわかる。

いつからこんなに面倒な仲になったのか。従える者と従う者。それだけで終わらないのは、佐和紀が男にとっても性的対象であるせいだ。

「しません」

岡村の声は意外なほどはっきりと届く。

「へぇ……本当に？　おまえが望むなら、今日は浴びるほど飲んでやるよ。なにをされても思い出さないぐらい」

「やめて、ください」

岡村の顔が蒼白になる。それでも視線は逃げなかった。

「望んでいません。俺は……、あなたにからかわれているだけでいいんです」

「なら、おまえから謝ってこい。知世に気を遣わせるようなみっともないことをするな」

「以後、気をつけます」

「……キスしても、そばにいていいって、そう言ったら、する？」

小首を傾げると、髪がさらさらと額へ流れた。くちびるを見つめてくる岡村は喘ぐように息をする。答えは返らない。お互いにビールを飲み干して、おかわりを頼む。

「あのときは気が立ってたんだ。おまえが悪いわけじゃない」

「俺にも反省する点はあります。……知世の件。あれから身辺を調べてみました。兄との接触はないようですが、義理の姉とは会っていました。兄の嫁です。まだ一ヶ月なので、もう少し様子を見ます。周辺への聞き込みではなにも出てきていません」

「そっか……。ちゃんと、やってくれてたんだな」

「クビにされるまでは、あなたの右腕のつもりですから。八つ当たりされるのも仕事のうちです」

「損な役どころ」

「信用に値する人間になれるよう、今後も努力します」

「俺は、人生を賭《か》けてもらえるような男じゃないけどな……」

頬杖をついて、海を眺める。江《え》の島《しま》に灯った明かりがチラチラ揺れていた。

「佐和紀さんは佐和紀さんのままでいてください。俺はどこまでもついていきます。クビになったとしても、ほかに仕えるつもりはありません」

「……おまえ、迫力が出てきたな」

「鍛えられてますから」

ようやく笑顔を見せた岡村も、初夏の海を眺める。

「知世の兄夫婦の間に、子どもが生まれていました。それで金が必要になったんだと思います。壱羽組を支えているのは嫁の稼ぐ金です」

「構成員がいるだろう」

「それぞれの暮らしもあります。集まる金のほとんどは上納金で消えているんでしょう」

「どっかで聞いたような話だな」

佐和紀はひそやかに笑い、かつての自分を思い出す。組長と子分ひとり、長屋暮らしのこおろぎ組で、佐和紀はふたり分の食い扶持《くぶち》と上部組織への上納金や交際費を工面した。

「知世は金を渡してるんだな。あいつの学費はどうなってる」

「俺が立て替えました」

「あれ？　じゃあ、あいつの小遣いって……」

「いまは俺が払ってます」

「そうか……周平から出ないのか」

　いままでの世話係は周平の舎弟たちだったので、給与代わりの生活費は周平から出ていたのだ。

「言ってくれないと、わかんないだろ」

「任せてもらってかまいません。佐和紀さんは収入がないわけですし、そのあたりは俺がやります」

「おまえさ、相当に金回りがよくなってんだな？」

「佐和紀さんにも支払いましょうか」

「俺を契約愛人にするつもりか？　眺めてるだけでかまわないなら、払ってくれてもいいよ。いくら？」

「じゃあ、週に一度のデートで一ヶ月百万でお願いします」

　さらりと言われ、思わずビールを噴き出しそうになる。岡村は肩を揺すって笑っているが、冗談でもない表情だ。

「そっくりそのまま仕事を引き継いだのか」

周平が管理していたデートクラブの運営者になったことは知っていたが、雇われ社長のようなもので、事業をまるごと受け継いだとは思っていなかった。

「必要のあるときに言われた額を用意するだけなので、あとは俺の裁量です。おかげさまで、事業は好調です」

「周平って……」

金に固執しないだけなのか。それとも、あり余っていて気にもならないのか。

「俺の稼いだ金は佐和紀さんのものですから。必要があれば、なんでも言ってください」

「それはおまえが努力して稼いだ……」

「俺の上司は、あなたですから。月々の上納金を要求したっていいんですよ。契約愛人料ではなくて」

「慣れないな～……。そういうの」

「だから、俺に任せていてください。知世の学費は心配ありません。ちゃんと卒業させますから。いまは生活費としての小遣いしか渡していないんですが、そのうちのいくらかを義理の姉に支払っているようです」

「赤ん坊のミルク代だと言われたら、払うよな」

「どこかで止めてやるべきだとは思いますが……、知世と家族の距離感がいまひとつわかりません。渡している小遣いからの支払いで、兄の家庭が安定すればいいんですが」

「向こうがまともな人間なら、どこかで区切りをつけるか……」

同じような状況にあった、すみれの姉はダメだった。

ずるずるとヒモになり、要求する金額は常識を越えて高額になっていったのだ。自分が働いて得た金とは違い、人の金の価値は軽い。その上、兄弟から借りる金は返済義務を感じさせずに甘えがちだ。

「いまのところ、おまえの考えはどうなんだ」

「十中八九、こじれます。実家に居場所がないことをわかっていても、知世は連絡を絶てないんです。俺が間に入って縁を切らせたとしても、割り切れないでしょう」

視界に入らなければ済む話ではない。縁を切ったあと不幸が起こっても無視できると思えないのなら、それは切れていないも同然だ。

「周平ならどうすると思う」

「初めから関《かか》わりません。もしくは、縁が切れるところまで追い込みます」

答える岡村を、佐和紀はじっと見た。追い込まれた張本人がそこにいる。

「周平を頼ったら、そうなるってことだな」

「佐和紀さんには少しも気取らせないと思いますが」

「おまえも、そうなの？」

不安を感じたのは、蚊帳《かや》の外に置かれることに対してではなかった。佐和紀の手が汚れることを疎む人間たちが、自分の手の汚れには躊躇《ちゅうちょ》しないと気づいたからだ。

「もちろんです、佐和紀さん」

岡村はとっくに覚悟を決めている。

「あなたのためになることなら、あなたに嘘もつきます」

その末に行われる犯罪のすべてを、自分とは遠いものだと割り切ることが、今後、佐和紀には必要になる。人の上に立つとはそういうことだ。

「俺はおまえを信じる」

右腕だと認めた相手だ。自分のような人間に付かせて悪いとは思うが、選んだ以上は責任がある。

「……よかった」

一言だけつぶやいた岡村の返事は朗らかで屈託がなく、そしてどこまでもまっすぐに聞こえた。

＊＊＊

周平が訪ねた屋敷は、大磯の海岸から離れた山の中に建てられている。

和洋折衷の母屋だけでも大滝組屋敷の三倍はあり、全容は知れない。インターネット地図の航空写真で確認しても、屋敷森は山と一体化していて境がわからなかった。

山全体が『大磯の御前』と呼ばれる老人の資産だ。

煙草に火をつけた周平は、車寄せから門へと向かう道の途中にいた。整備された石畳は美しく、両脇《りょうわき》の木々の根元に据えられた常夜灯がほんのりと道を照らしている。仰ぎ見ても、枝に隠れて、空が見えない。どこか異世界にまぎれ込んだような心地がして、周平の胸の奥がすっと冷たくなる。

この、死んでいるような感覚が好きだった。このまま歩いていけば、常世の国に行きつくような静謐さが、周平の身体をひたひたと覆っていく。

しかし結局は、生にしがみついている証拠でもある。

呼び出されるたびに、帰りは歩いて門まで戻った。身体に染みた酒が抜けていき、代わりに煙草が肺を満たす。

周平の頭の中は佐和紀のことでいっぱいだった。

仕事のときはさすがに片隅へ追いやられるが、疲れてくるとひょいと顔を出して、拗ねたり笑ったり、たまにはいやらしい姿で楽しませてくれる記憶だ。

愛というものの深淵《しんえん》を見る心地がして、周平は足を止める。

隣をすーっと車が走り抜ける。運転席でハンドルを握っているのは支倉だ。

十分ほど歩いた先の門の前で車に追いつき、後部座席に乗り込む。

「御前のお話は、予想通りでしたか」

自動で開閉する門を抜けても、舗装された山道がまだ続く。

「おまえの予想は、はずしたことがない」

支倉は元々この屋敷で暮らしていた人間だ。理由は知らないが、大滝組長のひとり息子である悠護へ押しつけられ、そこから新たに周平へあてがわれた。

口うるさい性格が不興を買ったという説は、信憑性がありすぎて嘘だろう。屋敷内では用なしだと見なされたらしいが、内部に人脈があり、周平に対する呼び出し内容の予想も的確だ。

「いよいよ囲い込みが始まる勢いですね」

支倉に言われ、周平はかすかに笑った。車の中の灰皿で煙草を消す。

「江の島が見たいな。缶ビールが飲みたい」

思いきり浮き世離れした老人の相手をしたあとは、安い酒で酔いたくなる。

まだ弱みにつけ込まれるほど追い込まれてはおらず、向こうの態度も、将来有望な若者と意見交換を愉しむ老人のままだ。いつ牙《きば》を剝かれるかわからず、対面するときの緊張感は相当なものがある。

いつもふざけている悠護でさえ、御前と会うときは襟を正すのだ。

「では、茅《ち》ケ崎《さき》まで」

支倉が答え、車は住宅街を抜けた。相模川《さがみがわ》を渡り、防風林が続く道路を東へと向かっていく。江の島が見えてきて、やがて追い越す。海沿いのコンビニで車が停《と》まった。ビールを買って、道路を渡る。海はすでに闇に落ちていたが、江の島には明かりが灯っていた。

コンクリートを固めた波除《なみよ》けにもたれ、周平は缶ビールのプルトップを押しあげた。

「お受けになりますか」

隣に並んだ支倉が気遣うような声を出した。

少し前までは、ヤクザなんかやめろとせっついていたくせに、いつのまにかこちらとあちらのバランスを取るようになっている。影響を与えたのは佐和紀だ。

支倉の辛辣さをのんきに受け流し、あれこれと助言めいたことをしているのだろう。周平をコントロールするなら、嫁の力を借りるのが一番いい。

海風に当たりながら、周平は眼鏡を指先で押しあげた。

「即答はできない。そもそも、向こうがなにを考えているのか読めない。相手は政治の中枢にいる人間だ。ヤクザにフォローを頼んでどうなる」

愚痴がくちびるからこぼれ出たが、気にしない。

周平へ持ち込まれたフォロー依頼の相手。それは政治家の『牧島斉一郎《まきしまさいいちろう》』だ。内閣官房副長官で、元は警察庁警備局にいたエリート。政治家の娘を嫁にもらい、スキャンダルもなく順調に与党の中で昇りつめてきた実力者でもある。

周平が関わることが、彼の政治家人生の汚点になりかねないと思うのは浅慮なのだろう。大磯の御前と牧島の間柄は、周平よりもずっと長く深い。だから、御前が勧めてくるのなら間違いはない。

だが、周平にとって問題なのは、牧島と佐和紀の『友人関係』だ。軽井沢《かるいざわ》への避暑中に出会ったふたりは、キャバレー事件を通して付き合いが深まったらしい。ごくたまに、酒を飲んでいる。

「御前は、佐和紀のことを知っているのか」

周平の問いに、支倉は明瞭《めいりょう》に答えた。

「ご存じありません。御新造さんはこちらの世界でも、まだまだ名が売れていないんですから」

「ツキボシ会のことが耳に入っている可能性は？」

「あれはもう、御前にとっては終わったことです。もうずいぶん前の話だ。こちらが探れば怒りを買いますが、それも失敗した自覚があるからですよ」

「じゃあ、そういうことか」

ビールを飲む周平の横顔から支倉の視線がはずれる。沈黙は肯定になり、周平は静かに息を吐き出した。

つまり、こちらに置いている軸足を、向こう側へ変えるべきだと促されているのだ。

「おまえも頃合いだと思っているのか」

「御新造さんとの生活はお守りします。御前が動き出した以上、先送りにも限界が見えています。今後を見定める時期かと。もう、それほど遠くはない未来です」

後回しにしていたことの順番が巡ってきただけのことだった。関西の暴力団が分裂しないのと騒ぎ始め、その余波は必ず関東にもやってくる。そのときが節目になるだろう。

「もしものときは、岡崎夫妻にあとを任せて、身を引いてください」

「それは約束と違うだろう。弘一さんの跡目が決まってからだ」

「地ならしはもう充分済んでいるはずです。あとは誰が大滝組長の肩を叩くか、それだけですよ」

「簡単に言うなよ。おまえにとってはくだらない集団でも、これだけの人数が集まっている組織だ。できる限り、恨みを残さずに代替わりをさせたい」

「あなたなしで就任後の統率が取れないのなら、岡崎に組長は無理でしょう」

支倉はぴしゃりと言った。正論を言いすぎてカドが立つ男だ。周平だから笑って済ませるが、やはりほかでは邪魔にされるだろう。

「佐和紀にこおろぎ組を継がせるのも、まだ心もとない」

「あの組はカタギに戻すのがいい。本業もうまくいっているんですから。工事現場の派遣業でしたか。下手を打てば、そちらに警察の手が入りますよ」

「……入らないだろ」

周平は波除けへ背中を預けてもたれ、煙草に火をつけた。明るい光を放つコンビニ前の駐車場はほぼ埋まっている。季節もよくなり、夜の海をドライブする車も少なくない。

それを見ながら、周平は考えた。

こおろぎ組の本業を守るため、警察にも手を回している。岡村が管理しているデートクラブも、捜査対象になることはない。県の組織犯罪対策部が動いたとしても、すぐに上からのストップがかかる。もちろん、それとはわからないようにだ。

「岡村を添えていれば、御新造さんは自力でなんとかするのではないですか。やはり、こおろぎ組を畳んで、直系本家の構成員として盃を取らせるのが最善です。……気に食わないのは知っています」

「じゃあ、ほかの案を出せよ」

周平は冷たく言い放つ。支倉は気にするでもなく、背筋を伸ばしたままで海を見た。

「ヤクザだなんだと、はした金に群がって、たいしたことのない利権を争っているだけの世界に、どうして嫌気が差さないんです」

「弘一さんがいるからだ」

「まるで仁侠《にんきょう》映画に入れ込む学生のようですね」

「俺はこわいんだよ、支倉。悠護みたいに軽くはなれない」

「あれは、あの人の才能です。あなたとは種類が違う」

支倉はまるで自分のことのように胸を張った。周平のほうが優れていると言いたいのだ。

「こわいって、言っただろう。いま」

「その冗談は聞き飽きました。あなたは小さな針に糸を通せる人じゃない。タペストリーの図案に承認を出して、織りあがっていくのを見守る人間だ」

「それがこわいんだ。まともな家に生まれて、ヤクザになって、その挙げ句が、そこか」

煙草の煙を吐いて、自分の足先を見つめる。ピカピカに磨きあげた革靴は、ぬめるように輝いていて、心の底が静まり返った。

支倉はもう何度も、周平のくだらない繰り言に付き合っている。そのたびにふたりは同じやりとりをして、ほんの少しだけ前へ進むのだ。ささやかすぎて合理的ではない。単なる時間の無駄づかいだ。

「牧島の名前が出て、あなたが断る道理はない」

支倉の言葉に、周平は視線をあげた。煙草をくちびるに挟み、煙を吸い込んだ。ふぅっと吐き出すと、景色はぼんやりとかすんでいく。

悠護を、思い浮かべた。

パーティーピープルを装って世界中を飛び回っている悠護の仕事は、あるひとりの人間の資産管理だ。あちこちで情報を集め、為替や株で勝負をかける。ときどき損益を出すのはお愛想だ。謝罪を名目に日本へ戻り、あれこれと用事を済ませて、また世界中のパーティーをハシゴする。

帰国の真の目的は、政治的な情報収集だ。悠護は、私的外交官であり、スパイでもある。国外で集められた情報は周平の手元に集まる。アジア展開している派遣会社が、その隠れ蓑だ。そのために支倉は単身で出向き、すべてを整えて戻ってきた。

周平が片足を突っ込んでいる『あちら側』とは、情報の収集と分析を行うインテリジェンスの世界だ。精査された情報や分析結果を売り買いする組織があり、そのトップは、養子に出された支倉の実父だった。御前の懐刀のひとりだと言われている。

そして、支倉がかねてから周平に座って欲しいと願っているのも、そのイスだった。しかし、御前の懐に入ることは望んでいない。

御前が勧めてきた『実行部隊長』のイスを周平に蹴《け》らせ、もっといい話が来るのを支倉は待っていた。それが牧島のフォローだ。いま現在、最良のポジションだろう。駒のひとつとして使われるのではなく、自分の采配《さいはい》でものごとを進められる。

「ようやくここまで来ましたね。思うより早かった。さすが、私が見込んだ男だ」

「牧島は嫌だったたな」

本音を口にした周平は、ビールの残りを飲む。顔を合わせるたびに佐和紀の話になるだろう。今から想像できて、億劫でしかない。

「御新造さんを、みなさんにお引き合わせになりますね」

支倉が強い口調で言った。断ることはできる。だが、そうしたあとで苦労するのは自分だ。もう答えは見えているのだから、逃げ回れば、ハズレくじを引くことになる。

「そうしよう」

周平は腕組みをしながら承諾する。周平の仲間は、それぞれの分野に散らばったエリートたちだ。官僚もいれば、政治家の秘書や警察のキャリアもいて、各自が太いパイプを持ち、人知れずに情報を吸いあげてくる。

それはやはり、周平の手元へ集まり、ブレイン集団によって、一種の情報商材となっていく。

支倉の言う通り、周平はそこにいるだけだが、彼らが動くのは周平を認めているからだ。頭のいい人間たちは、他人を値踏みする。これと決めた相手以外には、指先ひとつでさえ働かせないのが常だ。

「あぁ、周平さん。退散したほうがよさそうですよ」

海を眺めていた支倉が静かに笑う。その視線の先を追った周平は小さく口笛を吹いた。

薄闇にまぎれた波打ち際に和服の男が立っている。そのそばで草履を持っているのは岡村だ。

「結局、あぁなるのか」

ケンカ別れに至るとは思わなかったが、もう少し長引いて、どちらかがまた泣きついてくるのではないかと身構えていた。

しかし、あのふたりも、自分たちで解決するようになったのだ。

周平が間に立つ必要はなく、つかず離れずの関係で絆を作っていくだろう。それが佐和紀を守る盾になるのだから、周平は安心するしかない。

「岡村は本当に幸せなんでしょうか」

支倉がぼそりと言い、周平は、その横顔をまじまじと眺めた。

「幸せでないことが不幸なわけじゃない。愛のない人生より、目的のない人生のほうがよっぽど報われない。知っているだろう」

支倉が振り向き、ほんのわずかに目元を歪めた。

彼もまたそんなひとりだ。周平に出会ったとき、支倉は生まれて初めて、自分の人生に目的を得た。

その感慨と興奮と人にひれ伏す苦さを、いま、まさに思い出しているのだろう。

「若いふたりは放っておいて屋敷へ帰ろう。今日は本当に疲れた」

飲み終わった缶ビールを手にして、波除けを離れる。後ろをついてきた支倉はまた笑う。

「寛大ですね。キスでもするかもしれませんよ」

「しないだろう。岡村が寄りつかなくても、佐和紀は拗ねも怒りもしなかった」

相手を傷つけた意識も、その罪悪感もないからだ。

岡村は、佐和紀の身体の一部になりつつある。

信頼されればされるほど、岡村はいたずらに手を出せない。惚れた男を裏切りで泣かせたら、それは名折れになる。

「やっぱり、岡村には同情します」

周平に無視されると傷つく支倉は、ひっそりと笑いながら横断歩道を渡った。

4

緑のトンネルを抜けて、山をひとつ越える。青空を追いかけるような道をひた走っていくと、大きな湖が見えてきた。

周平が運転する車は、いつものクーペタイプではなく、大きなタイヤの上に鉄製の箱を乗せたようなクロスカントリー仕様のものだ。石がごつごつしている場所も難なく走る。

湖畔のキャンプサイトは広かった。

車があちこちに停まっていて、そのすぐそばにテントや屋根が張られている。形はさまざまで、家族連れや若者で溢れ、にぎやかだ。

周平は林に面した端まで行き、何台か並んでいる車の横でエンジンを切った。中型から大型のＳＵＶばかりだ。本格的なジープ型の車もある。

「やってるな」

サングラスをかけたままで車を降りた周平が、助手席のドアへ回ってくる。

「そんなたいしたヤツらじゃないよ」

友達ならいると言われ続けてきて数年。集まりに出ていることは知っていたが、誘われたのは初めてだ。

気後れしている佐和紀は、覚悟もないうちから車高のある座席を飛び降りた。知世が買ってきた細身のワークパンツに、薄手のパーカー。

夏日の陽差しが足元の砂利に跳ね返り、今日も暑い一日になりそうだ。

「イジメられたら俺に言えばいい。百倍にして返してやる」

「それがこわいんだろ。いきなり英語で話しかけられたり、算数の問題を出されたりしない？」

「されたら、おもしろいな」

周平はのんきに笑う。三井の後輩たちのバーベキューになら参加したこともあるが、いかにもなガテン系が多くて、はしゃいで川に飛び込む背中には、二年もそのままだという筋彫りがあったりした。そこへ混じるほうが、佐和紀の気持ちはよっぽど落ち着く。

しかし、周平に誘われ、行くと答えたのは自分だ。そろそろ観念して覚悟を決める。

そこへひとりの男が駆け寄ってきた。丸いレンズのサングラスがおどけて見える。

「よー、来たね。俺ね、ブンヤ。佐和紀さんでしょ、よろしくね」

年齢は周平と同じくらいだ。なのに、驚くほど口調が軽い。目をぱちぱちさせていると、強引に腕を掴まれた。

「来たよー、来たよーっ」

連れていかれた先には、白い三角屋根のテントが張ってある。広い入り口から見える内部には、色とりどりのマットが敷かれていた。クッションがいくつも置いてある。手前のスペースにも天幕が張り出ていて、大きなテーブルとイスが並んでいた。リビングスペースに、ダイニングスペースという雰囲気だ。

「まずはビール？　なにが好み。けっこういろいろあるよ。ワインもあるけど、君は悪酔いするんだろう。いい焼酎はあとにしたいし、選んで！」

ぐいぐいと引っ張られながら連れていかれたのは、すぐ近くに建てられた大きな天幕の下だ。周平はほかの仲間に呼び止められ、離れていく。

天幕の下へ行くと、日陰に棚があった。ブンヤと名乗った男は、足元に並んだクーラーボックスを次々に開く。氷水を張った中には、缶ビールのほかに瓶ビールも入っていた。

「このあたりは、ライムを入れるとうまいよ。あっちで切ってもらえるから」

指で差し示されたあたりには、青空の下で肉を焼いている男たちが見える。焼き場の隣には調理台もあり、女も数人混ざっていた。

全体の人数は十人ぐらいだろうか。ほどよくばらけて、それぞれに楽しんでいる。

年齢層は若くないが、ファッションは多様だ。アフリカンな柄のワンピースを着た女もいれば、灼《や》けた腕が剝き出しのタンプトックを着た男もいる。

そこに混じってしまえば、周平が浮いて見えることもなかった。反対に、質素なぐらいだ。今日のいでたちは、生麻のサファリジャケットに黒いパナマハット。眼鏡はいつもと同じだった。

スピーカーから流れてくる陽気なリズムに耳を傾け、佐和紀はクーラーボックスの中のビールを眺める。

ちょっとした野外パーティーだ。離れた場所でこぢんまりと楽しんでいる家族連れに比べ、一目でわかるぐらい大規模で金がかかっている。

「じゃあ、俺はそれ」

佐和紀は振り向いて、瓶のビールを選んだ。

「そういや、生ビールのサーバーもあるけどね」

ブンヤは明るく言いながら、クーラーボックスのふたを閉じる。促されるままについていくと、調理台の脇にくし形のライムをぎっしり入れた瓶が置いてあった。

「それ、切ったところ。ボックスに入れてきてくれよ……。誰?」

ドロップ型のサングラスをかけた男が、佐和紀を見る。ブンヤは瓶ビールのふたをはずし、中にライムを押し込んだ。

「周くんのお嫁ちゃん」

「え?　マジで」

カフェエプロンで手を拭きながら、男が佐和紀へ向き直る。

「どうも」

会釈を返してはみたが、同時にブンヤから瓶ビールを差し出され、どちらの相手をすればいいのか、わからない。

「本当に連れてきたの？　スゴイ」

隣でリンゴを切っていた男も振り返る。あっという間に人が集まり、佐和紀は身動きが取れなくなった。人垣の向こうに周平を探そうとしたが、それもままならない。

ピンチだと思ったところで、きつい顔立ちの女が割って入ってきた。

「みっともないことは、やめなさい」

細身のワークシャツが華奢な身体を包み、ショートカットがマニッシュだ。

「あんな性格のくせに、ずいぶんと続いたものよね。これからも見捨てないであげて。世界中の女が迷惑するから。私は『ポリス』よ。パリスじゃなくてポリス」

冗談を言ったのだろうか。それにしては、にこりともしない。

「ここのメンバーはだいたいニックネームで呼び合ってるの。でも、人によって別の呼び方をしてることもあるから気にしないで。覚えなくてもいいわ。私もだいたいは『あんた』で通してるから。ちなみに、こっちはガセキ、こっちはテロタイ。あれはセンセで、あれがセンセイ。偉いのはセンセイのほう」

矢継ぎ早に言われて、わけがわからなくなる。覚えても仕方がないとあきらめて、佐和紀はビールに口をつける。

「平気か、佐和紀」

ようやく駆けつけた援軍が、腰にするっと腕を回した。顔の近くに周平の匂いを感じ、心底、ホッとする。

振り向いた佐和紀は笑顔を浮かべた。周平は、友人たちに向かい、視線をぐるりと巡らせる。

「お待ちかねの俺の嫁だ。狂犬だから、扱いには気をつけてくれ。噛まれても自己責任だし、こっちは賠償請求するからな？　高くつくぞ」

サングラスを少しだけずらした周平は、いたずらっぽく付け加える。

「ちなみに、だ。牧島に直電できる」

「ええっ」

驚きの声をあげたのは、ポリスと名乗った女だ。目を見開いて身を乗り出す。

「牧島って、あの牧島さい……」

「……いちろー」

佐和紀が名前の後半をつぶやくと、ポリスは短いまつ毛の瞳を大きく見開き、驚きを通り越した顔でおののいた。ほかの男たちも感嘆の声やら、ため息やらを重ねてくる。

「誰か手伝えよ。っていうか、俺にも紹介しろ！」

焼き場にひとり残された男が叫び、佐和紀の背中を周平がそっと押し出す。遊んでおいでと促された。周平は焼き場へ手伝いに入る。

すると、物腰の柔らかな男が佐和紀の隣に並んだ。ほんのわずかに甘い柑橘《かんきつ》のコロンが風に乗る。

カジュアルで個性的な集まりだが、三井の後輩たちが開いているバーベキューとは、明らかに格が違っていた。

「お嫁ちゃんは肉が好き？　魚もあるよ。今日は伊勢エビも」

「意味がわからない」

思わずつぶやいてしまうと、焼き場に入っている男たちは朗らかに笑った。周平は少し離れた場所で作業中だ。

「俺たち、雇われシェフじゃないからね～」

「高給取りのエリートだよ～。おいしいよ～」

トングをカチカチ鳴らした男たち数人は、佐和紀に向かってふざけてみせ、皿を持って近づいてきた女たちへ肉を取り分ける。彼女たちも、添え物の美女ではなかった。

それぞれ手に職を持っているのだろう。男たちをからかいながら、あれこれと注文をつける。やりとりは軽妙だ。

「日に焼けるから、テントへ来たら？」

通りすがりに声をかけられる。案内役のつもりでいる男が佐和紀を止めた。

「やめとけ、やめとけ。あの三人は核融合の仕組みを説明し始めるから」

「かく、ゆうごう……」

佐和紀はぼんやりと繰り返す。頭がもうついていかない。

「骨つき、おいしそう」

考えるのを放棄して、炭火の焼き台を覗き込んだ。

「もうすぐ焼けるから待って」

「俺の旦那は、『周くん』ってあだ名？」

「『がんちゃん』呼びは却下された」

「『唐獅子ちゃん』かと思ったのに」

「それも却下だよ」

ほかの男が答える。佐和紀は笑って肩をすくめた。

「みんなの名前は、働いてるところ？　ポリスは警視庁あたり？」

「あれはね、警察庁《さっちょう》」

「あんたは？」

「バンク。でも銀行屋じゃないよ。財務省。あっちでふらふらしてるのが、銀行屋。ニックネームはザイム」

「……こんなところで秘密の話でもすんの？」

佐和紀の一言に、男たちは顔を見合わせた。それからにやりと笑う。

なにかがツボにはまったらしい。我先にと身を乗り出してくる。

「牧島さんとツーカーだって？」

「携帯電話、持ってる？」

「アドレスでもいいよ。連絡先交換しようか」

いきなり畳みかけられたところに、

「ピーピーピーッ！　逮捕、逮捕」

冷ややかな表情のポリスが割って入ってくる。

けっこう酒が回っているらしい。別の女があとを追いかけてきて、心配そうに隣につく。

こちらは高い位置で髪をお団子にまとめていて、派手な顔立ちをしている。フルメイクをすれば、グラマラスなドレスがよく似合いそうだ。

ポリスの腰に腕を回し、ぐいっと引き寄せた。

「あんたは逮捕権ないでしょうが……もぅ……っ」

「ないのは、あんたよ」

ポリスは逃げようとしたが、腕を掴まれ、ダイニングスペースへ連れ戻される。

「あれねぇ、警察庁の公安と調査庁の公安。どっちもそこそこエリート。そのうち両方泥酔して、おもしろいから」

焼き場のひとりが言い、案内役の男が笑う。

「かわいいんだよ。普段、気を張ってる女がだらけてるのは、見ていて気持ちがいい」

「と、いう意見もある。お嫁ちゃんはどうなの。あいつは俺様で大変だろう」

「……かわいいよ」

佐和紀はにやっと笑い返した。周平がどんな立ち位置にいるのかはわからないが、連れてきた以上、佐和紀がなにを言っても許すはずだ。

「マジか……」

佐和紀を取り囲む数人が口を揃える。つぶやきの意図はすぐにわかった。

友人たちの脳裏に、ピンク色のもやが見えるようだ。ここでもやはり、周平は性豪な色事師キャラだ。

「俺の悪口か？」

どこからともなく現れた周平が、佐和紀の背中にぴったりと寄り添う。瓶ビールを持った手に腰を抱かれた。

「かわいいって話だよ」

背中を預けてもたれかかっても、周平はよろけない。

視界の端に、湖が見えた。太陽光が反射してキラキラと輝く。遠くにカヌーが浮かんでいた。

晴れ渡った空には富士山が見え、雄々しく優雅な稜線《りょうせん》の端は、手前に重なる山々の向こうに隠れている。

「おまえの友達はややこしいね。わけがわかんなくなる」

腹を撫でるような動きの周平の手に指を絡めると、耳元で笑い声が響く。

「くすっぐったい」

逃げようしてもがっちり捕まえられていて身動きが取れなかった。いつもの不遜さはそのままだが、どこか無邪気で若い振る舞いだ。わざとイチャついてくる。

ようやく連れてくることができた男嫁を、見せびらかしたくて仕方がないのだろう。同時に、自分が誰かのものになったことも教えたいのだ。

それが、友人たちとのノリだと思うと、佐和紀の心も軽くなる。

気を張っている若頭補佐の周平も痺れるほどに男前だが、リラックスしてふざけているのも好きだ。

「イチャついている」

誰かがぼそりと言った。

「周くんがゴキゲンだ」

「こわい」

「こわい……」

ざわざわと声が重なる中、周平は意にも介さず焼き台を覗き込む。一番おいしく焼けている肉を探し始めた。

そして誰かがまたぼそりと言った。

「キングオブ雄を懐かせてる美人嫁が、一番こわい……」


陽気な音楽がほどよくメロディアスなナンバーになり、夕闇が迫る。急ピッチの片づけが始まっていた。

テントに泊まって帰るメンバーもいるらしいが、佐和紀は帰宅組だ。周平も途中からアルコールを控え、いまはテントのリビングスペースでアルコールチェックをされている。

計測機が用意されているのだ。

ひとりになった佐和紀は湖畔にイスを置き、のんびりと煙草を吸っていた。

「佐和紀さん」

物静かな女の声がして、隣にイスが並ぶ。

「お疲れになったでしょう」

髪の長い清楚なタイプで、途中から参加したひとりだ。

人の出入りは意外に激しく、佐和紀が現れたと聞いて駆けつけ、三十分もしないで帰った参加者もいた。

「岩下さんはいよいよですか？」

いきなり聞かれても意味がわからない。それが伝わったのだろう。相手は上品に微笑んで、片手を頬に押し当てた。

「ご存じかと思っていました」

「あんた、ニックネームは？」

「私は特にありません。今日は、岩下さんに用事があって、寄っただけです。……小百合《さゆり》と申します」

「小百合さん……」

「岩下さんよりも、悠護さんの仕事で動くことが多いんです。今日も彼からの依頼で」

ひっそりと静かに微笑む女の顔を眺め、佐和紀はふいに閃《ひらめ》いた。

「あぁ、そうか。悠護の好きなのって、あんたか」

「なにの話ですか？」

穏やかだった小百合の声から、見えないトゲが出る。

「私はしょせん、美緒さんの代わりでしょう。悠護さんは騒がしいので、好ましくありません」

きっぱりと言い返され、佐和紀は苦笑した。そういう気の強いところも悠護好みに違いない。

「いい男だよ。騒がしくて、バカだけど。そこが憎めないところだ」

「そうやって甘やかすから、つけあがるんです」

美緒が佐和紀の源氏名だと、知っているらしい。

「この……なんだっけ、グランピング？　これって、情報交換のためにやってんの？」

「親睦会ですね」

小百合はあっさりと答えた。

「いままでもずっと、佐和紀さんに会わせろと詰め寄られていたようですが、岩下さんはなかなか承諾なさらなくて。のらりくらりとかわしていらっしゃったみたいですよ。……今回、あなたが参加された理由は、みんな承知してます」

「俺だけが不承知だな」

煙草の煙を、小百合とは反対方向に吐き出して言う。小百合は微笑んで答えた。

「コネクションへの顔見世です。これで、あなたの顔と名前が、参加者の中にインプットされました。有事の際は岩下さんの指示なしでも動きます」

「ん？　参加してるみんなって、周平の……部下？」

「協力者というところでしょうか。集めたのは悠護さんですけれど」

「あいつもわけがわからないな。今日は初めから終わりまでこんな感じだ。あんたは、なにをしてる人？」

「悠護さんの上司に当たる方の、秘書です」

「あいつ、人の金を転がしてるんだよな」

「その点だけは才能がありますね」

「褒めた」

「愛情とは別です」

「嫌いなの？　絶対に？」

「私が年を取ってもまだひとりなら、旦那にしてあげてもかまいません」

「好きなんだな」

「いえ、なんとも思っていないだけです」

小百合は頑《かたく》なだ。しかし、友情以上愛情未満は本心だろう。

「いい人で終わるタイプだからなぁ」

悠護がほんの少しだけかわいそうに思える瞬間だ。

「佐和紀、そろそろ帰ろうか」

声がかかって、肩に腕が回る。冷え始めていた身体に、ほっこりとしたぬくもりが寄り添い、いい気分になった。車に乗ったら、きっとすぐに寝てしまう。

「おふたりを見ていると、結婚もいいものであるような気がします」

小百合は、周平に目礼をして立ちあがる。

「周平は後片づけしないの？」

「金を出してる」

佐和紀の問いに、あっさりとした答えが返ってくる。

「俺はちょっと手伝ってこようかな。金も出してないのに、飲み食いしただけだ」

立とうとした佐和紀は、小百合に止められた。

「いいんですよ、佐和紀さん。アウトドアの好きなメンバーの仕切りですから。素人が手を出すと、余計に時間がかかるので嫌がられます」

「そうなのか。じゃあ、いいか」

「おまえは話し相手をしただろう。充分だ」

「岩下さんは、ヤキモチ焼きですか？　意外」

小百合がふふっと笑い、周平は佐和紀の髪をもてあそぶ。

「俺にとっても、意外だよ」

甘い声はもの静かに響き、小百合は自分で持ってきたイスを畳んだ。

「夕暮れが深くなる前に、どうぞお帰りください。祭りのあとの寂しさは、ふたりだけで分かち合うのがよろしいかと思います」

「帰りの車はあるのか？」

周平が確認すると、小百合は小さくうなずいた。

「ご心配なく、ちゃんと待たせてあります」

周平がイスの片づけを買って出る。佐和紀の分も持った周平は、一足先に仲間たちのほうへ歩いていく。

「お気をつけて、佐和紀さん」

ニュアンスに違和感を覚えて振り向く。帰り道だけのことではないだろう。

小百合の口調は、先ほどよりもどこか重い。深刻さが感じられた。

「あなたは本当に聡《さと》い方ですね。記憶が無事に戻られることをお祈りしています」

深々と頭をさげられ、小百合はすべてを知っているのだと思った。もしかしたら、失った記憶の中身さえ知っているのではないかと、勘繰りたいぐらいだ。

しかし、尋ねる隙《すき》は与えられなかった。

すぐに話題が変わり、帰宅組のメンバーが次々に挨拶をしてくる。そして、いつのまにか、小百合の姿は消えていた。

「あれは無理だよな。悠護には手ごわい」

組屋敷の離れではなく、周平の秘密基地であるマンションへ帰りつき、風呂《ふろ》に入りながら話をする。

車で眠ったから佐和紀は元気だ。バーベキューの途中で仮眠を取っていた周平も、眠気を感じさせず、浴槽にもたれて答える。

「かといって、ほかの誰かを選ぶとも思えないけどな。上司が勧める結婚話でもなければ、悠護の子どもぐらいは産んでくれるだろう」

足を伸ばして入れる広さの浴槽だが、周平の膝の間に挟まれている佐和紀の足は伸び切らない。

男の胸に背中を預けて、乳白色の湯から足先を出した。

「結婚が先じゃないの？」

「小百合はフランス育ちだから、籍を入れることに興味がないって。悠護が」

身をよじって振り向く佐和紀の腰に、芯の入った周平が触れる。裸でそばにいるときの半勃ち状態はいつものことだ。

「ふぅん……。で、あれはどういう集まりなの」

「俺のコネクションのほぼ半分、ってところかな」

「ニックネームがシャッフルされてんのも、秘密の話をするから？」

「単なるお遊びだ。組でいうところの、定例会」

「情報交換するのかと思ってた」

「しないわけじゃないけどな」

周平のくちびるが、佐和紀の耳元をくすぐる。バーベキューの途中で散歩へ抜け出し、林の向こうでかわしたキスを思い出す。

「俺の知らない旦那さんだったな……」

少し拗ねたように言うと、周平の指が、佐和紀の洗い髪を耳にかけた。

「今夜は、新鮮なセックスになるだろう？」

「知らない男に抱かれて興奮するような、そんな奥さんではありません」

不機嫌を装って、わざと水を跳ねた。風呂を出る。

タオルで肌を拭きながら、開けっぱなしにした風呂場を覗くと、濡れた髪を両手でかきあげる周平と目が合った。

浴槽にもたれているだけで肩の入れ墨さえ色っぽい。見てはいけないものを見てしまったような罪悪感が沸き起こる。

そこにいるのはよく見知った男だ。湖畔のグランピングで、仲間との交流を優雅に楽しんでいた男と同一人物。猫のように佐和紀にじゃれつき、誰にも渡さないと言わんばかりに抱き寄せていた。あの場所へ招き入れることに、周平には周平なりの心配があったのだろう。

思わず笑うと、周平が小首を傾げる。

佐和紀はなにも言わずに、自分のパジャマではなく、周平のTシャツを着た。寝巻き代わりのそれはだらりと長く、佐和紀の下半身をぎりぎり隠す。

「早く、ね」

待っているという意味で声をかけ、浴室のドアは閉めずに廊下へ出た。

キッチンの冷蔵庫から水の入ったボトルを取り出し、飲みながら寝室へ向かう。横目に見たリビングは相変わらずの荒れっぷりで、ソファの一部分だけ、ぽかりと物がない。周平の定位置だ。

キングサイズのベッドを新しく入れた寝室はガランとしていたが、初めて入ったときより色味が加わった。

サイドテーブルに置いたアンティークのライト。洒落《しゃれ》たマガジンラック。縄で編んだルームラグも敷かれ、人間が安眠を貪る部屋らしくなった。

初めて来たときの無機質な印象は佐和紀の記憶にあるだけだ。

部屋全体の照明はつけず、サイドテーブルの明かりだけで布団に入る。薄い羽毛布団の下には、くたくたになったダブルガーゼのタオルケットが挟んであって、剝き出しの足に触れると気持ちがいい。

一日の疲れが吐息になって溢れたが、重いものではなかった。

「佐和紀、寝るなら髪を乾かせよ」

背後から周平の声がして、隣に人肌のぬくもりが寄り添ってくる。触れた足は互いに素肌だ。周平の毛並みがこすれてくすぐったい。

「疲れただろう？」

抱き寄せながら覆いかぶさってくる周平に、顔を覗き込まれた。

半乾きの前髪が凜々しい眉にかかり、裸眼が佐和紀を映す。周平は全裸のままだ。

「……んだけど……」

足で蹴るようにして布団をずりさげる。Ｔシャツがまくれあがったのを押さえると、周平の手が太ももに触れた。

佐和紀も手を伸ばし、身を屈めながら周平の股間を探る。指に触れてくる性器はびくりと跳ね、欲情を許されたと知るなり、大きく育つ。

周平が枕を背にして座り、くずれたあぐらの間へ入った佐和紀は、逞しい太ももにこめかみを預けて横たわった。猫のように丸くなり、もう片方の足に寄り添う。

手で摑んだそれをしごきながら眺め、いたずらに息を吹きかける。周平の甘い吐息が降りかかり、佐和紀にも愛撫の手が伸びた。

柔らかな仕草で撫でさすられ、

「あんまり、すんな……」

もう少し周平をかわいがっていたい佐和紀は、念を押す。根元にキスをしながら舐めあげ、横臥《おうが》したまま先端をくわえる。上半身を起こして、できる限り奥まで迎え入れた。くちびるで幹をこすり、チュパチュパと音をさせて舐める。

夢中になると息もままならず、自分の声のいやらしさで腰が疼く。

「ん、んー。んっ……」

後ろに、指が欲しいと思った。それから、くちびるでしごき立てた逞しさを、ずっくりと差し込まれ、自分の奥にある、柔らかな場所を優しく突いてもらいたい。

「……しゅう、へい……」

起きあがって、両手で頬を包む。穏やかな男の微笑みは、もうしっとりと濡れていて、誘うまでもなく佐和紀の手のひらにキスをする。

上半身は初恋のような仕草で求愛を重ね合わせたが、腰から下をいじる周平の指先は、百戦錬磨の卑猥さで佐和紀を追い込んだ。

あっという間に天を突くほどに育てられ、膝立ちになった足の間に指が這う。

「あっ、あっ」

キスをされて、太い首へとしがみついた。

片手が佐和紀の肉欲をこすりあげ、もう片方の手がヒップを柔らかく揉んで奥地へ進む。敏感な場所をそっとたどられ、佐和紀は震えた。

指がすぼまりに行き当たり、ぐるぐると撫でられる。

「あっ、ん……」

「イクか？」

甘い声が優しくささやく。射精をコントロールする指は、しごくのをやめ、亀頭から溢れる先走りをぬるぬると広げた。

「んんっ」

首を左右に振った佐和紀は、キスをねだる。くちびるに吸いつきながら引き寄せ、自分からベッドへ倒れ込んだ。足を開いて腰を浮かせる。

「ローション……して……」

周平の手から自分自身を取り戻して、ゆっくりとしごきながらTシャツの裾をまくりあげた。胸に指を這わせ、尖りを探して指に挟む。乳房のない胸だが、胸筋はうっすらとついている。

自分で揉むと、腰が浮くほどの快感が溢れた。

「んぁ……っ」

股間をしごく手も止まらなくなり、腰を淫らに振ってしまう。

サイドテーブルからローションとタオルを取り出した周平は、しばらく佐和紀の痴態を眺めていた。からかいも、煽りもせず、ただじっと、精悍《せいかん》な目元に淡い肉欲を滲ませる。

「そんな、目で……っ」

愛《いと》おしそうに細められるまなざしは、微塵も下卑ていない。なのに佐和紀は興奮して、腰を揺する。しなりながら反り返る股間の昂ぶりは、周平に向かって裏筋をさらし、ぴくぴくと脈を打った。

恥ずかしい。だから、余計に気持ちよくなってしまう。

「あっ、あっ……」

このままひとりで達してしまいそうな佐和紀は、周平の膝頭に手を伸ばした。

「味わって……」

艶めかしく誘いかけて、爪の先で肌を搔く。すると、穏やかだった周平の瞳に、獰猛《どうもう》な雄の性欲がよみがえった。

佐和紀の腰裏にタオルを広げ、期待で揺れる性器の先端にローションを垂らす。

「……はっ、ぅ……ん」

ヒヤッとした冷たさで身震いした佐和紀は、自分自身を摑んだ。ローションまみれの性器を両手でいじり、悦に溺れて背をそらす。

一方で、周平の手はぬめりをまとって佐和紀のすぼまりを突く。

「あぁっ！」

佐和紀の鋭い声が、寝室に響いた。差し込まれたというよりも、ぐりっと押し広げられた感覚だ。

周平が低い声でささやいた。

「いきなり、二本だ……。そんなに欲しがってるなんて、知らなかった」

「ん、んっ」

まだ浅い場所でしか動かない指は、それでもぐるりと大きく回転して、佐和紀の内側を撫でさする。

「欲しいのか？ 佐和紀」

優しさを装った周平の声が、佐和紀に淫らなおねだりを要求する。顔を覗き込まれ、佐和紀の濡れた手が、周平の下半身へと引かれた。

「んっ……」

向かい合う周平が熱っぽくうめいた。

べっとりとついているローションを自分のものへこすりつけさせながら、伸びあがるように腰を動かす。

何度触れても、ため息が出るほど立派な徴《しるし》だ。指でなぞった佐和紀は、手のひらでも受け止める。

ほんの少し、気恥ずかしそうに笑う周平が見え、意表を突かれた。佐和紀の白い肌がぶるっと震える。

「うん？　おまえがかわいい。きれいでいやらしくて、たまらなくうぶだ」

「な、に……？」

二本の指で、すぼまりが開かれる。ほぐす仕草で動く指先がはずれると、刺激を求めてキュウッと締まった。それを何度も繰り返されているうちに、指がはずれてもきつく締まらず、ひくひくと物欲しげな開きっぱなしの状態になってしまう。

自分の身体がここまでいやらしくなったことを、佐和紀はまた実感する。

たくしあげたTシャツを握りしめ、膝を自分の胸に近づけた。

「もぅ……いいと、思う……」

泣き出しそうになりながら喘ぐと、周平がくちびるを合わせてくる。引き締まった周平の腹で反り返った性器が撫であげられ、佐和紀はぶるぶる震えた。

あっちもこっちも気持ちよくて、意識がおぼろげになる。上くちびるを吸われ、下くちびるを食《は》まれ、ぬらぬらと濡れた舌がくちびるの内側を這う。

大きく開いてさらした佐和紀の腰の中心にも、鈴口のキスが当たった。

周平が佐和紀の太ももを抱き寄せた。力任せに思える動きでこじ開けられるが、傷をつけられる不安はない。

相手は周平だ。佐和紀の身体はいつも大切に愛され、力任せに奪われるなんてありえない。棒状になった周平の性器は、ずぶっと沈んだ。

「あ、あっ……んっ！」

出たり入ったりが繰り返され、喘ぐ佐和紀は焦れた。もっと強引に、奥まで、とねだりたいが、声が言葉を成さない。まだ序の口なのに、ひぃひぃと喘いでしまい、自分の声のみっともなさにも興奮してしまうぐらいだ。のけぞって腰をくねらせる。

周平は、そうやってこすりつけられる腰の動きをひとしきり味わい、それから体重をかけてきた。ぐぐっと芯が刺さり、慣らされた肉がめいっぱいに口を開く。

周平の形が、佐和紀にはわかった。大きくまるまると膨らんだ先端は、指先よりもずっと熱い。燃えるような、生の熱だ。

「あ、あぁっ……。ナマ……。熱っ……い」

たまらずに訴えると、周平は呻《うめ》きを噛み殺した。

ぎりりと眉根を引き絞り、力強い手のひらで佐和紀の片膝の裏を押さえる。もう一方の手が、ふたりの繋がりを助けた。

尻の肉がぐいっと掻き分けられ、膨らんだ先端がさらに奥へと道をつける。

「あぁっ……っ！」

熱が内壁をこすって動くたびに、佐和紀は身をよじらせて周平の形を味わう。涙がじわりと溢れて、悲しくないのに泣けてくる。

「佐和紀、乳首を触って見せて」

　両足首を肩に乗せた周平が、くるぶしに舌を這わせる。その振る舞いがいやらしすぎて、佐和紀は素直にTシャツをまくりあげた。言われるがままの嬌態《きょうたい》を見せたくて、自分の両乳首をつまんだ。

　親指と人差し指で乳輪からこねると、こりこりに勃起《ぼっき》する。甘だるい快感が生まれ、佐和紀は自分でも艶めかしいと思う細い声で喘いだ。

「あっ……はぁ、あっ、あぁっ……」

「こっちもよく動いてる。絞るみたいによじれて……あぁ、いい肉だ。……もっと乳首をいじったら、もっと気持ちよくなるだろ。ほら、佐和紀。おまえが乳首をいじると、こっちも俺を締めつけてくる」

　佐和紀のヒップを自分の太ももへ引きあげるようにした周平は、乳首をいじる指の動きに合わせるように腰を振る。

　前後に動かれて、佐和紀はリズミカルに揺らされた。

「ん、はっ……あ、ぁ……っ。きもち、いっ……いい……っ」

　ぐずるような泣き声で、はぁはぁと息を乱す。それから大きくのけぞった。

　眉を引き絞った周平の凛々しさに見つめられ、悶《もだ》える姿をさらしていることにいっそう興奮する。欲情しているのは周平も同じだ。だから嬉しい。

腰を動かすことに没頭し始めた周平は、佐和紀の足に頬を寄せ、気持ちいいとつぶやく。その低い声が佐和紀を昂ぶらせた。なにをされても、ただ快感が打ち寄せる。だからこそ、さらに強い悦楽が欲しくなる。

佐和紀はたまらずに両手を差し伸ばす。

「もっと、ちゃんと……っ。突いてっ」

指先が絡み合い、佐和紀の足を肩からおろした周平は大きく前へ出た。

「うっ、ん……っ！」

奥をごりっと突かれた感覚に、佐和紀のまぶたの裏で、火花が散る。

「あ、あ、あっ……あぁっ」

止められない絶頂が腰の裏で弾け、びくびくと身体が跳ねた。

「ひぅッ……は、ぁ……あ、んっ！　んっ！」

深い場所をゴツゴツと突きあげられ、体の奥が爛《ただ》れるように熱くなる。息ができないほどに感じ切った佐和紀を押さえつけ、周平は身を伏せた。乳首をじゅるりと吸われる。

「あぅ……っ」

舌先が回転するように動き、乳輪が舐め回された。卑猥であるほど刺激は強くなり、佐和紀はよがりながら息を詰める。

「ま、た……っ」

腰がガクガクと震え、やがて全身がわななく。

「キてる……来てる……っ」

「そのまま貪っていい。ガツガツ突かれて、乳首を触られるのが、好きだよな？　もっとしようか。おまえの好きな、いやらしい動きで、もっと激しく……」

「あ、あっ……だめ、だめ……ぅ……あ、あぁっ！」

言葉では拒んでも身体は素直だ。佐和紀は腰を跳ねあげながら、深く突き刺さった周平へと内壁をこすりつける。

「ダメなら、引こうか。なぁ、佐和紀」

「いやぁだっ……だめっ。引いたら、だめ……。激しく、して。もっと、もっとゴリゴリして、周平ので、奥までこすって……っ」

「そんなに腰を振って……。搾り取られそうだ。イキたくなる……」

佐和紀のわき腹をまさぐる手が、上へ下へと愛撫を繰り返し、ぷっくりと膨らんだ乳首を捕らえる。繊細な愛撫は佐和紀を恍惚《こうこつ》とさせ、じっくりと眺めている周平は、雄の顔で自分のくちびるを舐めた。

佐和紀はひくひくと動く後ろで昂ぶりを締めつけ、濡れた視線を周平へ向ける。

「まだ、だめ……だめだから。イかない、でっ……」

「佐和紀が、もっと気持ちよくしてくれるなら……。ほら、お尻をもっと締めて。俺が勝手に出さないように、な」

「う、うっん……」

「すごい……な。鍛えてるケツは……」

佐和紀を煽る周平の額に、玉のような汗が浮かぶ。

冷静に考えてみれば、絞めつけるほどに周平は気持ちよくなり、ゴールが近づくのだが、ぐちゃぐちゃに気持ちよくなってしまった佐和紀には、まるでわからない。

周平から言われるままに腰の奥に力を入れ、歯を噛みしめる。周平が動くたびに汗が落ちて、佐和紀の濡れた肌に交じり合う。

「気持ちいいな、佐和紀。おまえの中は、気持ちがいい」

息をこらえて突き上げる腰の動きに翻弄《ほんろう》され、佐和紀はもうなにも考えられなかった。

浅い場所から深い場所まで、みっちりと押し広げながらこすり立ててくる肉の塊が、自分を愛している。その事実だけしか理解できない。

誰にもさらしたことのない、いやらしい場所が、滴るほどに濡れてうごめく。悦楽の波をかぶった佐和紀は、何度となく溺れそうになり、喉を鳴らして喘いだ。

「佐和紀、佐和紀……」

周平に名前を呼ばれるだけで、肌はざわつき、腰がよじれる。そこをまたずくりと貫かれ、涙がぽろぽろとこぼれ落ちた。

気持ちよくて、気持ちよくて、もっともっと、と貪欲《どんよく》にねだる。

佐和紀の快楽には果てがなく、いよいよ追い詰められた周平は、ジョギング中のような息遣いで肩を震わせた。もう少し、あと少し。そう心で繰り返すように佐和紀を突く。

「んっ、んんっ……」

シーツをかき乱して悶えた佐和紀の手が、枕を引き寄せた。頬ずりをしながら伸びあがり、恍惚の中で、くちびるを噛んでのけぞる。同時に、強く腰を絞めた。

「はっ……」

周平が片目を閉じて顔を歪める。息を止めたラストスパートを受け止め、佐和紀はぎゅっと目を閉じた。

「あぁっ、あっ。あっ……んっ」

淫らな動きに刻まれる佐和紀の甘い声が響き、周平はぐっとこらえた表情になった。手に閉じ込めた佐和紀の昂ぶりが震え、とろりと体液が溢れ出る。周平に揺すられ、もう大半は流れ出てしまったあとだ。

佐和紀が最後の興奮を味わい切ると、周平はうなだれるように息を吐き、同時に熱を放った。限界までこらえた興奮が男の腰を震わせる。

両手を頭上にあげて放心した佐和紀は、無意識に足を絡めた。周平の腰を締めて、引き寄せる。

出ていかせたくなくて、そのままキスをねだった。

「……佐和紀」

髪を撫でられ、こめかみやまぶたにも、くちびるを受ける。そろりと出した舌がキュッと吸われ、佐和紀はまた快感に腰を震わせた。

「きもち、い……周平。きもちいい」

「続きは朝にしよう。もう一度、シャワーだな」

「まだ、いてよ」

「二度目がしたくなる」

「してもいい」

「意識を飛ばしてるくせに。俺をこれ以上、身勝手な悪い男にしないでくれ」

「……いい男だよ。もっと気持ちよくしてやるから。……抱いて？」

「……じゃあ、相手をしてもらおうか。おいで」

背中を抱き寄せられ、繋がったままでしがみつく。くちびるが重なり、優しいキスが始まる。

「んっ……」

キスだけでイかせるつもりだとわかったが、抵抗する力は残っていない。そして、それもまた、泣けるぐらいの快感だ。

「ぁ、ふっ……ぅ」

びく、びくっと腰が揺れ、周平の腕の中で背中をそらす。入れ墨に頬を押し当て、すり寄りながら、佐和紀は胸を合わせて周平を煽る。

「もう、いっかい……。ね……？　もう一回、中出し、して」

吐息混じりの甘いささやきに、深々と刺さった男は熱を取り戻し始めていた。

＊＊＊

初めて周平の友人と引き合わされ、佐和紀は相当に緊張していたのかもしれない。

奔放に乱れた佐和紀に残りの二回を絞られた周平は、すやすや眠っている相手の首の下から腕を抜いた。頼まれなくても、何回だって抱きたい。

それでも、腰や背筋や股関節《こかんせつ》を気遣い、関係が深まるごとに自分からは求めにくくなる。

その一方で、年頃になった佐和紀は貪欲だ。やりたがりな思春期の性欲とは違い、身も心も安定しているがゆえに、いっそう精力的になる。

ベッドの端に座り、周平はボトルの水で喉を潤す。

あれから、もう一度シャワーを浴びて、汗と精液で汚れたシーツは剝いだ。ベッドメイクを整える元気はなく、シーツは広げただけで転がった。

若い頃は持て余しがちだった自分の絶倫ぶりも、佐和紀といれば意味があったと思える。繋がりを求める愛情の深さと、精力の強さは別のものだ。それを十代で知っていたら、セックスで堕《お》ちることもなかっただろうかと考えた。

しかし、その結果にしか佐和紀と巡り会えないのなら、何度でもあの地獄へ身を投じる。それほど、佐和紀が愛おしい。

そばにいるだけで心が温められる。

肌を合わせれば、さらに快感が増して、人間として生まれた価値さえ感じられた。生殖のためだけではない性交が存在するのは、恥部をさらけ出して分かち合うことに哲学があるからだ。

周平のパジャマの上着は佐和紀が着ている。周平はズボンだけを穿《は》いて、上半身裸のままでトイレへ行き、キッチンで煙草に火をつける。

冷蔵庫を開けて、中を確認した。たいしたものは入っていない。チーズとワイン。それからビールがぎっしり詰まっている。

探ったところでなにも出てこないことは知っているから、戸棚を開けた。トマト缶とコンソメ顆粒《かりゅう》。それから鍋《なべ》を出した。以前は空き缶を入れておく場所だったシンクも、いまは片づいている。

セックスのあとで腹をすかせる嫁のためだ。

トマト缶でスープを作り、ベーコンがあることを思い出して刻む。

腹が減ると真夜中でも起き出すので、作っておいてやるのが一番いい。手早く料理をして、煙草とコンロの火を消す。寝室に戻ると、佐和紀はいびきを響かせていた。

「百年の恋も冷める……な」

つぶやいてみても、冷めるものはなにもない。ただ柔らかな愛があるだけだ。もちろん、優しい恋も再燃して、周平の胸はせつなく締めつけられる。

グランピングに佐和紀を参加させたことで、仲間たちはすべてを察した。

わざわざ口に出すことはしないが、周平を取り巻く情勢が動いたことも伝わっただろう。そして、イチャつく態度で、佐和紀の存在の大きさも知ったはずだ。

誰がなにを言っても、手離すつもりはない。

悪ふざけの男嫁なんて、さっさと手を切ったほうがいいと、仲間内には忠告されていた。撒き餌《まえ》の代わりに使うならともかく、弱みになれば厄介だ。

まさか本気で惚れたりはしないだろうと、ほとんどの友人がたかをくくっていたのも知っている。

だからこそ、周平にかわいがられているだけのチンピラが、あの牧島の連絡先を握っていると知ったときの動揺は大きかった。

瞬間のどよめきを思い出し、周平はひっそりと笑う。

表でも裏でも、牧島はキーパーソンだ。矢面に立つかどうかは別としても、これからの日本を背負って立つ政治家のひとりだと注目されている。

ナイトキャップのバーボンをグラスに注《つ》いで、周平はまた佐和紀を眺める。

一緒にいられる道を探すことは簡単だ。方法はいくらでもあるだろう。

しかし、周平にとって都合のいい道が、佐和紀にとっても最良だとは限らない。

佐和紀が男であっても女であっても、その前にひとりの人間である以上、生き方を選ぶ権利は本人にある。それを保証してやれる自分でいたいと思い続けてきた。

「……」

小百合からの報告が胸をよぎり、酒をあおる。

グラスを置いて、ベッドの上を這って近づく。佐和紀からシャワーコロンの香りがした。

深刻に考え始めればきりがない。

周平の『裏稼業』がこうでなければ、佐和紀だって出生の謎を解かずにいられたのだ。普通ならたどり着けないところへ行けることが、いまは少し億劫だ。周平は佐和紀の髪にくちびるを寄せる。

パンドラの箱を開けなければ、最後に出てくる希望を頼りにしないでも、いいはずだ。

いまのままの幸福で、いまのままのふたりで、ただ愛し合っていれば済む。

薄闇の中に響く小さないびきを笑いながら、子どもみたいに開きっぱなしのくちびるをつまんだ。目を覚ますこともなく、佐和紀はくちびるをつぐむ。いびきも止まる。

周平はため息を飲み込み、くちびるを引き結んだ。

感傷に逃げれば迷いが生まれる。迷いが生まれたら、それは脆《もろ》さになる。脆い場所は必ず狙《ねら》われる。

しかし、変わり続ける佐和紀は予測ができない。つまずいたことのある周平は、歩くことの怖さを知っているから、同じ場所にとどまることができる。佐和紀はまだ傷ついたことがないから、恐れ知らずに歩き続ける。

もちろん、佐和紀の道を塞ぎ、とどまらせることは造作ない。

佐和紀が本当に幼く思慮の浅い男だったなら、豪華で広いカゴに入れ、これが自由だと欺くことができた。狭い世界を広く見せて、成長をひたすらに褒め続ければ、佐和紀の人生をコントロールできる。

周平はそんな関係を望まなかった。

本当の佐和紀を知っていると自負するからだ。愛する男の伸びしろを、歪んだ愛情で見誤ってしまえば、自分の価値も地に落ちる。

この先、失敗することも、傷つくことも、すべては佐和紀のものだ。周平が手助けをしたとしても、責任は本人が背負っていく。佐和紀はそうやって生きる人間だ。生まれや育ちがチンピラであることしか許さなかったとしても、心の奥にはいつも理想が燃えている。

親分の松浦に対する忠義心のために、男の周平に犯されてもいいと思ったように、佐和紀はいつだって自分自身の価値観を貫いて生きているからだ。

愛情では贖《あがな》えないものが、人の歩く道には存在している。

だから、人生は美しい。

たったひとりで歩む道だとわかっているから、誰かと取り合う手は温かいのだろう。

それをもっと早く知っていたなら、由紀子や妙子との関係も変わっただろうかと考える。

ほかにも女はたくさんいた。慰め癒やそうとする献身的な相手も、いなかったわけではない。

考えはすぐに行き詰まり、それらはすべて、猛烈な嫌悪感へ変わっていく。周平は思わず笑った。

男が女を抱く。女が男を求める。

そこにあるはずの湿っぽさや情の絡み合いを、周平は感じたことがなかった。

由紀子に溺れた学生時代でさえ、周平はセックスの中に人生を見たかっただけだ。絶倫であることと性欲が強いことの違いも知らず、身体の相性がいいと思い込んだ由紀子とのセックスに溺れた。『ごく普通の幸せ』というまやかしにも憧《あこが》れていた頃だ。

結局、由紀子の空っぽの心が疎ましくて、気が萎《な》えた。

愛があれば、欲望があれば、人としての願いがあったなら。

人間同士として、詰《なじ》ってやることができたかもしれない。

あの女の中にはなにもない。だから、人の不幸や苦しみで心を満たそうとする。幸せでは刺激が足らないのだ。

学生の頃は、自分が救ってやれると血迷っていたが、ヤクザになってみれば、どうにもならないことがわかった。一緒にいても、再び苦痛を与えられるだけだ。その苦痛に耐えることが由紀子の信じる愛情表現なのだとわかり、決定的に愛想が尽きた。

それを周平に思い知らせたのが、京子だ。

由紀子が生きているのも、彼女によって生きることを許されているからに過ぎない。あの女の命が続いている限り、京子の愛した男は刑務所の中で生き続けるからだ。

もしも由紀子が死んでしまったら、彼は人生の目的を失ってしまう。京子はそう信じている。

小百合からの情報では、そろそろ繰り上げの出所が予定されているらしい。出てきたら、あの男は真っ先に由紀子を殺しに行くだろう。それもまた、京子の望むところではない。

京都の桜河会を追い出されてからの所在は摑めないが、愛人のひとりである満亀組《みつきぐみ》の満《みつ》谷《たに》が匿っているはずだ。

人を面白半分にいたぶりすぎた由紀子は、方々から恨みを買っている。周平や京子が手をくださなくても、誰かの報復に出くわす可能性も高い。いったいどんな結末を迎えるのか。恨みだけで罰せられる人間の末路を想像した周平は、佐和紀の横で顔を伏せた。枕に顔を埋《うず》めて、くちびるを歪める。

この冷酷な感情を、佐和紀には悟られたくない。

由紀子のことも、妙子のことも、人間らしい情に絡んだことだと思われていたかった。実際のところを知られたら、幻滅されるかもしれない。

佐和紀の思う『悪い男』と、周平の『悪さ』が同じとは限らないのだ。

周平でさえ、自分を騙して生きている。人間はみんな、多かれ少なかれ、邪悪な自己中心的考えを律しているのだ。

かつて、周平の母親は自分の息子の本性を見抜き、自分が死んだ保険金でカタがつけばと自殺を図った。由紀子は自分がそそのかしたからだと悦に入っていたが、そんなことはない。母親は、自分が死んででも金を作らなければ、息子が罪を犯すと知っていた。

本当は、子どもの頃からそう思われていたかもしれない。徹底的に勉強を強要され、エリート街道をひた走るトロッコのレールから落ちないことだけが幸せだと教えられた。あの異様さは、息子のなにかを矯正しようとしたゆえの必死さだったのか……。

いまとなっては問いただすこともできない。

考えを巡らせる周平は、枕に頬を当てて佐和紀を見た。

自分の浮かべる微笑のわけを、佐和紀に求めて許される、その幸福の深さがおそろしい。

考えないようにしているすべてに、またそっとふたをする。カギをかけて、見えないところへ押しやった。

パンドラの箱はひとつではない。誰の背中にも業《ごう》は、重くのしかかっているものだ。

周平は布団へ入り、佐和紀の背中にぴったりと寄り添う。首の下に腕を差し入れ、温かい身体を胸に抱く。

すべてが一気に動き出したとしても、動揺してはいけない。

自分の心に言い聞かせる。

地に足をつけて、背筋を伸ばして、しっかり前を向かなければ、この腕の中にいる大事な命が路頭に迷う。たとえどんなことがあっても、佐和紀の行動を肯定し続ける人間でいること。それが周平の愛情だ。

周平のすべてをあきらめ、道をそれたことさえ自分の育て方のせいではないと、潔く責任放棄してくれた母親の愛が胸に染みる。

こうなるように生まれたのだから仕方がない。

それでいいと思うあなたなのだから、仕方がない。

もう二度と親と子には戻れないけれど。どうぞ精いっぱいに、自分を生きて。

さようならと言った声の、清々しいまでの晴れやかさが、耳によみがえる。

佐和紀の隣に横たわり、周平は今夜もまた、安堵《あんど》して目を閉じる。

佐和紀の手が周平の指先を探した。そして絡みつく。またいびきが聞こえ、周平はうとうとと眠った。

5

中国茶に混じっている淡い花の香《か》がテーブルに広がり、佐和紀と向かい合って座る女たちは、それぞれのカップを覗《のぞ》き込んだ。

「はー、佐和紀さん、ほんま女子力高い……男前やのに」

典子の朗らかな声とは裏腹に、すみれは青白い表情でうつむくばかりだ。

横浜に来ていると連絡があったのはつい先ほどのことで、知世の運転する車でホテルまで迎えに行き、中華街の裏路地にある『月下楼《げっかろう》』という名前のカフェへ入った。

佐和紀の行きつけの店だ。知世は近くの駐車場まで車を停《と》めに行った。連絡するまで合流しないことになっている。

「サービスです。どうぞ」

涼やかな美形がやってきて、それぞれの前にオーギョーチの皿を置いていく。見た目も爽《さわ》やかなゼリースイーツだ。

「ごゆっくり」

佐和紀に目配せすると、世間話はせずに離れていく。梅雨時期に入って客足が遠のいているらしく、二胡《にこ》の奏でるせつない旋律が響く店内は静かだ。ほかに客はいない。

「あ、めっちゃ、おいしい！　すみれも食べてみぃや」

オーギョーチを口へ運んだ典子は明るい声で言ったが、ますます沈んだ様子のすみれを見てスプーンを置いた。佐和紀は頃合いだと口を開く。

「前置きはいいから、要件に入ってくれる？　なにか問題でも起こったのか」

電話でなく、わざわざ横浜まで来たのには、それなりの理由があるだろう。

しかも、当日、いきなりの呼び出しだ。勘繰らないほうがどうかしている。

「えっと……、それは」

珍しく典子の歯切れが悪い。すみれはいっそう小さくなり、手にしたハンカチをぎゅっと握りしめてくちびるへ押し当てる。

「すみれ……？」

ふいに嫌な予感がして、佐和紀はできる限りの優しい声で呼びかけた。

「どうした。心配ごとがあるから来たんだろう。真柴にも黙って来たのか」

「佐和紀、さん……」

すみれがぐっと息を呑《の》んだ。うつむき、瞳《ひとみ》を揺らし、それから意を決したようにあごをあげる。

「妊娠、しました」

「え？　誰《だれ》が？　え？　典子ちゃん……？」

「なんでですか！」

典子がびくっと肩を揺らした。

「じゃあ、誰だ」

佐和紀の問いに、典子は固まった。佐和紀を見たまま身じろぎひとつしなかったが、瞳はついっと横へずれた。視線が示しているのは、すみれだ。

「あ、おまえがおめでたなのか。なんだよ、ビビらせるなよ。タカシがやっちゃったのかと思った」

「ないです、ないです、絶対にないです」

眉《まゆ》を吊《つ》りあげた典子が繰り返す。

「どうしてそこまで否定するかな。まぁ、あいつもだけど。やることやってんだろ」

「それとこれとは、一緒にせんといて欲しいんです」

「どれとどれだよ。すみれ……、おまえが妊娠したんだろう？」

問い直すと、すみれは泣き出しそうな顔でうなずいた。喜んでいる感じがせず、佐和紀は眉をひそめた。

「すみれはいま、妊娠四ヶ月です」

代わりに典子が答える。

「あぁ、そう。つわりは？　安定期っていつから？」

「まだ調子はよくないみたいですけど」

「みたいですけど、って……。横になるのが楽なら、ホテルへ戻ろうか。だいたい真柴はなにしてんだ。……ん？　あいつは知ってるんだよな」

すみれを見ると、やはり沈んだ表情で首を振る。

「どういうこと？　典子ちゃん、説明して」

「四ヶ月なんです、佐和紀さん。いまが六月でしょう？　ビンゴしたのは、三月。だから……」

「あぁ、結婚式の前か。いいじゃん、もう籍も入れてるわけだし。誰か逆算して嫌味でも言うわけか？　誰だよ、それ。俺がガツンと言ってやる」

「すみれが気にしてるのは、佐和紀さんです」

はっきり口にした典子の腕を、うつむいたままのすみれが摑《つか》む。

「順序は守るようにって、あれほど言われていたのに、私……」

細い声が揺れて聞こえた。

「えっ！」

佐和紀は思わず叫んだ。浴衣《ゆかた》の衿《えり》をしごきながら、のけぞらせた背を元へ戻す。

「違うだろ。それは真柴への、忠告みたいなもので……。三月なんて婚約してたようなものだし……えぇ……そんなに気にしてた？」

「産んでも、いいですか」

すみれの言葉に愕然《がくぜん》とすると、典子が慌てて身を乗り出す。

「私は何回も言うたんですよ。だいじょうぶだから、早く真柴さんに言うたげて、って。けど、すみれが、佐和紀さんの承諾を得るまでは言えないって……。そやから連れてきたんです」

「参ったな……」

本心からつぶやいて、佐和紀はこめかみを掻《か》いた。

「すみれ。おまえの人生はおまえのものだよ。結婚してなくたって、真柴の子どもが欲しいと、おまえが本当に思ってるなら、それは好きにしていいんだ。……だからさ、真柴が考えなしに孕《はら》ませるような、そんなことは避けて欲しかっただけなんだよ。おまえが望まない妊娠は、俺も望まない。そういう意味であって。……言葉が足りなくて、ごめんな。素直に喜べなかっただろ？　……おめでとう、すみれ。本当におめでとう」

「ほら、すみれ！　絶対にだいじょうぶだって言ったじゃない！」

典子に肩を抱かれ、すみれは何度もうなずく。まつ毛を濡《ぬ》らした涙はとめどなくこぼれていく。

「この子、マタニティーブルーってやつなんです。ちょっと前まではマリッジブルーやったのに、ほんと、せわしない」

「典子ちゃんも、そろそろ、うちのタカシと」

「今度その冗談を口にしたら、佐和紀さんでも水をぶっかけます……」

「どういうことだよ。セフレにしたって、もう少し、なんかあるだろ」

典子と三井の関係は、本当によくわからない。濃い化粧の目元でぎりっと睨《にら》まれ、佐和紀は肩をすくめた。

「こわいなー。すみれ、電話貸して。俺が真柴にかけてやる」

手のひらを出すと、真柴の電話番号を表示した状態で渡される。ボタンを押すと、しばらくして回線が繋《つな》がった。

『おまえ、どこにいるんや』

聞こえてきたのは、焦った男の声だ。

「俺のところ」

『佐和紀さんっ？　え？　京都、来てはるんですか。言うてくださいよ』

「じゃなくて、横浜」

『え？　え？　なんでですか』

完全に混乱している。

「おまえさ、お父さんになるらしいよ。しっかり働けよ、パパ」

『いや、働きますけど……なんですか。パパって。佐和紀さんが言うとエロいですよ、ね……、え？　俺が？』

「おめでとうございます。真柴さん。おめでたです。……すみれに代わる」

そう言って携帯電話を戻すと、すみれは泣きながら受け取った。そっと耳に当てたが、驚き叫ぶ真柴の歓声は、向かいに座る佐和紀まで漏れ聞こえてくる。

「すみれの子はかわいいだろうな。予定日はいつになるの」

真柴と話しているすみれを横目に、典子へ問いかける。

「十二月です。性別は七ヶ月ぐらいからわかるそうですよ」

「すみれは若いから、まだ何人かいけそうだな。……ひとり、もらおうかな」

軽い気持ちで言った冗談に、

「本当ですか？」

電話を切ったすみれが過剰に反応する。

「冗談ですよ」

佐和紀は笑いながら否定した。すみれは憑《つ》き物が落ちたようにすっきりとした顔で、

「なぁんだ」とくちびるを尖《とが》らせた。

「俺と周平が育てたら、とんでもない子になるだろう。せっかくの命に申し訳が立たない。俺は周平の面倒を見てるだけでいいよ。……ほんと、乳離れしないからなぁ……」

頬杖《ほおづえ》ついて外を見ると、また雨が降り出していた。

「エ、エロい……」

典子とすみれが悶絶《もんぜつ》するのを横目に、佐和紀は肩で笑う。女の子ふたりはかしましくて、ささいなことでいつも笑っているのがかわいらしくもある。

「想像した？」

振り向くと、ふたりは真っ赤になってうなずく。その動きが見事にシンクロしていて、佐和紀はいっそう笑ってしまう。

「永吾さん、これから迎えに来てくれるそうです」

すみれが柔らかく笑い、佐和紀と典子は幸せな気分で顔を見合わせた。

「典子ちゃん、うちの三井……」

「ええ、今夜はお借りします。たっぷり、いびり倒してやって、この独り身のさびしさを埋めます」

「あいつ、泣き虫だから、ほどほどにね……」

「典子ちゃん、あの、断ろうか。永吾さん……」

すみれがおどおどと携帯電話をいじり、典子はけらけら笑いながら妹分の肩を叩《たた》いた。

「あんたが気にすることやないの。私は私、すみれは、すみれ。それでええんやから」

「……三井さん、いい人ですよ」

「あんたまで言わんといて」

典子がぐったりとうなだれて、落ち込んだふりをする。すみれはニコニコと笑って、佐和紀を見た。笑顔のままで、そっと目を細める。

「知世くんはどうですか」

「それもおまえが気にすることじゃない。いまは、自分と真柴と、そのお腹の中の『授かりもの』のことだけ考えてろ。心配しなくても、様子は見てる」

「はい。……私の思い違いですよね」

「そうだろうな」

ごまかしを口にした苦さを覚えながら、佐和紀はなにもないふりでカップを持ちあげた。

相変わらず、義姉から知世への金の無心は続いている。そんなことを話せば、すみれはいっそう心配するだろう。

どこがケジメのつけどきか、佐和紀にはなかなか判断がつかない。壱羽組の実入りを増やせば済むかといえば、それも違う。

問題は、知世と実の兄の間にある確執だ。肝心なところはまだ、誰も事情を知らない。

「佐和紀さん、名前は佐和紀さんがつけてくださいね」

すみれが明るい声で言う。佐和紀はぼんやりと外を見た。

「周平と考えておくよ」

と答えた。

＊＊＊

「三井さんと典子さんは、単なるセフレですよ」

知世はさらっと言った。

組屋敷の裏にある中華料理屋『玉蘭春《ぎょくらんしゅん》』で、昼セットを食べながら、それはもう、爽やかに、さらっと。

「おまえの顔で、そういうことを言われるとな」

自分もさんざん言われたセリフだ。気がついて、チャーハンをすくったスプーンを戻す。すみれと会ったのは四日前だ。真柴が駆けつけ、夕食は三井と知世も呼んで大勢でにぎやかに取った。

「すみません……」

「謝ることじゃない」

「いえ、……あの、最近……、態度が悪いですか？」

「ん？　誰かに言われたか」

「違います。佐和紀さんといると楽しくて、節度がなくなっている気がして。もしも気に入らないことがあれば言ってください。こう見えて、殴られるのも平気だし、いきなり出ていけって、それは……あの……困りますけど」

しょんぼりと肩を落としているのが叱《しか》られた子犬のように見えて、佐和紀は水をひとくち飲んだ。

「誰に殴られた。おまえは俺の世話係だ。大滝組の人間なら、話をつけておく必要がある。相手は誰だ」

「……そうじゃありません」

答えた知世の手首を、佐和紀は出し抜けに掴んだ。ハッとして引いたのを、手のひらを上に向け、ちょいちょいと指を動かして呼び戻す。

逆らえない知世は、顔をしかめながら腕を出した。今日は梅雨寒《つゆざむ》で空気が冷たい。長袖のシャツもおかしくはなかったが、袖の下にあざが見えた。ロープで縛ったような痕《あと》だ。

「プレイか」

「……すみません」

「危ないことはしてないだろうな」

知世も年頃の男だ。惚《ほ》れた相手は、佐和紀に夢中になっていて誘いもかけられない。となれば、衝動を発散させる相手が必要になるのだろう。

「それも、セフレってやつ？　……あんまり手当たり次第にするなよ。おまえは大滝組預かりになってるから、なにかあったら面倒だ」

「はい……。気をつけます」

「その中にさ、これって思う、いい相手はいないの？」

「……岡村さん」

うつむいてぼそりと答える。

「それは試してもないだろ？」

試そうにも、岡村が相手にするとは思えない。チャンスがあったのは、世話係になる前だけだ。

「女はダメなんだっけ？　せめてデートクラブの中で選んだら？　病気の検査も済んでるし、金の問題は俺がどうにかしてやるから」

「そんなこと、頼めません。あそこは、岡村さんに筒抜けだし」

「厄介だなぁ……。いっそ、シンに頼んでやろうか？」

「佐和紀さん、それは悪魔すぎます」

「俺はおまえが心配なんだよ」

食べる気がしなくなって、佐和紀は煙草《たばこ》を取り出した。知世が灰皿を取ってくる。ライターが向けられたが、煙草に火はつかなかった。

ふたりの席へ近づいてくる男がいたからだ。

客の波が引き、店内に流れる歌が大きく聞こえた。

男はさっぱりとした薄味の顔だった。背が高いのが印象的で、上品そうな雰囲気だ。

ヤクザやチンピラの気配がしない。

見覚えのある顔だったが、すぐには閃《ひらめ》かず、相手からじっと見つめられる。佐和紀は眼鏡《めがね》越しに目を細めた。

組屋敷の周りには高級住宅も建っているから、そのあたりの息子かと思った。近隣住人なら、揉《も》め事はご法度だ。表情を引き締めた知世を視線で制する。

「困りますよ、お兄さん」

佐和紀は笑顔を浮かべて、相手の視線をかわした。煙草を片づけ、腰を浮かせた。

その瞬間、肩に手が乗った。知世が払いのけようとしたが、相手はその手を簡単に掴んだ。ひねりあげる。

「騒ぎにはしたくないんです。……サーシャ。……そう呼ばれていたことが、あるでしょう。岩下、いえ、新条佐和紀さん」

思わぬ名前を聞き、佐和紀は眉をひそめた。

「わからなくても無理はない。ぼくは背が伸びたし、兄とは顔立ちも違うから」

男の話を聞きながら席を立った佐和紀は、知世の手から男の指を剝《は》がす。

何も答えず、無視して店を出る。支払いはすでに済ませてあった。

外の風が頰に触れ、男をどこで見たのか、思い出す。チャペルだ。真柴の結婚式が行われたチャペルの前で、祝儀袋を渡した青年だった。

その本人が店の外まで追ってくる。組屋敷へ戻ろうとした佐和紀の前に立ちはだかる。

「西本直登《にしもとなおと》です。兄の名前は、大志《たいし》。ご無沙汰《ぶさた》してます、佐和紀さん。ずっと探していました。……こんなところにいるなんて……。わかっていたら、すぐにでも迎えに来たのに」

「あの……っ」

直登の前に飛び出した知世が、黙り込んだ佐和紀を背に守る。

身長も背格好も佐和紀に似ている知世を、直登はじっくりと検分するように見た。

「佐和紀さん。俺と横須賀まで行きましょう。去年、兄は亡くなりました。知っていましたか。あれからずっと病院暮らしで、管をたくさんつけられて……、やっと解放されたんです」

知世の肩を押しのけた直登は、思い詰めた目をしている。

「兄の墓に手を合わせてください」

声はひっそりと響き、佐和紀は相手を見つめ返した。

忘れたくて忘れた記憶だ。それを無理やりに突きつけられ、心がカタカタといびつに傾《かし》いでいく。

「行くなら、俺も一緒に」

知世が言った。直登は一方的に話していたが、佐和紀の表情から、単なる言いがかりではないと判断したのだろう。

直登は拒むこともなく、興味なさそうに肩を引いた。

「タクシーで行きましょう。向こうに待たせてあります」

そう言って歩き出す。不思議な静けさのある口調だ。知世は警戒していたが、佐和紀はふらりと、その背中を追った。

西本大志の弟だというなら、拒むことはできない。

大志は、横須賀で過ごした頃の親友だ。

彼を犠牲にして、佐和紀は逃げた。それきり会っていない。そのあとを調べた悠護からはまだ生きていると言われたが、詳細を聞こうとは思わなかった。佐和紀自身に詳細な記憶がなく、知ることがこわかったからだ。

片貝木綿の袖を引いた知世が、視線で佐和紀の意志の確認をしてくる。「三井に」とだけ小声で答えた。素早くうなずいた知世はさりげなくメールを打った。

横浜から横須賀までは、有料道路を使って一時間もかからない。タクシーの助手席に座った直登はぼんやりとした声で昔語りを始め、感情のない話し方にだんだんと眠気を誘われる。困ったのはタクシーの運転手だろう。カーラジオをつけたいと申し出て、直登を黙らせた。

車は横須賀の市街地を抜け、海沿いを通って山へと登っていく。行きついたのは古い寺だ。タクシーを帰した直登は、ふたりを促した。

空にはどんよりとした鈍色《にびいろ》の雲が広がっている。

ただでさえ気持ちが塞《ふさ》ぐ天気だ。風が湿り、雨の気配が雲を押し流している。

寺の横手にある墓地の端に、小さく区画分けされた場所があった。裏山の木々が枝を伸ばして生い茂り、どの墓も草が伸び放題だ。

薄暗い天気に加え、人もおらず、墓地は寒々しい。

「ほら、兄の名前です」

一番端に据えられた墓石の横に立ち、直登が側面を示す。

名前が彫られていた。死亡したのは去年の秋。享年は三十一歳だ。

遠い記憶がよみがえり、佐和紀は自分の胸元を摑んだ。

「知世、少し離れていてくれ。ふたりで話がしたい」

そう命じると、しぶしぶながらも、声が聞こえないところまで離れていく。

「生きていると、聞いてた」

文字を指でなぞりながら佐和紀は言った。

「誰からですか」

直登が静かに答える。

「兄はあの日、あなたを守って身代わりになった。あの男は怒り狂って、兄を殴り続けました。翌朝、兄は蹴《け》られても起きあがらず、それからはずっと病院にいた。なにも話せない状態だったけど、あなたを待っていました」

「それは嘘《うそ》だ」

「どうして」

「あいつは待たないって言った。もう二度と、戻るなって」

「そんなことを、どうして信じたんですか」

平坦だった直登の口調に、わずかばかりの抑揚が生まれる。佐和紀の肘《ひじ》を、着物の袖ごと強く摑んで詰め寄った。

「兄は待っていた。自分が命を懸けて守った男が、もう一度戻ってきて、自分のために笑ってくれると信じていた。……佐和紀さん。あなたの周りにいる人は、あなたを騙《だま》している。兄が生きていると、その言葉だけで、真実を伝えなかったなら、ひどい人たちだ。あなたの人生を心底から考えているとは思えない」

怒りは佐和紀ではなく、その周りの人間に向いていた。

恨めしさをひたひたと響かせて、直登は静かに視線を向けてくる。

「ぼくは兄に誓いました。兄の代わりに、佐和紀さんを守ると……。そして、兄が死んで、あなたと巡り会えた。運命です。そうですよね、これは運命です」

まっすぐすぎる言葉が佐和紀の胸に突き刺さる。腕を振り払うことはできなかった。

あの頃の暮らしが荒波のように押し寄せてきて、ふらつく身体を直登に支えられる。

母が死んで、祖母が死んだ。身寄りがいなくなった佐和紀は、通った覚えがほとんどない中学校の同級生宅へ身を寄せた。ほとんど唯一と言っていい友人だ。

それが大志と直登の家で、水商売をしていた母親と、その愛人のアメリカ人がいた。彼はいつも大志に対して横暴だった。

母親が仕事に出ると、大志はときどき、佐和紀と直登を外へ出した。ときどきだ。

母親の恋人とふたりでなにをしているのか。それを知ったのは、顔を合わせることがなかった男が佐和紀の存在に気づき、執拗《しつよう》に近づき始めてからだ。

卑猥《ひわい》な質問は日増しにひどくなり、大志の知るところになった。

そして、あの夜だ。

母親のタンス貯金を掴んだ大志は、片目が充血するほど殴られていた。直登は押し入れに逃げ込んで出てこず、大志を突き飛ばした男が佐和紀の腕を掴んだ。

佐和紀は暴れ、相手の急所を蹴りあげた。そのまま飛び出し、二度と大志の家には戻らなかった。

逃げるために使えと大志に握らされた金は、匿《かくま》ってくれたソープ嬢に巻きあげられ、ホステスとして働くことを覚えたのもその頃だ。

ソープ嬢の女とは結局、彼女のヒモを巡って揉めた。ふたりが包丁を持ち出すほどのケンカになり、佐和紀は横須賀にいられなくなったのだ。

よく思い出せなかったことが一気によみがえり、佐和紀は目を見開いたまま、肩で息を繰り返す。直登が顔を覗き込んできた。よく見なくても、大志に似ている。

いまは、はっきりとそうわかる。

「佐和紀さん。お兄ちゃんのこと、忘れてないでしょう。忘れられるわけがないでしょう。あのとき、兄は十五だった。死ぬまでの十五年間、兄はずっと寝たきりだった。あなたに会うまでの十五年と、あなたを待ち続けた十五年だ。……あなたの人生は、兄のモノだ」

「直登、俺は、なにも約束なんてしてない。俺たちは生きるのに必死だった」

「じゃあ、あなたがいなくても兄があぁなったと言うんですか。それは違うでしょう。それはあんまりだ。あなたに会ったことも運命なら、あなたを待ち続けたことも運命だ。兄があぁなってしまったことは恨んでない。佐和紀さんのことは、ぼくも、兄も、恨んでいない」

「手を離してくれ」

身体がぶるぶる震えて、佐和紀はあとずさる。直登の手は肘を離さなかった。指が食い込むほど強く握られる。

「ぼくは忘れていない。サーシャ。人形みたいにきれいな髪をした、サーシャ。ぼくがあなたを救ってみせる」

なにから救うのか、それを聞く気力もない。

佐和紀はあの頃、サーシャと呼ばれていた。呼びかけてくる大志の声も、甘えてくる直登の声も思い出した。

自分から、そう呼んでくれと言ったのだ。だけれど、どうしてそう言ったのかは、わからない。はっきりと戻ったのはあの夜の前後だけで、ほかの記憶は断片的だ。

「俺の人生は、俺のものだ」

答えた佐和紀の声は、曇天に押し込められたかのように低く響いた。

「違いますよ」

直登はほんのわずかに微笑《ほほえ》む。小さな子どもに言い聞かせるような、甘く優しい声で言った。

「それは違う。サーシャ。あなたは兄のことが好きだった。兄も、あなたが好きだった。ふたりはずっと、愛し合っていた」

佐和紀はとっさに、もう片方の手で直登の手首を握りしめた。肘に直登の指が食い込む。

ひどい思い込みだ。そんな事実はない。

それなのに否定することができなかった。口にしている直登の目が、あまりにもそれを信じ切っていて、そして、そこにしか救いがないと思っているからだ。

「ダメだ、直登」

声をかけると、直登の目が佐和紀を見た。

そこに映っている自分を眺め、佐和紀は直登の手首を離した。そっと手を伸ばす。

かつて、まだ幼かった彼にしてやったように、頬を撫《な》でる。

「手を離してくれ。痛いんだ。そう、いい子だ」

指から力が抜けて、するりと離れていく。直登はうなだれた。

「ごめんね、サーシャ。……あのヤクザから離れられるように、ぼくのほうでも手段を考えておくから。もう少し我慢をしていてね」

直登の思い込みは深く、佐和紀には言葉がない。

「お兄ちゃんが悲しむね。サーシャは、まっさらな身体《からだ》だったのに。でもだいじょうぶだよ、だいじょうぶだからね」

肩をさすられ、佐和紀は怒りよりも恐れを感じた。直登には言葉が通じない。同じ言語を使っているはずなのに、どんどん会話が成り立たなくなる。

「平気なんだ……。ひどいことは、なにもされてない」

「うん、うん……」

直登は真剣な顔であいづちを打つ。背が高く、身体も大きい。なのに、まるで子どものような仕草だ。

佐和紀は居ても立ってもいられなくなり、適当に話を合わせて、その場を離れた。

必ず迎えに行くと言った直登は、別れの言葉を口にせず、ぽつんと立ち尽くしている。

佐和紀と知世は、何度か振り返った。彼はいつまでも佐和紀を見送っていた。


知世と歩いて山を下り、行き当たった海岸の片隅に、身を隠した。

誰が追ってくるわけでもないが、佐和紀はそうしたかった。小石の浜だ。波の音が繰り返し響き、冷たい海風が吹く。

佐和紀の身体はぶるぶると震えて止まらず、心配した知世が寄り添ってくる。肩に腕が回り、ぎゅっと抱き寄せられた。

それでもくちびるは小刻みに揺れて止まらない。拳《こぶし》を押し当てた佐和紀は、膝《ひざ》へと顔を伏せる。

「三井さんは、もうすぐ到着します」

知世の声は理性的でしっかりとしていて、ぼんやりしがちな佐和紀の正気を支えた。

「あいつには、なにも言うな」

「ええ、三井さんには言いません」

「シンにも、周平にも。言うな」

周平の名前を口にすると、ほんの少し冷静になれた。息が整い、身体の震えも収まっていく。

「あぁいうのを、過去の亡霊っていうんだろうな。あいつの兄が死んだのは、俺のせいだ。

大志のことはいつも頭の片隅にあったんだ。でも、都合よく考えた」

あの夜、大志がひどく殴られるだろうことはわかっていた。母親の金を盗んだことがバレたら、同じぐらいの折檻《せっかん》があることも知っていた。

しかし、そうなればきっと、兄弟ふたりで施設に入れると、大志は夢物語のように話していた。だから、佐和紀もまた、そうなるものと信じていた。

信じるよりほかになかったのだ。大志のところへ戻るつもりはなく、横須賀を出てからは生きるのに必死で、彼らの家がどこだったのかさえ思い出せなくなっていた。

深いため息をついて、佐和紀は額を押さえた。

また自分自身に嘘をついている。忘れてしまえば逃れられると、自分の心に繰り返したのは佐和紀だ。都合よく言い訳を並べ立て、そのときどきの暮らしを守ろうとした。

いまも同じだ。仕方がない、を繰り返す。

「……責任を、感じているんですか」

知世に問われ、浅い息を吐く。

「大志が死んでも、直登は残ってるわけだからな。あいつと会ったのは、今日が初めてじゃない。京都で真柴に祝儀を渡していた。ヤクザかチンピラか。たぶん、チンピラなんだろうな。兄貴分がいるんだろう」

もしも直登がヤクザなら、周平のことを『あのヤクザ』と、悪《あ》しざまに言ったりはしないはずだ。

「なぁ、知世。おまえは、なにを抱えてる？」

「え？」

驚いた知世が、震えの止まった佐和紀から離れた。

「兄貴の嫁に金を渡してるんだろう？」

ストレートに尋ねると、顔色が変わった。目が泳ぎ、くちびるが空動きする。

「子どもがいるので……。ミルク代を兄が持っていってしまうんだと、そう言われて……。すみません。まとまった金を渡してもらったのに」

「そんなことで怒らない。おまえはどうして、そんなに謝るんだ。謝らせたくて聞いてるわけじゃない。そうじゃなくて」

佐和紀の言葉に重なり、遠く、三井の声がした。おーいと海に向かって呼びかけている。

知世が勢いよく腰を浮かせた。

会話から逃げていくような背中を見つめ、佐和紀はくちびるを引き結ぶ。

誰かが知世を責めているのだ。謝ることが癖になっている。強い影響力がある相手だろう。兄の嫁なのか、それとも兄か。その両方かもしれないし、まったく別の存在かもしれない。

どんな友人がいて、どんな男と遊んでいるかさえ、佐和紀は知らないのだ。岡村のもとへ逃げ込んだ知世は、そのまま佐和紀の世話係になった。その頃はまだ、謝り癖と思えるものはなかったはずだ。呪縛《じゅばく》から一度は解放されたのかもしれない。世話係の仕事に打ち込むことで、知世は新しい人生を手に入れようとしていた。もしも、知世を苦しめる相手が家族だとしたら厄介だ。血の繋がりを恨み、憎しみ、相手を殺してでも解放されたいと決意しなければ、自由になれない。

そんな想いを知世に強いるのは嫌だ。

波に洗われて丸くなった石を踏み、立ちあがった佐和紀は、三井に向かって手を振ってみせる。

いつも同じところでつまずいている気がした。

いまが幸せならそれでいいと思って、そこにばかり意識が集中してしまう。こおろぎ組が縮小したときも、周平と別れるように詰め寄られたときも、人生に抗《あらが》うふりをして、一番手近で淡い幸せに固執した。

未来を見ることが、こわいからだ。

佐和紀は、海風になびく髪を押さえた。

周平が買ってくれた着物の袖が風にひるがえり、ひとりではないことを教えてくれる。

右と左の身頃を重ねて、身体に巻きつけるのが和服だ。腰で結んだ帯が締めているのは、布地だけではない。

人間の体の重心を縛っている。

海風の中に立つ佐和紀は『現在《いま》』を感じた。自分はここに立っている。それは過去の中ではないのに、息苦しさを覚えた。

歩き出すと、誰かに呼ばれた気がして、海を振り返る。

空の色を映した海は、鈍色に沈み、たゆたう波間に過去が浮かぶ。

横須賀の海は無限ではない。向こう側に見えるのは房総《ぼうそう》半島だ。今日のように視界不良の日は景色もかすむ。子どもの頃は、そのほうがいいと思っていた。

渡るに渡れない海の向こうに、自分の手には届かない暮らしがあると知っていたからだ。

夢は見るだけむなしい。ならばいっそ、繋がれていることにあきらめを覚えたほうが楽だ。たとえ傷ついても、傷つけても、想像のつく範囲なら我慢も修復もできる。

腰に巻いた帯を重たく感じた佐和紀は、航海することがなくなった船を思い出し、自分を重ねた。

横須賀の三笠《みかさ》、山下《やました》公園の氷川丸《ひかわまる》。

どれも、未来のない船だ。新しい苦難に遭うことのない、幸せな船だ。

三井の呼ぶ声がしたが、佐和紀は振り返らなかった。

目を凝らして、海の向こうに横たわる半島を見ようとする。かつて見た形を脳裏に思い浮かべたかった。

けれど、それはもう記憶の中にもない。なのに、大志と直登のことは覚えている。

サーシャと呼ばれながら、ふたりを連れて旅に出る夢を見ていた。はかない願いは、子どものたわごとだ。生き延びるだけで精いっぱいの毎日の中で、いつも足元だけを見つめて、泳ぎ出すこともできなくて。

佐和紀を呼ぶのをやめた三井が浜へ下りてくる。息を切らせながら駆け寄ると、足をもつれさせて佐和紀へしがみつく。

体当たりされた佐和紀もよろけてしまい、笑いながら三井の肩を支えた。

先の見えない暮らしに光を灯《とも》すことが、自分にはできない。

そう気づいてしまえば、呼吸の仕方も忘れそうになる。佐和紀の人生はいつも、もらい火の煙草だ。

燃え尽きたら、そこでまた、誰かを待つだけの……。

「タカシ、火をくれ」

ショートピースを一本取り出して、くちびるに挟む。不満げな舌打ちをしながらライターを取り出した三井は心配して損したと言いたげだ。

海風に苦労しながら火を向けてくる。佐和紀はゆっくりと身を屈《かが》めた。


周平には言えず、三日が経った。

話そうとしても、なにから切り出せばいいのか、わからない。余計な心配をかけたくないと思ったし、いつもの微笑みで抱き寄せられ、甘いやりとりのキスをされるだけで、心の憂いは消えてしまう。

幸福の中で発動する自浄作用に感心しながら、能見の道場で門下生相手に暴れまくる。セックスとはまるで違う汗を流し、日常に平穏が戻ったと納得できた頃合いで、意を決して国際電話をかけた。

相手は悠護だ。石垣が作ったメモに従い、コールを入れて切り、しばらく待つ。離れの居間に置いてある電話が鳴った。

おどけた英語が聞こえ、フランス語に切り替わり、そして穏やかに声が沈む。

『どうしたんだ』

佐和紀から連絡を入れることは、ほとんどない。スケジュールを聞いてくるのは、いつも悠護からだ。

「俺の、横須賀時代の友人の話なんだけど。……死んだらしい」

『誰から聞いた？』

「知り合いから」

直登のことは言わなかった。悠護は大志の死を知っていたと、直感したからだ。

『そうか。残念だったな』

「入院してたんだって。ずっと、長い間。……知ってたんだろう？」

悠護の報告を聞かなかったのは佐和紀だ。話してくれなかったと責めるつもりもない。

『あぁ、知ってた。会いに行かなかったことを後悔しているのか？』

「いや、べつに」

答えて初めて、自分を冷たいと思う。

コードレスフォンの子機を握りしめ、目を伏せた。夜の静けさが離れを包み、雨が降っているような錯覚に陥る。梅雨の時期は陰鬱《いんうつ》だ。気持ちは不用意に沈む。

「母親がいたんだけど。どこにいる？」

『亡くなってる。事件があった翌年だ』

「……弟は」

佐和紀の問いに、悠護が黙り込んだ。

『手元に資料がない。必要か？』

「肝心なところを消した調書に意味がある？」

『そっくりそのまま見たいなら、飛行機に乗って、飛んでこい』

挑発するように言われ、佐和紀は腰の高さまである棚をこつんと蹴った。

「持ってこいよ。……そうだ。小百合さんに頼めばいいだろ」

『……会った、のか』

たっぷりの沈黙を置いて、悠護はばつが悪そうに言った。これではまるで、浮気の疑いをかけられた亭主と、追及する嫁だ。

「あれは無理だろ。おまえはいつも、手に入らない相手ばっかり好きになるんだな」

『俺の性癖だ。ほっといてくれよ。小百合は表に出ないから、使いは頼めない』

「じゃあ、タモツでいい」

『もっと無理だろう。電話してやれよ』

「時間の計算が面倒なんだよ。顔見て話すのも気持ち悪いし」

『気持ち悪いって……。頑張ってんのに、かわいそうだろ』

「自分のためにやってるんだろう。俺に褒められたくてやってるなら、さっさとやめて、その辺で野垂れ死にでもすればいい」

『周平とケンカしたのか？』

「してない。やめろよ。みんな、俺が不機嫌だと、すぐに周平が悪いって決めつける」

『亭主が悪く言われるのが嫌なだけか……』

「あいつを悪く言っていいのは、俺だけだ。舎弟にも、けなす権利なんかないじゃん」

『ごちそうさま。今日もおなかいっぱいで過ごせそうだ。夏までは忙しいけど、夏休みは帰国する。それとも、岡村に回そうか』

悠護は毎夏、京子の子どもたちを連れて帰国するのだ。三兄弟には去年も会った。

「急がないから、夏休みでいい。皐月は相変わらず、タモツのところ？」

『金髪除《よ》けには役立ってるみたいだな。せっせと飯を作ってやってるらしい。心配はいらない。あいつも学校に通ってるし、まだそういう関係でもない』

「それな……」

京子の長男である皐月は、心の中身が女だ。

石垣に惚れているらしく、ヨーロッパからアメリカまで追いかけていった。あわよくば『女』にして欲しいのかもしれないが、去年の夏のふたりはまだまだ友達にしか見えない関係だった。

それぐらいの距離も悪くはない。下手に関係を持ったら、こじれたときがさびしくなる。

「俺も、男を知ったのは遅かったから、急ぐことはないんじゃない」

『やめろ、エロい想像をさせるな』

「喜んでしてるくせに。ズリネタにするなよ？」

ひとしきりからかって、長話はせずに電話を切った。子機を戻し、佐和紀はそのままずるずるとしゃがみこむ。

直登に関する書類はすぐにでも見たかった。けれど、岡村経由は困る。

会ったことは知世が報告してしまうのだとしても、西本兄弟とのことは知られたくない。調書が細かければ細かいほど、佐和紀には不都合だ。

なにもかもが億劫《おっくう》に思えた。なぜ、こんな想いをしなければいけないのか。

すべては終わったことだ。もう十五年も前に終わっている。

晴らしたはずの憂さが舞い戻り、風呂《ふろ》にでも入って気分を変えようと立ちあがった。

夕方、部屋住みが来て準備した風呂を追い焚《だ》きにして、佐和紀は廊下へ出る。

寝室にしている二間続きの和室。洋室の居間。その先、縁側に向かった和室も二間続きだ。あとは、それぞれのウォークインクローゼットになっている洋室がふたつ。

四年半暮らした離れは、隅々にまで周平との思い出がある。セックスをしたことのない場所がないぐらいだ。周平がすごいのは、回数ができることでも、めくるめく性技を持っていることでもない。駅弁スタイルで佐和紀を持ち運べる強靭《きょうじん》な体幹だ。

実は腰を痛めそうだったと打ち明けられたのは、つい最近のことだった。頻繁にはできないと言われたが、それほど気持ちのいい体位ではないから惜しいとも思わなかった。

周平はもう、完璧《かんぺき》な自分を演じようとしない。

きっかけは佐和紀が吹っかけたケンカと別居だ。あれからふたりは、平等になろうと努めてきた。

周平は養い手だが、保護者ではない。佐和紀も家政婦ではなく、周平の代わりに離れを守っているだけだ。

互いの愚痴を聞き、たまには意見を対立させ、口も利きたくないと背を向ける。それでもやはり、どちらかが機嫌を取り始め、最後は笑い出してしまう。

こんなふたりになるなんて、冷え切った廊下を純白の羽二重で歩いたときは考えもしなかった。松浦のために結婚したのだ。自分を見つけ、ひとりの男として扱ってくれた松浦を、裏切りたくないと思い続けてきた。

片面がガラス戸になっている廊下の向こうは、闇に沈んだ屋敷の中庭へ続いている。茂った木々は暗い影になり、常夜灯の明かりもここからは見えない。

佐和紀はぼんやりと立ち尽くした。目をすがめて、闇を睨む。ガラスに自分の顔が映る。化粧をすれば、母親そっくりになる顔だ。

これまでの人生で、佐和紀は何度も人を裏切った。大志を犠牲にして逃げ、悠護を結婚詐欺にかけただけじゃない。

だからこそ、松浦だけは裏切りたくなかった。自分の居場所に泥をかけて逃げるような真似《まね》を繰り返しすぎて、心のどこかが疲れ果てていたのだ。

ふっと心の中の合点がいき、佐和紀はガラス戸へ手を伸ばした。

思い出していた。

それはおそらく人生で最初の記憶。そして、断片的な暮らしの風景。いままで常識だったことが、常識でなくなった日のこと。母親だと信じていた人が、産みの母親でなく、病院だと思っていた場所が病院ではなく、そして。

記憶の道筋がふっとそれた。この感覚には覚えがある。チャイニーズマフィアの奇術師に摑まり、記憶を奪われたときと同じだ。

ハッとして自分の頰を叩いた。ぐんっと身体が揺れ、乖離《かいり》していく心と身体を繫ぐ、はかない糸を手探りで握りしめる。

命の別名は、玉の緒だ。

切れたら最後、粉々に飛び散ってしまう。

愛は宿命に勝てない。母だった人は、佐和紀に言った。

愛ゆえに道を違《たが》えたら、それはもう愛でなくなってしまう。

人はひとりだ。孤独の中をただひとりで泣きながら歩いていく。

いつか打ちひしがれても、まだ動く足があることに満たされる。足を動かそうと願う心に、救われる。

自分が自分であること以上の愛はない。

誰かの望む形になるぐらいなら、いっそ……。

母が佐和紀を『サーシャ』と呼んだことはなかったはずだ。そう呼ばれたいと言えば、容赦なく殴られた。とはいえ、あの人は手が早いだけだ。虐待ではなかった。

「あぁ、そっか……」

ぼんやりとまばたきを繰り返し、佐和紀は廊下の向こうにあるドアを見る。その向こうにあるのは母屋へ続く渡り廊下だ。

自分の両手を見下ろして、ゆっくりと拳を握る。

もしもあのとき、チャイニーズマフィアの催眠術をかけられていなかったら、佐和紀の記憶は永遠に戻らなかっただろう。ずっと思い出さずにいられたはずだ。

あの催眠術が、佐和紀の深い場所にある記憶を揺すり起こした。

身体に残った格闘技の型と、忘れていた銃器の取り扱い方。

記憶の片隅からも消えていたサーシャの名前と、すり替わった母の死にまつわる記憶。

自分が胸に秘めてきた、処世術のひとつひとつが浮かんでくる。

頭は悪いほうがいい。相手が油断するから。

身体は明け渡さないほうがいい。価値が出るから。

人のことは頼りながら利用する。

夢も希望も、持たない。

心のバランスは、自分とは遠いところで取る。

渡り廊下へ続くすりガラスのドアが開き、周平が驚いたように足を止めた。

「おかえり」

変わり身早く、微笑んで迎え入れる。手を伸ばすと抱き寄せられ、くちびるに「ただいま」の甘い響きが押し当たった。

「こんなところで、なにをしてたんだ」

周平が視線を向けた先に映っているのは、抱き合うふたりの姿だ。ガラスの中の現実に、佐和紀は微笑みを向けた。

「いつまで俺を、駅弁で運んでくれるのかな、って」

「まだまだ、いける。今夜も試してみるか？」

「無理はしなくていいよ。違う格好のほうが気持ちいいから。風呂に入る？　そうしようと思って、追い焚きしたところ」

ジャケットを脱ぐのを手伝って、ふたりで周平の自室へ向かう。佐和紀はそっと、腕にかかえたジャケットに頰を寄せた。一日働いた男の匂《にお》いと、生地に染み込んだ、いつものスパイシーウッド。

佐和紀を幸福にさせる香りがして、夢見心地に目を閉じる。

「中身にもしてくれないか」

気づいた周平に引き寄せられた。身体に腕を回してしがみつく。誘われて顔をあげると、キスが始まる。

記憶が戻ったところで、佐和紀はなにも変わらなかった。

まだ幼かった頃の記憶だ。周平だって、中学生の頃のことをすべては覚えていないだろう。特別でもなければ、驚きもない。

そんなことがあった、そうだった。忘れていた。

それだけのことだ。

周平のジャケットを床へ落としてしまった佐和紀は、両手で周平の頬を包む。もうしばらくしたらチクリとひげが生えてくる、凛々《りり》しくて逞《たくま》しい男の顔だ。

うっとりしながら、くちびるへ吸いつく。

浜辺での虚無感が、よみがえった記憶に覆い尽くされ、身体はぶるっと震えた。周平は快感のせいだと思っただろう。

腰がぴったりと寄り添って、帯がほどかれる。

重心を縛る拘束がなくなり、身体はふっと軽くなる。頼りなさを感じてしがみつくと、痛いほどに強く抱きしめられた。

周平以前に、佐和紀を繋ぎ止めた男はいない。これからも現れないだろう。

大志も悠護も、松浦も、生きる糧にはなったが、未来を想像させてはくれなかった。

煙草に火をつけるようなささやかな情熱ではなく、身体の奥にくすぶり続ける恋の炎を、佐和紀はずっと待っていたのだ。

「周平、大好き……」

着物と襦袢《じゅばん》をいっしょくたにして、左右に開く。

西本兄弟のことが頭から追い出され、自分に触れる周平のことしか考えられなくなる。

それでいいと、佐和紀は目を閉じた。

6

三井は今日もクリームソーダを頼んでいた。肩につくほどに伸ばした髪をひとつに束ねている。夏生地の三つ揃《ぞろ》えを着た周平の目の前には、ブラックコーヒーが置かれていた。以前であれば、石垣がふらりと現れ、同席を願うところだ。不在になって一年が経とうとしている。

去年のいまごろは、最後の悪あがきをして、日本に残る理由を懸命に探していた。言い訳はいくらでもあっただろう。しかし、そのすべてを、佐和紀が却下した。

あきらめた石垣は旅に出て、帰りはいつになるやら、わからない。

「知世のこと、アニキは聞いてますか」

メロンソーダの上のアイスをつついて、三井は目をきらりと光らせた。黙っていると、勝手に話し始める。

「実家の兄に金をたかられてるんです。それを姐《あね》さんが心配していて……。あそこの組は元から火の車ですけど、父親が代理入所をやったので、一度は闇金からの借り入れも返しきってるんですよ。どうも、その借金も兄貴がつまんだヤツらしくて」

「返した分だけ、また借りたんだろう」

よくあることだ。それで、嫁と弟が裏風俗に落ちてまで、金を作った。

「知世を預かるときに渡した金も、同じ感じみたいで。厄介なのは、それを全部、兄貴がひとりでやってることなんすよ。嫁が止めても、殴って黙らせるって話です」

ヤクザをやっていれば、どこにでも転がっている話だ。嫁が嫌になって逃げれば、草の根をかき分け、親の家を焼いてでも探し出す。仲間内の笑い者になるからだ。

「知世の金も同じなのか」

周平の問いに対し、アイスを口に含んだ三井が肩をすくめる。

「兄貴の嫁と、兄貴と。両方から、別々にたかられてますよ、あれは。あいつ、飯は大学で食べてるらしいんですよね。作るのが面倒だからだって言ってたけど、おごってくれる友達がいるみたいで。それは悪くないんですけど。渡した金が、ほぼ右から左へ行ってるってことじゃないッスか。兄貴の嫁に半分、兄貴に半分って感じでもない気がして……。そこんとこ、もうすっぱりと聞いてもいいですよね？」

「ダメだろう」

笑いながら答える。三井はだらりとソファにもたれた。

「やっぱりぃ～。うぇ～」

ふざけた声を出し、右へ左へ、うねうねと身体をよじらせる。しばらく天井を見つめ、それから首を傾げた。すくっと座り直してソーダを飲む。

「できる限りの情報は集めてるんですけど……。知世が実家に入ると、中のことは見えないし」

「兄貴が売春させてると思ってるのか」

「客の出入りがないんですよ。なんか、ビデオとか撮ってるんですかね」

「おまえが現場へ行ったことはないんだろう。裏口があるんじゃないのか」

「あぁ……そこ……。確認します」

「実家に行くときは問題ない」

煙草をくわえると、三井がサッと動いてライターを差し出す。

「あれは嫁が殴られてるのを止めに行ってるだけだ」

三井が差し出した火で煙草に火をつける。煙をふかすと、三井は腰を落ち着け直した。

「アニキも調べてるんですか。言ってくださいよ、それなら」

「話を持ってこなかっただろう」

「じゃあ、姐さんも知ってるんですか」

「言ってない」

三井が動きを止め、口元を苦々しく歪《ゆが》めた。言えない内容だと察したのだ。

「知世は昔から、兄貴の指定する相手と付き合ってきたんだ。全部、男だよ。弟を売って、友人たちの中で上位に立ってきた節がある。そういうことがあるから、あいつは裏風俗でも通用したんだ。わかるか？」

身を乗り出す三井の顔に向かって、わざと煙を吹きかけた。

「どうしたらいいんですか」

煙を手で払った三井は、視線をテーブルの上にさまよわせる。

周平の問いには答えない。わかっているからだ。

もてあそばれてきたからこそ、裏風俗のどぎつさを乗り越えられた。どちらが知世にとってキツかったのか。それは、本人に聞くよりない。

「おまえはなにもするな」

「それは、あのあたりに『由紀子』って女がいるのと、関係してるんスか」

噛《か》みつくような反発に、周平は眉を跳ねあげる。

「いい線、いってるな」

「当たってますか」

「噂《うわさ》があるだけだろう。まぁ、関西にはいられないだろうからな。都落ちだ」

「なんですか、それ」

「いいんだ、気にするな。あの女には、近づくなよ」

「近づきませんよ。……こわいし」

「そう思えることは、いいことだ」

周平がつぶやくと、三井は遠い目をしてフロア内を見回す。

どこかに石垣がいて、煙草を吸いながら小難しい本でも読んでいないかと、いまだに探している。

「姐さんは、思ったりしないんですかね」

「思いはするだろう。でも、自分でも気がつかないうちに、走り出してるんだ」

「ちゃんと、摑まえていてください」

三井の視線が戻ってきて、周平をじっと見つめる。

誰にも傷ついて欲しくないのだ。知世も、佐和紀も、三井にとっては大事な『仲間』だ。そしてその感覚が、いつでも三井を不幸にする。

「おまえも大きくなったな」

「会ったときから身長は変わってませんよ。親戚《しんせき》のおっさんみたいなこと、言わないでください」

「ダメか」

おどけて言うと、目の下をほんのり染めて視線をそらす。くちびるを尖らせる仕草は、佐和紀と同じように幼いのだが、あどけなさがなく、やはり見た目の可憐《かれん》さがまるで違う。

それでも、大事にしてきた舎弟だ。

夏生地のジャケットを着た腕をテーブル越しに伸ばすと、手のひらの下へ自分で入ってくる。そのまま、ぐりぐりと頭をこすりつけた。無心でひとしきり犬のように動き、はたと動きを止める。

「だぁーっ！　やめて、くだ、さいっ！」

自分で勝手にしたくせに、周平を非難して大声を出す。

客の視線を一身に浴びて、三井は四方八方に頭をさげながら座り直した。

「必要があれば、俺が知世を抱いてもいいです。それで解決になるなら」

右斜め四十五度ズレた提案だ。周平はぐったりと肩を落とし、眼鏡をはずした。こみあげてきた笑いがこらえきれない。

「本気なんですけど」

真面目《まじめ》な声で言うから、いっそう笑える。

「生意気、言うな。女のひとりも繋いでおけないくせに。男を抱いて夢中にさせてやれると思ってんのか」

「知世に必要なのは、保護者じゃないんですか」

「じゃあ、抱くなよ……」

短絡的な思考も、ここまできたら、いっそ清々《すがすが》しい。

「アニキ、知世を受け入れたのは、失敗だったと思ってませんか」

三井の声が沈んだ。

「あいつのこと、切ったりはしないですよね……」

「佐和紀のためだ。それはない」

答えながら、周平は心の中でだけ顔をしかめた。

三井は、周平が平気で嘘をつくと知っている。

それでもいつも素直に騙され、素直に信じる。

こういう愚直な人間が、集団の中には必要だ。嘘も真実と信じ切って、周りを欺いてくれる。

「おまえも、いつかは、俺の手元を離れていくのかもしれないな」

「タモッちゃんみたいにですか？　あるかもしれないですよね。俺も、日々成長してるんで」

「そうか。コーヒーがクリームソーダになってるもんな。背伸びをやめたのは、大きな成長だよな」

「うっ……」

柄の長いスプーンを手に固まり、

「次から、コーヒーフロートにします……」

不本意そうに眉をひそめる。アイスが乗っていることに変わりがないと、本人はまだ気づいていなかった。

＊＊＊

記憶が戻れば劇的な変化があると身構えていたが、佐和紀の日常はなにも変わらなかった。頭がよくなったわけでもなく、外国語が話せるわけでもない。

ただ、思い出したくなかった過去が気鬱《きうつ》を呼び込み、テンションをあげるのに勢いがいるだけだ。それも数日後には慣れてしまい、記憶はまた遠くなった。

だから、産みの母親を含め、家族の内情についてはなにもわからないままだ。元からそうだったのだろう。子どもだったから、聞かされていないことも多いはずだ。

目の前に座っている真幸に聞いてみようとして、寸前でやめる。佐和紀と一緒にいた頃の真幸の年齢を考えれば、たいした情報が得られるとも思えない。

「昨日、電話で話したんです」

眩《まぶ》しい日差しがウッドデッキの上で跳ねる。真幸が目を細めた。

薄い水色のサマーニットが、薄味な顔立ちによく似合う。

「どうりで、顔色がいいわけだ」

「寝れませんでしたよ……」

自分のうなじを撫でた真幸は、ハッと息を呑んでうつむいた。ヨットハーバーの見えるクラブハウスは、最近になって壁を塗り直した。ぱっきりとしたホワイトが夏日に映えていたが、さびれた印象は拭《ぬぐ》えない。しかし、それがよかった。

サマーリゾートの風情は際立ったが、流行に敏感な若者世代を寄せつけず、落ち着いた雰囲気を保っている。

「そろそろ会うのがいいかもな」

トロピカルアイスティーのストローをつまんで言うと、真幸は見た目にも明らかに表情を曇らせた。

「いまのままでいいんです」

「声を聞いただけで眠れなくなるのに？」

「……離れていれば、互いに優しくなれます。顔を見ればイラつかせるだけだ」

「ふぅん」

気のない返事をしながら、真幸の顔をまじまじと観察する。離れた席に座る知世が、ときどきこちらを見ていた。

ウッドデッキにはイスとテーブルが並び、パラソルが影を作っている、佐和紀たちのほかにも数組の客が座っていたが、席は離れている。

「正直に言えば……、帰りたくなりそうで。……怖いんですよ」

でも、帰れないのだ。

真幸は物憂さを隠すように笑い、くちびるの端を引きあげて力尽きる。ふっと真顔になり、うつむいた。

「佐和紀さんはいいですね。岩下さんとは相性がいいし、一緒にいてもトラブルにならないでしょう」

「ケンカはするよ」

「ケンカならいいじゃないですか」

「……そっちだって、そうじゃないの？」

「諍《いさか》いですよ。美園とのやりとりは……。お互いに傷つけあって、後悔して、いっそうこじれてしまうんです」

「わかってるなら、やめればいいのに」

コシのある浴衣の衿をしごき、知世の置いていった煙草の箱に手を伸ばす。一本抜くと、真幸がライターを摑んだ。火をつけようとするのを制止してライターを受け取った。

「関係を、ですか」

真幸がまた悪いほうへ解釈したことに気づいて、佐和紀はライターをもてあそんだ。

「違うよ、諍いってヤツのほう」

煙草に火をつけず、真幸に向かって笑いかける。

「優しくしてやれよ。こっちが大人になってやれば、いいじゃん。かわいいもんだろ、惚れた男は」

「……えっと」

「だって、そうだろ。おっぴろげた足の間にいそいそ入ってきて、めんどくさい穴に突っ込んでさ。そこしかないって言っても、ケツの穴には違いないじゃん。言われてできるかって考えたら、そこそこ勇気がいるなって……。狭いから、向こうも痛いんじゃないかと思うし」

「考えたこともありませんでした」

「そう？」

軽い口調で返し、ようやく煙草へ火をつけた。

テーブルの上に残っているサンドイッチは、ベーコンとレタスとトマトが挟まっている。佐和紀のお気に入りのブランチだ。

午前中は能見の道場で汗を流してきたから、フライドポテトにかかった塩が甘く感じられる。

「そう思うと、流血もさせないで突っ込んで、汗かいて腰振ってる旦那《だんな》がさ……、俺はかわいくて仕方ない。いつも色男だって思うけど、ときどき抱きしめてやりたいぐらい、いじらしい」

「……岩下さんの話ですよね？」

「ほかに誰がいるんだ」

ぎりっと睨むと、真幸はあたふたと黙り込んだ。

その脳裏に、美園を思い浮かべたのだろう。腰がわずかに浮いて、落ち着きなく自分の身体に腕を回す。

強がりを言っても、惚れた男の肌は恋しいに違いない。

「……抱いてやりたいだろ？」

流し目を向けてささやくように言うと、佐和紀を見るに見られない真幸の肌は真っ赤になった。

首も耳も、指先さえ赤い。

「あ、美園がへたで、毎回、血が出たりするんだったら、ごめん」

「出ませんよっ！」

勢いよく顔をあげた真幸が目を見開く。「あっ」と叫び、佐和紀に乗せられたことに気づいて、くちびるを引き結ぶ。

知世が驚いたようにこちらを見ている。佐和紀はなんでもないと伝えるつもりで、手を振った。

「そういう顔、できるんだな。……やっと人間らしくなった感じ？」

「元から人間です」

「じゃあ、血も情も通ってるよな」

意気揚々とした佐和紀は、ふふんと笑ってみせた。人間らしい笑顔だ。

真幸は小さく吹き出し、静かに笑い出す。

それはいつもよりずっと明るく朗らかで、そして、もう季節は夏になる。ふたりは静かに時間を重ねた。会わないことが普通になる前に、今度は、向かい合って触れ合う必要があるはずだ。

そろそろだと佐和紀は思った。寒い冬から春が来て、もう季節は夏になる。ふたりは静
「会う時期かもな」

佐和紀のつぶやきを、真幸はわざとらしく聞き流す。海を眺める横顔には複雑な表情が浮かび、ぎこちなく歪んでいた。

＊＊＊

美園と真幸の間を、自分と周平のような『夫婦愛』で繋ごうとしても無理だと、佐和紀にもよくわかっていた。すでにセックスもしていて、十年もつかず離れずを繰り返してきたふたりだ。

佐和紀には摑めない感情のやりとりがあったはずで、絡み合って団子のようになった心の糸をほどくのは難しい。無理やりにすっきりさせたとして、ふたりが互いへの興味をなくしてしまったら、それはそれで物悲しい話だ。

さて、どうしたものかと、佐和紀はいよいよ思案した。

真幸が横浜へ来て半年。財前のタトゥースタジオの経理事務をこなすようになり、真幸は、確実に自分の居場所を作り始めている。

大阪にいる美園からは特に連絡もなく、もしかしたら、このままでいいと思っているのかと、疑いたくなった。

そうなったら、真幸がかわいそうだ。

会うごとに気心が知れて、最近は美園よりも真幸へ肩入れしてしまう。恋人同士のコトだから、美園だけが悪いとは言わないが、もう少し、やりようがあったのではないかと責めたくなるのだ。

考えあぐねた佐和紀は、久しぶりに牧島へ連絡を取った。二、三ヶ月に一度、バーで隣り合わせて飲むことにしていたが、約束はしたことがなかった。だいたい、この頃というのが決まっていて、ふらりと飲みに行く。すると、牧島もお忍びでふらりとやってくる。

おそらく、バーテンダーが裏で連絡を入れているのだろう。

しかし、今回は連絡を入れた。岡村にアポを取らせ、料亭を予約してもらう。

一週間後の今日が約束の日だった。

先に座敷へ入った岡村はあちこちを探り、盗聴器のないことを確認する。しばらくすると、牧島がやってきて、やはり秘書があちこちを探った。

「ちょっと、政局がざわついていてね」

ふたりが向かい合わせに座ると、岡村と秘書は座敷を出た。閉じた襖《ふすま》の向こうにある小上がりで待機する。

「珍しいな、君がこんな店に誘うのは」

「聞いていただきたいことがあるんです」

自分の猪口《ちょこ》を持って席を立つ。佐和紀は、牧島のそばに座って、とっくりの首をつまんだ。

袖を押さえて牧島の猪口に酒を注《つ》ぐ。今度は牧島が佐和紀の猪口を満たした。乾杯する前に、佐和紀はふたりの猪口を取り替えた。

「そこまですることはないよ」

牧島が目を細めて笑う。

「……それで、どっちに媚薬《びやく》が入ってるんだい？」

冗談を口にする。佐和紀は微笑むだけで答えず、目礼してから、ひとくち飲んだ。

牧島も同様に口をつける。そうしている間にも料理がやってきて、テーブルの上を埋める。これで邪魔は入らない。

「私に答えられることならいいが……。足は崩してかまわない。見ているだけで疲れるんだ。仕事なら、ともかくね」

佐和紀が席に戻るのを待って、牧島が言う。白髪交じりのロマンスグレーが紳士そのもので、夏ジャケットをポロシャツの上に羽織っている。オフスタイルだと政治家には見えなかった。

大企業の幹部という感じで、遊び慣れた雰囲気が洒脱《しゃだつ》でもある。

佐和紀はあぐらを組んで座り、話を切り出した。

「あるふたりの仲を取り持ちたいんです。ひとりは俺と同じ世界にいて、相手は『左』なんですけど、しばらく活動からは距離を置くという話で……」

「それはずいぶんと面倒なふたりだな」

食事に箸《はし》をつけた牧島が笑う。佐和紀は続けた。

「元はふたりとも関西にいたんですけど、どうもうまくいかなくて。左のほうを預かることになったんです。でも、別れさせたいわけではないから……。ふたりもそれは考えてないんですよ」

「なるほど、関西か……。それで、利害があって一緒になったふたりなのかい？」

牧島の言うことがすぐには理解できない。ヒントは出されず、佐和紀はしばらく考えた。

「いえ、出会ってから活動を始めたって聞いてます。もう十年も愛人関係を続けているんですが、腰が定まらないというか……、落ち着くことができないって言えばいいのか」

「左のほうが……。でも、しばらくは休みなんだろう」

「はい。そうしたいと言っています。でも、それなら、相手のそばにいても同じなんですよね。わざわざ離れるのは、諍い……をしないためだっていうんですけど。ケンカじゃないらしいんです」

「なるほど。それで、そのふたりを、君はどうしたいの」

「……どうしたらいいんですかね」

　本音がぽろりとこぼれた。

「そこから迷っているわけか。君のところは寛大な亭主だからな。私とこうしていることも、知って知らぬふりだろう。まぁ、できた男だ……。もう少し、そのふたりについて聞きたいな。諍いの原因はわかってるのか」

「俺が思うのは、左のほうがすぐに家を飛び出してしまうから、それがいけないんじゃないかと。家出じゃないんです。活動に夢中になって行方をくらませて、帰ってきたら大ケガしてるってパターンで」

「……それは……諍いの種だな」

　牧島は苦々しく笑い、刺身を食べて酒を飲む。

「佐和紀くんなら、どんな気持ちになる」

「心配ですよね。外に出したくなくなるかも。それで、ケンカになる……？　でも、相手は行かせてるんです。躍起になって探したりはしない」

「出奔してしまうからだろう。その相手は忙しい立場なんだな」

「そうです。……牧島さん、俺が思ってるのは、『迷惑をかけるとわかっていて貫く正義は、本当の正義なのか』ってことなんです。なんか、おおげさに聞こえるけど。自分の主義主張のためであれば、愛は犠牲にしても許されるんですか」

牧島の動きが止まる。真剣に考えているらしく、うんうん唸《うな》って首をひねった。

「愛している相手が泣けば、家庭にとどまる人間もいるだろう。大阪にいるほうが、それを許せないと思う可能性の話なら、八割方、ないんじゃないかな」

「どうしてですか」

「もう何度も行かせているんだろう。嫌いになれば、帰ってきても受け入れたりはしないはずだ。厄介ごとの種にもなる。義理が絡んでいれば仕方なくということもあるが、何度も繰り返しているんだ。やっぱり情を感じてしまうんだろう。もちろん、惰性ということもある……。十年という年月は、意外に短いものだよ。あっという間だ」

「じゃあ、相手につけた傷はどうなりますか。家を出るときに相手の制止を振り切っていたなら、それは、相手を傷つけますよね」

「でもやっぱり、私は相手の愛情が勝つと思うなぁ……。考えてもごらんよ。何度も裏切られて傷ついても、やっぱり帰ってきてくれたら嬉《うれ》しいんだ。その上、君に預けている……。自分のそばに置かないことが、互いの幸福だと思っているのかもしれないな。好きでも添えないことはある。でも、それがすなわち別れになるとは限らない。ほどほどの距離感が心地いい関係もあるんだよ」

「……もしも、一緒にいることが当たり前のふたりだったら……、自分の思う通りにすることは、関係を壊してしまうことに繋がるんですよね？」

話のニュアンスが変わり、主題が移った。牧島は戸惑いもせず、佐和紀の言葉に耳を傾ける。

「話してわかってもらえるものですか」

「言葉なんて、あてにはならない。どんなに言葉を尽くしても、たった一度の『愛してる』が有効なこともある。……個人にとっての正義、この場合は、主義主張を貫こうとする勇気の行使だが、それはね、とても移ろいやすいものだ。大義名分もね、吹けば飛ぶような張りぼてという意味でしかない。だけど、たとえ間違っているとわかっていても、貫いた先にあるものが正義でないとは言えないんだ。それを行う勇気そのものが称《たた》えられることもある」

「誰にも、理解されないことだとしたら？」

「人は、誰からの攻撃に一番弱いと思う」

「家族ですか。恋人とか……」

「自分自身だよ。自分で自分の心につけた傷は、誰につけられた傷よりも深いんだ。家族に反対されて傷つくことがあるとするだろう。それは家族が問題なんじゃない。家族という存在を懐柔できなかった無念さが、自分自身を傷つける。納得してもらえる自分じゃないという事実がそこにあるだろう？」

　身を乗り出すようにした牧島は雄弁だ。佐和紀にひとつでも多くのことを伝えようとして早口になっている。

「おそらく人は、自分自身にとっての正義の味方になりたいんだろう。この世の中をよくしたいなんて、おためごかしだな。政治家なんてものも、よくやってると自分自身を褒めたい人間ばかりだ。それが都合のいい自己承認である手合いもいれば、ただひたすら純粋な気持ちで働くタイプもいる。どちらがいい政治家かと問われたら、より効率的な成果をあげたほうだ。……君といると、若かった頃に気持ちが戻るな」

　バーで会う牧島は、いつも同じことを言う。佐和紀に対して人生を語り、政治を語り、熱くなったあとは恥ずかしそうにうつむく。

「佐和紀くん。正義であることを確かめたいから、人は挑戦を続ける。タイミングが来たら、動くしかない。もしも、愛や家族がそれを止めて、心底から受け入れられるのだとしたなら、それはまだ、動く時期じゃないのかもしれない。そして、躊躇《ちゅうちょ》したことをいつか悔やんで、愛や家族のせいにすることがあるなら、そんな人間に正義は貫けない。誰もが正義を扱えるわけではない。資質もある」

「……俺の話では、ないんですよ」

「でも、その左の人の話を聞いて、君の心は動いたんだろう。私にはそう聞こえたよ」

「勝手に決めないでください」

佐和紀は口早に反発して、視線をそらした。

開け放った障子の向こうに、坪庭が見える。水が撒《ま》かれているのか、緑は濡れたようにツヤツヤと輝いていた。

「君の亭主に会ったよ。……仕事で」

ひっそりと言われて、佐和紀はゆっくりと顔を戻した。

「……ダメですよ。あんな男と付き合いをしたりしちゃ……」

心の底から心配になって、眉をひそめる。

「そうか。じゃあ、よく考えてみたほうがいいな」

「断ってくださいよ」

「私が亭主と仲良くしたら、不満なのか。取りはしないよ。タイプじゃない」

「くだらない冗談を……」

「佐和紀くん、君はまた、少し変わったね」

牧島の言葉に、佐和紀はひやりとした。失っていた記憶のパーツを取り戻したことを見透かされたかと思う。だけれどそれさえ、見せかけの記憶なのかもしれないと、佐和紀はあれからずっと警戒している。

「嫌な再会があったんです。それが胸につかえているから、かな」

「それもひとつの縁だな。君が仲を取り持とうとしているふたりも、縁があるか、ないか。本当はそれだけなのかもしれないよ。人生に偶然があるのかという話をしなかったかな？すべては必然なんだ。巡り巡ってどこかに繫がってる。でも、その結果がいいか、悪いかはね、自分自身がどこへ向かおうとしているかということなんだ。目的地が間違っていれば、一度は悪い結果になるだろう。道を探し直せば、結局はよかったということにもなる。運命には抗えないけれど、その意味は変えられる。……迷うのはいいことだ。君にはたくさんの答えがある。自分がいま、自分のために、なにがしたいのか、それをよく考えなさい。君は、そういう人だから……。目先のことにベストを尽くせば、その先に道は開ける」

「牧島さん……」

呼びかけた声が思わず震えた。

「うん？」

なにげなく答えた牧島は、ぎょっとして目を見開く。その理由を佐和紀は知ろうともせず、にこりと微笑んだ。

「かっこいいですね。『牧島先生』って呼びたいぐらい」

「君は罪作りだな。銀座のホステスでも、こんなにも気持ちよくは酔わせてくれない」

「俺、いまはホステスじゃないので」

「それは申し訳ない。若く『前途多難』な友人に」

前途有望ではない。わざと多難だと言って、牧島は酒を飲み干した。手酌で注いで、また飲む。

「牧島先生は、お弟子さんにもそんなに冷たいんですか。意地が悪い」

「知っているくせに、よく言うよ。君に先生と言われるのは気持ちがいいな」

「あんまり気持ちよくならないでください。そこで控えている俺の右腕が唸り始めます」

「そうか、気をつけよう」

「牧島さんがお連れになっているのは、いつもの彼ですね。どういう人柄なんですか」

世間話を切り出して、佐和紀はようやく箸に手を伸ばした。

「話してみるか。ふたりを呼ぼう」

牧島が腰をあげた。佐和紀は止めず、猪口の酒をくいっと喉《のど》へ流した。

＊＊＊

佐和紀と牧島の密会が、支倉から周平へ報告されたのは翌日のことだ。

牧島のフォローを打診された件は、前向きに進んでいる。六月の終わりに顔合わせがあり、周平は初めて牧島と言葉を交わした。

これが佐和紀の亭主かと言わんばかりの値踏みには辟易《へきえき》したが、それもまたプレッシャーのかけ方のひとつだ。怯《ひる》むわけにはいかず、寛大な亭主のふりで嫁が世話になっている礼も告げた。

しらじらしいやりとりだと、部屋の隅に控えていた支倉はあきれていたらしいが、周平も同じ想いをしていた。牧島だってそうだろう。

佐和紀を嫁にもらえるなんて、前世でよっぽどの徳を積んだのだろうねと、そんな嫌味を言った牧島は、国会中継や会見での話しぶりを見るよりも魅力的に思え、そういう男を選ぶ佐和紀の審美眼には恐れ入る。

そして、佐和紀の前では、どんな高名な政治家もひとりの人間になってしまうのだと再認識させられた。それも、心の中に残された青年の姿になるのだろう。

「周平、聞いてるの？」

京子に問われ、

「聞いてませんでした」

間髪入れずに答える。ホテルのバーの個室でくつろぐ京子が、目くじらを立てた。鋭い目つきで睨まれて、今日の武装も完璧だなと思う。

マーメイドラインのワンピースはスモーキーなレンガ色で、肩だけがレース使いで透けている。

昨日、新潟から帰ってきたばかりの京子は、やるせなさが募っているらしい。いつもの何倍もヒステリックだ。亭主である大滝組若頭の岡崎に抱かれてガス抜きにならなかったのなら、周平が簡易サンドバッグになるより仕方がない。

これも仕事のひとつだとあきらめて向き合うと、京子はふんと鼻を鳴らした。

「美花《みか》さんが、あなたにもよろしく、と」

「あぁ、それはどうも」

ふくよかな顔つきを思い出した周平は、なごやかな笑みを頰に浮かべた。

「彼女の家庭料理は、素朴でいいですね」

「なのに、自分には取り柄がないって思ってるんだから、女って嫌になるわよね」

組んだ足をぶらぶらさせながら、京子はグラスの中のブランデーを回す。

米山《よねやま》美花は、新潟中越地方西端の街で、小料理屋を営んでいる。彼女の母親の一周忌を前に、香典を届けたことがあった。米山姓は母方の名字だ。

高校生の頃、両親が離婚して、美花は母親に引き取られている。父親のもとに残った弟が、角谷昌也《かどたにまさや》だ。京子が岡崎と結婚する前に同棲《どうせい》していた男で、次男・環奈の父親。そして、長男・皐月が生まれる原因になった、暴行事件実行者のひとりだ。

ふたりの関係は加害者と被害者で始まり、数年の同棲生活の末、殺人未遂の罪を犯した角谷の逮捕で終わった。元から前科持ちだったこともあり数年の刑期が課せられたが、模範囚として仮釈放されても、またすぐに罪を犯して刑務所の中へ戻ってしまう。

彼が刑務所の中から出てくるのは、京子が本当に幸せに暮らしているのかを確認するためでしかない。そして、由紀子をこの世から消すことを真剣に考えている。京子が頼んだなら、彼は躊躇なくやり遂げるだろう。

しかし、京子は望んでいない。ふたりの間にどんな会話があって、どんな約束をしているのか。それは、周平も知らなかった。

「あの人も、店の奥で静かに包丁を研いでいるような、そんな暮らしをしてくれたらいいのに」

「……頼んだらいいじゃないですか」

前の仮釈放のときも同じ話をしたような気がした。京子は同じように悲しく笑い、酒を口に含んで顔を歪める。

どだ。

そう言って、周平の視線から顔を背けた。出会って何年になるのかを考えようとしてやめた。若々しかった京子は大人の女になった。尖りは貫禄《かんろく》になり、女っぷりは見違えるほどだ。

「無理なの」

夫の岡崎を陰で支えつつ、年配の幹部からは、いまだに『お嬢』と慕われている。大滝組の精神的支柱であることは間違いない。このまま順当に『姐さん』となるだろう。

「西の情勢はそろそろ行方が見えてきた。由紀子はすでに用なしです。どうしますか」

「破滅して欲しい」

はっきりと言った直後に、厳しい表情で宙を見据えた。

由紀子が死ねば、角谷は生きる目的を失ってしまう。それは直接的な別れを引き起こすだろう。けれど、彼がもっと年老いて、人生の終わりが見える頃になれば、京子のために報復をしようなどという気がなくなるのではないか。命が惜しくなるのではないか。京子はそれを期待している。

「させますよ、破滅」

周平は答えた。長く与えすぎたぐらいの猶予だ。あの女が改心するなど、お互いにこれっぽっちも考えてはいない。

だからこそ、京都に置いた由紀子は、思う通りに動く良い駒《こま》だった。

「最期の姿に希望があれば、その通りに」

「そんな情熱はもうないわ。周平さんはどうなの。あの顔に入れ墨でもしてやれば？」

「そういうことは、恨みの新鮮なやつらに任せておけばいい」

周平や京子が直接に手をくだすこともない。由紀子の行方をあぶり出したら、血眼になって探している被害者の身内へ耳打ちしてやればいいだけのことだ。

どれも粒揃いの小者ヤクザだから、人探しのコネクションは持ち合わせていなくても、人を痛めつけることには長《た》けている。

「……相変わらず、血も涙もない男ね。佐和紀を騙してかわいそうに思わないの？　あの子はきっと、あなたが少しぐらいは情をかけたと思ってる」

「かけなかったわけじゃない」

「うそつき」

詰《なじ》るように目を細め、京子は嫌悪感もあらわに顔を背けた。

「私と同じ被害者だと思って拾ったのに……。ふたを開けてみれば、心がないのはあんたのほうで、踊らされたのはあの女のほうで。周平さんを虐げる悦《よろこ》びを知らなければ、あとの犠牲者は生まれなかったかもしれないのよ」

「俺のせいにしないでください」

「……あんたのせいよ」

冷たく言い放って、京子はブランデーを口に含む。静かに喉へと流し込み、煙草にも手を伸ばした。

周平は、京子のそばに寄る。ライターを摑んだままで煙草を取りあげ、火をつけてからくちびるへ差してやった。ソファの背に手をつき、覆いかぶさるようにして近づく。

「妙子のことも許してやったらどうですか。由紀子はもう京都にいない。人質は必要ないはずだ」

「言い出すと思った。あんたみたいな人でなしでも、自分の子どもを産んだ女はかわいいのね」

「……あんたの父親だって同じだろう。娘の不憫《ふびん》さを口にもできないで、妙子が寝取られても、見て見ぬふりをした」

「もう終わったふたりよ」

「あんたと角谷が終わらないのに、どうして、あのふたりだけが終わると思うんだ」

周平の物言いに、京子はカッと目を見開いた。投げつけられる前に、グラスを奪う。

憎悪に満ちた視線で射抜かれても、周平は痛くも痒《かゆ》くもない。思いっきり頬をぶたれて、破裂音が室内に響く。穏やかなＢＧＭだけが、ふたりの間に取り残されて流れる。

「気が済みましたか。……このあたりで親孝行をしておかないと、父親に恨まれることになる……」

「父の子じゃないわ」

「真実は、あの子の血が知ってる」

「調べないでよ？　調べないで！　あれはあんたの子でしょう！　あんたが産ませて、谷山に認知させたのよ。そうなの！　決まってるのよ！　いまさら鑑定なんて誰も望んでない」

「それは娘を思って黙っているからだ。このままさびしい老後を送らせるのか、それとも度量を見せるのか。……大滝組を譲り受けるつもりなら、娘時分の感傷を引きずるな」

「あんたに説教されたくないわ」

「弘一さんにされたら、この世の終わりみたいな気分になると思うけどな。それでもいいなら、されてみろ」

「……すぐには決められない」

「わかってる。あんたの弱点はそこだけだからな。あとは壊滅的な料理のセンス……」

また殴られそうになって、ひょいと逃げる。

「あのふたり、まだ好き合ってるの……？　それ、本当？」

「妙子は情の強《こわ》い女だ。あんたは友人としての顔しか知らないだろうけど。……わかってやって欲しい。京子さん。妙子は、あんたのことも妹のように愛してる。あの人と関係を持ったことを後悔しているし、すまないと思ってもいる。そうでなければ、大事な子どもして、由紀子のいる京都に住み続けたりしない」

引き結んだ京子のくちびるが、ふるふると揺れた。

由紀子の残忍さは妙子も知っている。それでも、もしもの時は生贄《いけにえ》になるつもりで暮らしていたのだ。

それが大滝への愛情の証《あか》しであり、京子への償いだった。

妙子がターゲットにならなかったのは、周平が由紀子と妙子の間をうまく渡り歩いていたからだ。絶妙なバランスを保っているうちに、妙子をいたぶっても意味がないと思わせることができた。

ヤクザになりたてだった頃の周平には、由紀子をセックスで制圧してやろうという復讐の気持ちがあったのだ。しかし、感傷はまたも時間とともに消えた。

「京子さん。あんたのいまの幸せは、父親が必死に守ったものだ。それをすべて自分への罪悪感だと思うことは、自身を傷つけ続けることになる。あんたは充分に強い。それに、いい女になった。俺は欲情しないけど」

「して欲しくもない。……周平、あんた……、まだ約束は果たしてないはずよ」

京子の視線が、ぐっと静かに周平を見据えた。

「まだ、居てくれるでしょう」

「やれることはやり尽くした気がしますけどね。俺がいなくなったら、八つ当たりする相手がいなくて困るでしょう。まだいますよ。でも、そろそろ岡崎の愛人も整理して、ふたりの関係を作り直したほうがいい。お互いが誰を愛していても、あんたたちは夫婦だ」

「……そんなことを偉そうに言えるのは、佐和紀のおかげよ」

「それはもう、嫌というほどわかってる」

周平は苦笑いを浮かべて身を引いた。素直にうなずかないのは京子の性格だ。頑固さがなくなったら、周平のほうがさびしくなる。

「……妙子のことは、私からも佐和紀に話すわ」

「気にしなくていいですよ。あいつの心は空よりも広くて、海よりも深い。どっちかといえば、がっかりするぐらいだ」

「……もう鑑定したの」

「生まれてすぐにしてますよ、決まってるじゃないですか」

「最低ッ……」

京子が顔を真っ赤にして怒る。周平はなに食わぬ顔で席へ戻った。

検査結果を見ないでいただけだ。妙子がいつ姿を消しても、真実がわかるようにしておきたかった。

「それ、偽造なんじゃないの！　絶対そうよ！　あんたならやりかねない」

「じゃあ、何回でも鑑定してみたら、いいでしょう」

「嫌よ！　はっきりさせたくないのよ！　本当に、女心がわからないわね！」

「だから男を嫁にもらったじゃないですか」

「佐和紀がかわいそう！」

「そう言えば俺が傷つくと思ってるなら……」

「思ってるわよ！　傷つかないわけ⁉」

詰め寄られて、周平はじっと考え込む。

頬を膨らませて怒る佐和紀と、顔を背けて聞こえないふりを続ける佐和紀と、ほろほろ泣いている佐和紀が同時に思い浮かんで、胸の奥がぎゅっと締めつけられた。

「あー……、傷つきますね……」

観念してぐったりと肩を落とした周平を前に、京子はそれ見たことかと、胸をそらした。

7

朝日に透けるような朝顔の前にしゃがむ。ジョウロを手にした佐和紀は上機嫌だ。『ラバウル小唄《こうた》』をくちずさみながら水をやる。

周平と一緒に行った朝顔市で買った鉢はみっつ。両脇《りょうわき》の二鉢は四株植わっていて、青や赤紫、白い縁取りの紫などが色とりどりに咲いている。真ん中の一鉢は希少種の海老茶色の朝顔だ。珍しいと言われて思わず買い求めたが、渋い色合いがいかにも江戸好みだ。

三井と知世の屋台巡りに付き合わされていた岡村を思い出し、佐和紀は浴衣の裾《すそ》を払いながら笑った。石垣がいなくてもバランスが取れている。それをさびしく思う一方で、慰められる気持ちもある。

さらに上から水をかけて縁側を見ると、まだ眠っているはずの旦那がそこにいた。袖を通しただけの高島ちぢみのパジャマの上着から、胸元の入れ墨が見えている。

いやらしいと思い、佐和紀は縁側へ戻った。自分が着ている紺地に朝顔が描かれた寝巻き浴衣の衿をさりげなく直す。

「おはよ。また新しい花が咲いた。どれも当たりだと思う」

「よかったな、いい鉢が買えて」

起き抜けの煙草をくわえ、周平は自分の首元をさする。あくびを噛み殺す仕草がまた色っぽい。

「……朝から、垂れ流すの、やめろよ」

「おまえが敏感なんだよ。身体と同じだな」

「死ねよ、バカ。やっぱり、やりすぎかなぁ……反省しよう」

そう言いながら、縁側に座り、片足を膝にあげている周平へ近づく。反省するなんて大嘘だ。足をおろさせて膝にまたがり、ジョウロを落とした。

「おまえは情緒ってものがない」

はだけた浴衣の裾に手を入れてくる周平が笑う。

「あるだろ。朝顔に水をやる俺の後ろ姿を見て、興奮してたくせに」

ぐいぐいと腰を振ると、浴衣の下で尻《しり》を掴まれる。指先が下着の裾から中へ忍ぶ。

「そんな下品なことはしてない。ひっそりと欲情しただけだ」

「同じ意味だろぉー」

頭を傾けた佐和紀は、周平にしがみつきながらくちびるを重ね合わせた。煙草の味がしてもかまわず、そっと舌を絡める。

「佐和紀、本当に興奮しそうだ」

朝の光がどんなに爽やかでも、ふたりの朝はいつもの通りだ。

「んー、やだ。二度寝することになるだろ。腹が減った」

「じゃあ、そのあとで」

「いいけどー、どうしようっかなー」

ふざけて答えながら、チュッチュッとキスを繰り返す。途中で佐和紀はハッとした。

「そうだ、周平。忘れてた」

昼頃から夕方までは覚えているのだ。しかし、夕食を取って酒を飲んだら忘れてしまう。相談し忘れていたことを、今度こそ持ちかける。

「あのさ、そろそろ真幸と美園を引き合わせたい。できれば横浜じゃないところがいい。ゆっくりできるとこ。ユウキに別荘を借りようと思ったけど、広すぎる気がする。もう少しぎゅっとしてて、邪魔の入らないところがいいな」

「俺とおまえも行くのか」

「周平が行けないなら仕方ないから、人数合わせにシンを誘うよ」

「……意地でも行く」

「それはどうもありがと。素直に嬉しい」

「軽井沢でいいなら、悠護の別荘があるだろう。俺の知り合いに借りてもかまわないけど、どっちがいい」

「悠護の別荘！」

山小屋風のこぢんまりとした別荘は、クリスマスに一度だけ泊まったことがある。リビングルームに暖炉があり、どこもほどほどの広さで居心地がよかった。夏だから暖炉は使わないが、理想的だ。

「で、一緒にセックスするのか」

「……どうして」

佐和紀が眉をひそめると、周平は色悪な表情でほくそ笑んだ。

「おまえが美園のセックスを見たがってるのかと思って」

「はぁ？　ないよ、そんなの。なに考えてんだよ。興味ない。だいたい俺は、岡崎のセックスだって興味……」

「続きは？」

意地の悪い周平がにやにや笑う。佐和紀は鼻の上にしわを作りながら睨んだ。頬にガプリと嚙みつく。甘嚙みだ。周平は声をあげて笑った。

「ふたりがちゃんとセックスするのか、それを見届けたいんだろう？」

ひとしきり笑い声をあげたあとで、周平はわかっているとばかりにうなずく。佐和紀は眉をひそめて答えた。

「わかってるよ。いいことじゃないのは。だけど、せっかく会わせてもケンカしたら意味がないし、なんかこう……いい感じのセックスをして欲しい」

「俺とおまえの営みを見せてやれば、愛がなにか、あいつらにもわかる」

「……真剣に。……考えて」

「俺はいつだって真剣だ。あのふたりがどんなプレイをしようが知ったことじゃないけど、おまえの言いたいこともわかる。とにかく会わせてみるしかない。お互いに落ち着いた頃だろうし、いいタイミングだ」

　頬を撫でながら褒められると、佐和紀の胸はきゅんと熱くなる。慌てて膝から下りようとしたが、放してくれるわけがなかった。

　尻を引き寄せられ、反応している佐和紀の中心が、下着越し、周平の腹にあたる。

「ん……だめ」

「本当に？　ほんの少し、おまえの朝露を絞るだけだ……。いいだろう。痛くしないから」

「そういうことじゃなくて……。バカ。もう……本当に」

　けなした先からくちびるが周平を欲しがる。キスをしながら、佐和紀は自分の下腹を押しつけた。

　薄く開いたまぶたのその先に、板張りの縁側が見え、和室の障子越しに人影が映っている。大きさで岡村だとわかる。見あげると、さっと隠れるのがわかった。

「構うなよ……」

気づいていたらしい周平が声をひそめる。

「無理だ」

大きめの声で言うと、影は沈み込んだ。

畳に膝をついているのだろう。身体を支える拳が、畳の上にちらりと見えた。

「食事の準備が整っています。どちらでお召しあがりになりますか」

「ここでいい」

周平が答える。佐和紀も承諾すると、岡村は顔を見せずに消えていく。

「油断も隙《すき》もないな」

佐和紀がくちびるを尖らせると、

「もう少しだけ、こうしていてくれ」

腰砕けになるような声が甘えてくる。佐和紀の浴衣の裾をそっと直して太ももを覆い、
周平の手が腰と背中に回る。セクシャルではない動きで抱き寄せられ、佐和紀はもう一度、
ぎゅっと抱きついた。

＊　＊　＊

「顔が、見れなかった」

ほうれん草をカゴに入れた真幸がぼそりとつぶやき、鶯色《うぐいすいろ》に細い縞《しま》が浮いて見える小千谷《おぢや》ちぢみを着た佐和紀は足を止める。

軽井沢には三井と知世も一緒に来ていた。いまはスーパーマーケットの端ある休憩スペースで待っているはずだ。

佐和紀たちを送り届ければ、彼らは明日の迎えまで自由に過ごせる。

「あの人、あんな顔だったろうか」

放心したように言った真幸は、ほうれん草をカゴに入れた。

周平から渡された夕食用の買い物リストを手に、佐和紀はカートにもたれるようにして進む。先に歩き出した背中を見つめ、ほんのわずかな不安を覚えた。

「なにも変わってないように見えたけど……。いや、それも困るのか」

ひとりごとを口にして、美園を思い出す。真幸がいない生活で羽を伸ばしたとは考えられない。離れていても、あれこれと心配しているだろう。顔に出ないだけだ。

「信州サーモンの、切り身か、スモークのものを、買うんだったよね」

魚売り場まで移動して、真幸はぐるりと棚を見回した。広い店内にはなんでも揃っている。横浜のスーパーマーケットでも見ないような珍しい野菜や調味料もあり、まるで食の百貨店だ。

「だからさ、真幸。金額を見るなって言われてるだろ。金ならちゃんとあるから」

「それはそうだけど……。節約が、身に沁《し》みついてるんだ」

財前との暮らしも羽振りがいいとは言えない。それなりに工夫しているのだろう。とはいっても、このまま任せていては、周平に頼まれたものが買えそうにもない。より安いものを提案される前に、見た目にもおいしそうなスモークの信州サーモンをカゴへ入れた。ついでに、自分が食べたいだけのウニも入れる。

今夜の夕食は、周平が作るクリームパスタだ。カタカナの料理は佐和紀よりも周平のほうがじょうずに作る。

「あと、小麦粉。あ、リンゴジュース買おうか」

「それ、高いじゃないですか」

頬を引きつらせる真幸を横目に、佐和紀は瓶に入ったリンゴジュースを手に取った。ワイン並みにずっしりと重い。

「あと、なにが好き？　パンは管理人が届けてくれるって言ってたから、ジャムでも買う？　バターはあるって言ってたな。どうした……？」

「あ、いえ……。なんでも……」

「美園のことが気になるんだろ？」

「……どんな気持ちで来てくれたのか、考えるのがこわくて……。わ、別れ話かも、しれないとか……」

「はぁ？　変なところで心配性だな。美園を置いて出てたと思えないよな」

「だから、です」

痛めた足は順調に治っているようで、引きずる仕草もなくなった。真幸を一目見るなり、美園はそれに気づいたようだ。

感謝する相手を決めかねている表情をしたが、真幸に向かって、ほんの少しくちびるを歪めてみせていた。ぎこちない笑顔だったと、いまになって気づく。

久しぶりの再会に落ち着かないのは、美園も同じなのかもしれない。

佐和紀にはわからない変化を感じ合っているのなら、それが良い変化であることを願うばかりだ。

「もういい、と言われたかった部分も、前にはありました。愛想を尽かされたら、あぁ、やっぱりそうだ、続かないんだ、って、思えるじゃないですか」

「……理解はできる。後ろ向きすぎるけど」

「でも、離れてみて……、落ち着いた暮らしをしてみて……、自分は変わったと思っているんです。裏切られる心配もないし、利用される心配もないし、財前さんも佐和紀さんも親切だ。トゲを出す必要もないから、自分が丸くなったのがわかるんですよね。……それがまた、あの人をイライラさせたらどうしようと、思ったりするんです」

「いままでのイライラは、真幸の腰が定まらないからだろ」

菓子の棚から、目につくものを適当に取る。

「美園だって、同じ不安があるんじゃないの？　そばにいて欲しい気持ちと、あんたらしくいて欲しい気持ちと……。脅されたからとか、美園のためを思ってとか、理由のひとつではあるんだろうけど、それだけで活動してたわけじゃないんだろう？　それってどういう感じ？」

「力を、試してみたくなる、っていうか……。そうやって動くことで、両親のことをわかりたい気持ちもあった。生き方を理解して、考えを認められないまでも、消化してしまいたくて。その気持ちは、いまも変わらないんだけどね」

「そっか……。やっぱり、年上なんだよな、あんたは」

場数を踏んでいる分だけ、言葉に説得力がある。物腰は柔らかなのに不思議だ。

「この前、佐和紀さんから『抱いてやりたいだろ』と言われて、ドキッとしましたよ。考えてもみなかった。女の代わりをしていても、そういう感覚は許されていいものなんだな、って……。俺はずっと、黙って奪われていることが、それを許すことだけが、相手を悦ばせるんだと思っていたから」

「じゃあ、もう一歩、前進して。帰ったら、真幸から優しい言葉をかけてやって。いままでの関係は、忘れていい」

自分で言っておいて、生意気だと苦々しく思う。しかし必死だ。真幸にも幸せになって欲しい。

「優しく、って？ 媚《こび》を売るのは得意じゃない」

真幸が不安げに眉をひそめた。

「美園にはすぐにバレてしまうし……。機嫌を悪くさせるほうが、うまいぐらいだ」

「そういうとこも忘れなよ。……今日一日だけでもいいから、美園の気持ちを試すのをやめてみたら？ 疑わないだけでいい。相手は自分に優しくされたがってるんだって、そう思ってみるだけ。それでいいんじゃないの？」

「優しく、されたがってる……？ 美園が？」

おののくように言われ、佐和紀はじっとりと目を細めた。

「それをあんたから言われたら、メゲると思うから、口にすんなよ。あいつらはさ。褒めて褒めてなんて、しっぽ振るような男たちじゃない。こっちが、なにも知らないふりして撫でてやるんだよ。いい気になってふんぞり返るようなヤツらじゃない」

「岩下さんのことですか」

「美園のことだ」

言い返して、レジへ向かう。

「美園が甘えてくることもありますよ」

「承諾もなく突っ込んでくることは、甘えてるとは違うからな」

「……え？」

真幸がぴたりと足を止める。

「見てきたように言いますよね」

パチパチとまばたきを繰り返す。

「それは単なる『甘え』。ぶん殴っていいやつ」

「違いが難しいな……。わかるだろうか」

真面目な顔をしてブツブツ言い始める。

元が真面目なのか、融通の利かないところは最大の短所だ。レジの順番待ちに並びながら、佐和紀はカートにもたれかかった。

「まぁ、適当にやってればいいよ。めんどくさくなったら、喉を鳴らしてすり寄ってればいい。それだって喜ぶに決まってる」

「……そうなんですか」

いますぐメモでも取り始めそうな表情だ。遠くを見たかと思うと、頰をほんのり染めてうつむく。それが四十路《よそじ》に入るか入らないかの微妙なお年頃だとしても、恋に迷った姿は悪くなかった。

＊＊＊

その頃、別荘のテラスで煙草を吸っていた美園は、周平が招き入れた男を見て驚いていた。

口にくわえた煙草がぽろりと落ちて、外履きのサンダルを焦がして転がる。

「い、岩下さん……っ」

熊のような図体をした男の声がひっくり返った。

周平はのんびりと動いて、ウッドデッキに落ちた煙草を拾う。小さな焦げ跡が残っていたが、持ち主が気づくとは思えない。

灰皿で揉み消して、美園へと目を向けた。

「この別荘は、悠護の持ち物だ」

テーブルに手を乗せて、ふっと意地悪く笑う。ただでさえ不機嫌そうな容貌《ようぼう》をしている美園がくちびるを震わせると、凄味《すごみ》が全身を覆っていく。

「ご、ご無沙汰しております」

スーパーマーケットに並ばない商品を路面店へ出向いて買ってきた男は、帆布のショッピングバッグを肩からおろし、あたふたと膝をついた。

深々と土下座をする両手は小指がなく、チェックの長袖シャツの下に隠された肌には、般若《はんにゃ》の入れ墨が刻まれているはずだ。

「興吉《こうきち》……。おまえ……」

美園が声を震わせ、その場にしゃがんだ。片膝をつく。

「野垂れ死にでもしてるんやないかと、えらい探し回ったんやぞ。なんやねん。こんなところで……」

「すみません。連絡を入れたら、昔の仲間に見つかってしまうと……」

「誰が言うた。おまえか」

荒々しい声を響かせて、周平を睨みつける。

「ち、違います」

興吉茂《しげる》は、ガラガラにつぶれた声で言った。

「悠護さんに拾ってもらって、ここにいます……。そんなこと、どの面さげて、美園さんに言えるのか……。後生です。許してください」

「……ええわ。もう……」

美園はその場にどさりと腰をおろした。あぐらを組んで、興吉の肩を叩く。

「そりゃそうやな。自分ためにユビ落とした男を、捨てておくような人やない。そうか……おまえ、生きとったんか。顔、見せてみぃ。……えらいアホ面になったなぁ。『般若の興吉』がカタギの面してるやなんて、道でおうてもわからんわ」

美園よりも一回りも二回りも大きな身体つきの男は、肩をぶるぶる震わせて突っ伏した。男泣きに咽《むせ》ぶのを見て、周平は「コーヒーでも飲んで帰れよ」と声をかけた。そのための豆も買ってこさせたのだ。

現役ヤクザと元ヤクザをテラスに残して、周平はショッピングバッグをキッチンへ運び込んだ。興吉と美園を会わせてやってくれと言ったのは、悠護だった。不意打ちを狙《ねら》うようにも頼まれた。

美園が来るとわかっていたら、興吉は逃げ出し、もう二度と戻らない恐れがある。それは悠護にとっても不利益だ。

すでに粗挽《あらび》きされている豆の匂いを嗅《か》ぎ、周平はカウンターキッチンの中からテラスを見た。ふたりはウッドデッキに座ったままだ。

興吉が姿を消す心配は、もうないだろう。美園が許しを与え、ここに居続けるように命じるからだ。生きていてくれと願って行方を捜していたのだから当然だろう。

コクのある香りがテラスまで届いたのか、興吉がコーヒーを取りにくる。運ぶのを任せて、周平もテラスへ出た。美園は座ったままだ。興吉もまたウッドデッキの上に座る。

周平だけがデッキチェアに腰かけた。

「俺も年を取るわけやで……。興吉がカタギになって、岩下が嫁をもらって……。そやけど、昔よりはよっぽどええわ」

木立を揺らす風と鳥のさえずりに混じって、美園の低い声は穏やかに聞こえた。

「高山組《たかやまぐみ》の分裂は、もう避けられん。組織がでかくなっただけで、実入りは減る一方や。下についてる組は、半グレのガキにすり寄って生きんと飯も食われへん」

時代はとっくに変わっている。暴力団への法的な締めつけも進み、一般市民も彼らを恐れなくなった。物事を動かす手順や手段に乗り遅れたら、淘汰《とうた》されるよりない。

「こんな生き方、くだらんけどな……」

乾いた笑いを響かせて、美園はコーヒーを飲む。

真幸をどんなに愛していても、美園の肩には組織の存亡がかかっている。

それが子どもだましの戦争ごっこだと知っていながら、そういった生きざまにたぎる熱は、冷ましようがない。

男の性《さが》を自覚しているから、美園は真幸を逃がしてしまうのだ。

組織に縛られている自分とは違う戦いをしていると、本能的に悟っている。

もしも美園に女々しさの欠片《かけら》ぐらいあったなら、真幸に取りすがって閉じ込めておくことができたのかもしれない。しかし、それは、真幸が愛している『男気の塊』のような美園ではなかった。

だからこそ、佐和紀という男の存在が、ふたりになにを教えるのか。周平は、傍観者でいられる気楽さを噛みしめ、目を細めた。


今回の軽井沢は一泊だ。旅行といえるほどの時間もない。

周平と佐和紀が夕食の準備をする間、真幸と美園は散歩に出された。ふたりに対する主導権を握っているのは、佐和紀だ。

有無を言わさずに追い出して、真田紐《さなだひも》をたすき掛けにする。

今夜のメニューは信州サーモンとほうれん草のクリームパスタに、ちぎっただけのグリーンサラダ。酒も飲むので、メニューは軽めだ。つまみにするための、チーズやハムも買ってある。

「そろそろ探しに行くか」

仕上げる前に呼び戻そうと佐和紀に声をかけた。

周平はエプロンを取り、深緑色の麻混シャツに膝下までのハーフパンツで外へ出る。たすき掛けを取った佐和紀がついてきた。

一服するのも目的のひとつだ。取り出した煙草を佐和紀にも勧め、立ち止まって火をつける。夏の夕暮れを知らせる風が木立から流れてきて、心地がいい。

煙草のスモーキーな香りが湿り気を帯びた空気に混じり、佐和紀は小動物のように鼻を動かす。それがかわいく思えて笑うと、ほんの少し拗《す》ねた顔で睨まれる。しかし、機嫌はすぐに直った。

肩がぶつかり、兵児帯《へこおび》を巻いた腰に腕を回す。

きゅっと引き締まっているが、細すぎない腰回りだ。組み敷いて摑み寄せるときの、腰骨の確かな感触を思い出してしまい、何気ないそぶりで煙を吐きながら、周平はひとり静かに欲情する。

たまらずに抱き寄せようとして逃げられ、欲望を悟られたかと思ったが、そうではない。散歩道に入る手前の場所に、美園と真幸を見つけたからだ。

ふたりはしゃがみこんでいた。どうやら野生のキノコを観察しているらしい。真幸が木の棒でつつき、美園は膝に片手で頰杖をついて眺めている。

足を止めた佐和紀が、周平のシャツを摑んだ。これ以上近づくなと制止される。

目の前のふたりはふざけあって笑っていた。周平が見たことのない顔だ。子どものように無邪気だが、どこかよそよそしくて距離がある。

真幸側の美園の手が、宙を泳ぎ、背中を撫でようか、肩を抱こうか、それとも腰かと迷っているように見えた。じれったくなった周平は、佐和紀を振り返る。

しかし、佐和紀は振り向かなかった。視線をたどると、美園の手は真幸の首筋に着陸していた。摑むように引き寄せられた真幸が、バランスを崩す。手が美園の膝を摑み、仰ぎ見た瞬間にキスが始まる。

周平の隣で、佐和紀がゆっくりとあとずさった。くるりと背中を向けて、周平の手を引く。

別荘のそばまで戻ると、なにも言わずに煙草を吸った。

周平が肩を抱くと、身体を揺するようにして笑いをこらえ、顔を背けて煙を吐き出す。それから向き直る。くちびるがそっと触れ合い、佐和紀は目を閉じた。

まつ毛が繊細に震えて、欲望とはほど遠い幸福が周平の内側を満たしていく。

美園にとっても、真幸が真幸であることが重要だと想像してみる。そこは周平と変わらない。

自分のためだけの都合のいい『女』ではなく、自分を捨ててでも旅に出る『男』に期待と希望を抱いている。

その一方で、傷ついて欲しくないとも思う。ジレンマは愛情だ。

すべてを飲み込んでしまう男気が美園自身を苦しめるとしても、真幸にとって価値や意味がある限り、外へ出ることは止められない。男のやせ我慢は続いていく。

それが美園の愛だ。自分の満足よりも大事なものを、あの男は知っている。

「……幸せそうで、拍子抜けした」

わざとつれなく言って、佐和紀はにやっと笑う。ふたりがいた方角へ向かい、名前を大声で叫んだ。二回繰り返して呼ぶと、美園の声が返ってきた。

「仕上げに取りかかろうよ、周平」

テラスを抜ける佐和紀の足取りは軽い。美園と真幸の前途が明るいことに納得して安心したのだろう。ピンと伸びた背中の清々しさでわかる。

「周平ってば……、早く……っ」

急《せ》かすような声が、周平の脳裏を一瞬で桃色に変えた。

早く早くと繰り返して欲しがるときの、濡れた仕草が思い出され、うかつにも股間《こかん》が熱くなる。疼《うず》きをごまかすには、先を歩く佐和紀の尻は形がよすぎた。

着物越しにもきゅっと引き締まっていて、動くたびに艶《なま》めかしい。

「……周平、エロい」

視線に気づいた佐和紀が、両手で尻を隠そうとする。

「やめろよ。おまえは見てるだけでも、いやらしいんだから」

「……見てるだけじゃない。もう何回か、頭の中で抱いた。かわいかった」

「あきれる。妄想だけで足りるなら、頭の中の都合のいい奥さんと暮らせば？」

「……そこに嫉妬《しっと》するなよ」

「してないよ」

言いながらも、佐和紀は怒っている。

「今日はしないからな。だって、俺たちがしなくても、あいつらはちゃんとやりそうだし。……聞かれたくない」

いまさら恥じらいを見せるのは、尻に突き刺さるような視線を感じ、佐和紀もまた淫靡《いんび》な行為を思い出した証拠だ。

ほんのりと赤く染まった嫁の頬に満足した周平は、それ以上、からかわずにあとを追った。


時計の針が深夜を回る。

ツインベッドの片側にふたりで入り、たわいもない話をしている間に眠っていたらしい。

周平の胸にぴったりと寄り添っていた佐和紀の目も、しぱしぱとまばたきを繰り返した。

「……寝ちゃってた」

「俺もだ」

「してた？」

隣の部屋には、美園と真幸が泊まっている。

「声は聞こえなかったけど、してたかもしれないな」

物音が聞こえたわけではなかった。周平も浅い眠りの中にいて、よく覚えていない。

「どっちでもいいことだ、佐和紀。してもしなくても同じ部屋で寝てるならいいだろう」

「……そういうもの？」

佐和紀が大きなあくびをする。そして、周平のパジャマから覗く肌へ頬ずりしてくる。いたずらに胸をなぞり始めた指が不穏だ。

乳首探しを始める前に、押さえて握りしめた。

「美園だって、したいんじゃないの？　真幸はしたがってるよ」

「そんな話をしてるのか」

「仕方ないだろ。……大事な話だもん」

「身体が一番素直なこともあるか。じゃあ、俺も聞いてみようか。おまえの身体に」

「……ん、くすぐった……っ」

耳をいじると、暴れて逃げる。ルームライトは淡いオレンジ色だ。佐和紀のひそやかな笑い声が空気に溶けて、周平はますますじゃれつきたくなる。

両腕で抱きしめ、体勢を変えてのしかかっていく。しかし、佐和紀は身をかわした。

「トイレ行って、水を飲んでくる……」

「いいムードが台無しだ。してからでいいだろ」

「そんなにいいムードでもなかっただろ。寝てていいから」

小さな星柄の散った紺色のパジャマ姿でベッドを下りる。眼鏡をかけてから、重ねた枕《まくら》にもたれかかる周平の額にキスをした。そのあとは、名残りを惜しまず、部屋を出ていく。

ゆっくり閉まったドアを眺めていた周平は、自分の額を指先で撫でた。

ごく自然で、ごく当たり前のキスだ。弾《はじ》ける泡のようにささやかで甘い仕草を、佐和紀はいつ覚えただろう。

それは周平のしてきた行為だ。あどけなく額をさらして寝ぼける佐和紀がかわいく見えて、ひとりにするときは決まってキスをスタンプした。

仕事に出るとき、布団を抜けるとき、小用で離れるとき。子ども扱いするなと怒られたこともあったが、いつのまにやら佐和紀もするようになって、お互いに幸福の証明だと感じているところもある。

しばらくぼんやりとした周平もベッドを下りた。

佐和紀を追って、一階へ向かう。高原の夜は気温がさがり、ひんやりと涼しく静寂だ。スリッパが、パタ、パタと音を立てる。

トイレに寄ってダイニングルームへ向かった周平は、近づく前から異変に気づいていた。ドアが開いているらしく、廊下に声が筒抜けだ。苦しげに喘《あえ》ぐ声の主は、真幸だった。

ダイニングを覗いた周平の目に、まず飛び込んできたのは佐和紀の背中だ。いるとは思わず驚いて足を止める。硬直している肩越しに薄暗いダイニングが見えた。

明かり取りの小窓から差し込む月明かりが、行為に夢中なふたりをシルエットに変えている。乱れた息遣いと濡れた声があきらかに室温を上げていた。

真幸は下半身だけを剥《む》き出しにテーブルへ上半身を預け、後ろから腰を摑んでいる美園はズボンを膝までさげている。全開にしたパジャマが波を打つように揺れていた。

周平は冷静に眺める。昔に比べれば、マシなセックスをするようになったと思う。

女を相手にしているところしか見たことはないが、息をすることも許さない強引さで突き立てるのが美園の常だった。とはいえ、下手ではない。だから女は余計に苦しくなる。強制的な絶頂の繰り返しで責め立てられるのだ。

相手を失神させるだけなら、周平よりも早かった。その男も、いまは加減を知ったらしい。久しぶりのセックスに気を使い、真幸の息遣いに合わせて腰を振る。

「水をもらうぞ」

佐和紀の脇を抜けて中へ入ると、月明かりの中で美園が舌打ちをしながら振り向いた。

真幸はひっと息を詰まらせる。

「えええっ！」

引くに引けず盗み見をしていた佐和紀がひとり、いまさらな驚きの声をあげる。

「しゅっ、周平……だめ、だって……っ」

あわあわとキッチンまで追ってきて腕を引く。

「喉が渇いたんだから仕方がないだろ。こんなとこでやってるんだから、見られることもわかってるはずだろ？」

「違うだろ、それは……」

冷蔵庫を開けて、冷えたミネラルウォーターを取り出す。

闇に目が慣れ、カウンターキッチン越しに、なおもセックスをやめない美園を見る。佐和紀はふたりに背を向けている。飲みかけのミネラルウォーターを手渡すと、どぎまぎしたままで喉へ流し込む。

真幸は声をこらえていたが、息は乱されている。

「……こっそり見るのも、どうなんだ」

いたずら心が沸き起こり、逃げようとする佐和紀を壁際の棚に追い込んだ。抵抗される前に、股間を摑む。

「だめ……ッ！」

声を響かせて怒ったが、聞こえないふりで首筋に鼻をすり寄せた。

「本当に？　人のセックス見て、こんなふうにしてるのに……？」

強く摑んで揉みしごくと、すでに半勃起《はんぼっき》になっていた佐和紀はむくむくと育った。

「ま、待って……やだって」

急所を摑まれた佐和紀は激しく動けない。それ以上に、愛撫《あいぶ》に勝てないでいる。

「あいつらを見ながら、なにを考えた。美園に抱かれてる真幸の気持ちか？　それとも、美園の腰使いに見惚《みと》れたか？」

佐和紀のパジャマのボタンをはずし、するりと手を差し込む。

「やきもち、焼いてる場合……かっ……ぅ……」

ぞくぞくっと震えた佐和紀が非難がましく言ったが、身を屈めた周平は聞き流す。薄闇の中で見えるか、見えないか、シルエットでしかない乳首をねろりと舐《な》めた。そのままキュッと吸いつく。

「んっ、ん……」

拳でくちびるを押さえた佐和紀の身体は正直だ。パッと熱を発する。だから、パジャマのズボンを下着ごとさげてやり、飛び出してきた生身の昂《たか》ぶりを摑んだ。二度三度としごいて皮をおろし、その間も乳首を舐め転がす。

「あ、あっ……や……」

嫌がる声に甘さが加わり、刺激に応《こた》えた股間が脈を打つ。美園たちに聞かせるのも惜しいと思いながら、周平はなおも乳首へ吸いついた。

いやらしく水音を立てると、佐和紀の肌がまた震える。身をよじらせる仕草が淫靡だ。溢《あふ》れそうな声を必死にこらえる耳には、対抗するように喘がされている真幸の声が聞こえているはずだ。

行為に夢中になって意識を飛ばすには早い。

「しゅう、へ……、許さ、ない……からな……」

指で後ろをなぞられ、快楽に負けた声が怒りを滲《にじ》ませる。

周平はひそかに興奮し、くちびるの端を歪めて笑う。やろうと誘ってセッティングできるシチュエーションではない。そう思うと、悪い本性が顔を覗かせて、自分の嫁を虐《いじ》めてみたい気分になる。

しかし、冗談で言っただけでも嫌そうな顔をする佐和紀だ。このまま続けたらどうなるかは想像ができる。しばらく口も利いてもらえないだろう。

なのに、周平の指は止まれなかった。スリットの奥に潜むすぼまりを、唾液《だえき》で濡らした指先で押さえるようにして撫でる。敏感な部分はひくひくと喘ぎ、その繊細な動きを愉《たの》しむ。嫌がる佐和紀を強引に奪うことはしない。抵抗を封じる術《すべ》は心得ているのだ。

じわじわとアブノーマルなシチュエーションに誘い込み、口に含んだ小さなつぼみを舌で弾く。さらにツンと尖り、転がす舌先をこりこりと刺激してくる。

佐和紀と交渉を持つようになってから、周平の舌先は性感帯になった。以前はただの濡れた肉片でしかなかったものが、佐和紀の肌や尖りに触れるたび、苦しいほどの快感を生む。それらは下半身へと血流になって集まり、抜き差しならない欲望を育てあげる。

「はっ……ぁっ……あっ」

薄闇の中で、佐和紀が首を振った。息遣いは熱く、快感を滲ませる。

けれど、いつもと色の違う欲望は受け入れがたいのだろう。じわじわと浸食する快感に苦しみ、眉根を引き絞る。闇の中で見る苦悶《くもん》は圧倒的に艶めかしく、周平は深い罪悪感の中でもがいた。

今夜の佐和紀が欲しい。

どうしたってやせ我慢ができない夜もあると、声に出さない言い訳を遠くに聞き、周平は手早くパジャマのボタンをはずした。ズボンをずらし、佐和紀の尻を揉みしだきながら近づく。自分の竿《さお》を佐和紀の裏筋へとこすりつける。

猛《たけ》る興奮のままくちびるを合わせると、眼鏡がカチャカチャと音を立てた。

「んんっ、ん……」

佐和紀がのけぞるように逃げ、手を腰棚に這《は》わせる。もどかしくなった周平は、お互いの眼鏡をはずして、棚に置いた。

逃げ場を失った佐和紀の腰を抱き寄せ、身体を反転させる。濡らした指をいきなり突き立てると、佐和紀はおののくように伸びあがった。

まだ爪《つめ》の先だけだが、愛撫と唾液に慣らされ、きしむこともなく入る。しかし、狭さは変わらず、驚きできゅっとせつなくよじれて周平の指を絞る。

「嫌がっても、おまえの身体は素直だな。中から濡れて……」

「しゃべ、んな……。きれいなもんじゃ、ない……っ」

「それでもいい。おまえの中から出てくるものなら、ぜんぶ愛してる」

首筋に吸いつき舐めあげると、佐和紀は全身を大きく震わせた。躊躇しているのがわかったが、周平はかまわず続ける。

「向こうだって聞こえてない。自分たちに夢中だっただろ？」

「……んなわけ、な……っ」

弱気を振り切ろうと声を低くしても、まるで抵抗にならない。佐和紀が腰に力を入れるほどに、指はずぶずぶと飲み込まれ、互いに慣れ親しんだ圧迫感に息が乱れるばかりだ。

佐和紀の声が喉で引きつれ、周平は柔らかな内壁を指の腹で撫でまわした。

快楽を受け入れまいと粘る佐和紀の拳は腰棚の天板を強く押し、何度も握り直される。

しかし、周平が殴られることはなく、佐和紀はついに声をあげた。

「……あっ、あぁっ……ッ！」

声が高く伸び、佐和紀の上半身がうなだれる。いいところまで指が届いた証拠だ。日毎《ひごと》夜毎《よごと》、丹念にこすり続けられ、その場所は余すところなく性感帯になっている。締めつけのきついすぼまりも、浅いヒダも、奥の粘膜も。周平の指と肉塊で慣らしほぐされ、スイッチが入れば、いよいよ拒みきれない。

成熟の過程を見つめ続けてきた周平は、今夜も丁寧に佐和紀をいざなう。

強引を装っても、快感は本物でなければならないからだ。

シチュエーションの興奮はスパイスでしかなく、背徳感に乱れる悦の根本はふたりで作りあげてきた性感の中にある。

小刻みに揺れる腰を背後から引き寄せ、突き出させた。

佐和紀のヒップは肉づきがいい。脂肪は少なく、引き締まった筋肉に包まれている。その中心部分に収めた指を、ずるずると引き出し、ずっくりとねじりながら差し込む。

同時に前もいじってやると、佐和紀はいよいよ泣き出しそうな声で首を振った。

「気持ちいいときの声の出し方を教えてやらないのか。あいつらはいつまで経っても、あんなセックスばっかりだ。昔と変わってないぞ」

「……う、っ……んんっ、ん」

耳元でささやく声に、びくびくと震えながらも、佐和紀は最後の理性にしがみつく。乱れる息を奥歯で噛み殺し、落ちまいと踏ん張っている。しかし、部屋の中の空気は乱れ切っていた。ダイニングで抱かれている真幸はもう、喘ぐのをこらえられなくなっている。美園が弾ませる息とテーブルのきしむ音が、卑猥に混じり合う。

周平にいじられた佐和紀は、なおも雰囲気に流されまいとする。気持ちよくなれることを知っているからこそ、強まる欲望に抗う姿は凜々しい。

周平の胸の奥はかき乱された。ふたりで作りあげた性感を、アブノーマルなシチュエーションで味わいたいと思う理性がぐらぐらと揺れる。

佐和紀を征服したい欲求と、そんなことを望む自分への罪悪感が入り乱れて、偏狂的な興奮が募る。

佐和紀の強がりを打ち崩す自信ならあった。ここで逃すようなヘマはしない。

だから、このまま、羞恥《しゅうち》に震える佐和紀を抱く。

考えるだけで脳の片隅がショートして、周平は欲望の塊になっていく。愛欲に理性が溶け、佐和紀と混じり合う快感だけを求めてしまう。いけない望みだとわかっていて、それきり、あとのことはいっさい忘れた。

周平は愛撫を続け、指の本数は増やさず、いっぱいいっぱいに張りつめている佐和紀をしごいた。萎《な》えていないのが興奮の証しだ。他人のセックスを聞きながらするのは初めてだから、戸惑いが変質的な欲求を奮い立たせ、佐和紀は責められるまでもなく追い込まれている。

「こんなに硬くして……。嫌だったら、萎えるんじゃないのか。ん？　なぁ、佐和紀」

射精を促す動きで根元からこすりあげ、繊細な鈴口を手のひらで愛撫する。糸を引きそうに濡れているのが卑猥で、そして愛《いと》しい。

「おまえが聞いてるなら、向こうだって聞いてる」

ねっとりと意地悪くささやいた言葉に、佐和紀は息を詰まらせた。

後ろが、周平の指を強く締めあげる。柔らかな襞《ひだ》がまといつく熱さに、周平は思わず吐息を漏らした。

臨戦状態で出番を待つ自分自身を、佐和紀の太ももに突き立てる。肌に食い込ませ、じりじりと付け根に押し込む。

「愛し合おう、佐和紀」

耳朶《じだ》を甘噛みして、耳のふちを舌でなぞる。

「ん、く……っ」

奥歯を噛んだ佐和紀がこらえたのは、声だけだ。周平の手の動きに翻弄《ほんろう》された昂ぶりは弾け、先端にあてがった手の中に熱い蜜《みつ》を滴らせる。

はぁはぁと息を乱す佐和紀は、よろけながら逃げようとした。

まだわずかに残る理性が、先の展開を予想している。周平に抱かれた自分がどうなるのかを、考える余裕があるのだ。

周平は逃がさずに腰を抱き寄せた。腰棚の天板に身を伏せさせ、腰裏をぐっと押さえる。位置を合わせ、佐和紀の体液を塗りつけて濡らしたものをあてがう。焦《じ》らすことはもうしなかった。

タイミングも、ほどけ具合も知っている。何度も重ねた身体だ。こういうときに、佐和紀がどう反応するかもわかっていた。

　切っ先がすぼまりを突き、引き寄せる腰がよじれる。それと動きを合わせ、そしてずらし、ぬめりを確かめてから一息に押し込んだ。

「あっ……はぁ、ぅ……っ」

　いきなりの衝撃にのけぞった佐和紀の手が、棚の上部にすがる。

「抜い、て……っ」

「おまえが俺を欲しがってるから、こんなに深く刺さるんだろう。ほら、もうここまで飲み込んでる」

　片手を取って、後ろ手に促し、ふたりの間に触れさせる。おそるおそるなぞる指が押し広げられた場所を確かめた。食い締められている太さを、指がかすめる。

「……なんで。……いれ、んなっ……」

　かかとを浮かせた佐和紀は声を震わせ、腰をひねりながら周平を押しのけようとした。まだそんな理性があるのかと感心して、周平はそのまま腰を引き、油断させてからもう一度差し入れる。

「あっ、あっ……ふ……」

　佐和紀の手が胸からずれ落ち、棚に掴まってバランスを取る。いっそ床に崩れたほうが逃げられるのに、それを考える余裕もないのだ。

そうさせている周平は、わざとリズミカルに浅い場所をこすり、さらに理性を崩していく。佐和紀の好きな動きで責め、抵抗を封じる。

「ぁ……、っ、あ……っ」

揺すられた佐和紀は、ますます戸惑い、髪を乱して身をよじった。心だけが逃げ惑い、身体は快楽に囚《とら》われていく。佐和紀の肌が熱く火照《ほて》っていくのを感じて、周平は息を吐いた。興奮が脳を痺《しび》れさせるようだ。

舌なめずりしながら、かすかに震えてのけぞる背中を見下ろす。

いつもとは違う、倒錯的なセックスだ。

こんなワンチャンスがあるかもしれないと思ったから、佐和紀の求めに応じて別荘を借りたのだ。美園と真幸のことは正直、どうでもよかった。

そうでもなければ、声を聞かせながらのセックスなんて絶対に無理だろう。

「バカ……っ、へん、たい……っ」

周平の心を読んだようになじってくる声がかすれ、身体を支える腕ががくがくと揺れる。美園たちがセックスをするかどうか、あれほど心配していたことも忘れ、周平だけを罵《ののし》ってくる。それで気が済むならと、好きにさせ、周平は腰を突き出した。

「う、くっ……」

黙らせるには、身体を使うのが一番だ。奥へと深くねじ込んで繋がると、佐和紀の腰は淫《みだ》らになった。

「あ、あ、っ、あ……」

断続的な声がしっとりと悩ましげになり、スポットに当たったとわかる。

佐和紀の身体のスイッチが切り替わった瞬間だった。

しきりと髪を振り、声を抑えようとする。それがいっそう周平を煽《あお》り、いつも以上に昂ぶりを太く大きくさせているのだが、佐和紀は気づいていないだろう。

「……さわき……っ」

乱れる息を奥歯で噛み、腰を使う。動かすたびに、脳が痺れるほどの刺激が全身に満ちる。深い快感に苛《さいな》まれているのは周平も一緒だった。理性を手放して、一気呵成《いっきかせい》に責め立て、泣きじゃくらせてみたくなる。

キッチンもダイニングも佐和紀の喘ぎ声だらけにして、よがらせたい。

しかし、それは、昔のセックスだ。

美園と繰り広げた、実にバカバカしい争いの数々は思い出すのも億劫だった。いいセックスと悪いセックスがあるのなら、それらは間違いなく、悪いセックスだ。

女の身体をオモチャにして、自己欺瞞《ぎまん》を慰めただけの時間つぶし。

楽しかったのかと聞かれたら、それなりの暇つぶしにはなったと答えるしかない。

その程度の、たわいもないことだ。罪悪感も嫌悪感もない。特別な感慨を持つような記憶でもない。

　だからこそ、胸の奥が冷える。周平は、佐和紀の腰に腕を絡ませた。強く抱き寄せる。

「静かに息をしろ……いい子だ。ん……おまえの中は、気持ちがいい」

「……ぃや……」

「気持ちよくないか？　おまえのいいところは、ここだろ。ほら、こすれたら、いつも通りだ」

　ごりっとこすれ、佐和紀がのけぞる。さらけだした喉元に手指を這わせ、もう片方の腕で片膝をすくいあげた。片足を上げさせた変則的な立ちバックで突く。

「あ、あっ……。やだ、そ、こっ……」

　周平に絡みついてうごめく肉の襞は、行為に慣れてしどけない。心よりも先に、いつだって身体が快感に従う。

「……ここ？」

　わざと優しくささやいて、同じ場所を突く。

「ん……はっ……ぁ」

　甘い声を聞くと、周平の胸の奥がきしんだ。佐和紀への愛情が身体中に溢れていき、なにもかもが輪郭を失う。美園に聞かせるとか、他人のセックスで佐和紀を興奮させてみたいとか、歪んだ性欲が弾け飛ぶ。

「おまえは気持ちよさそうに声を出すよな……。どれだけ俺を興奮させてるか、知ってるだろう。こんなにガチガチにさせて。おまえ以外じゃ射精もできない」

「ん、ん……」

「声が聞きたい」

ねだってみたが、佐和紀はふるふると首を振る。

周平は無理強いしなかった。ゆっくりと腰を使い、内壁をこすりながら引き、抜けるぎりぎりから奥まで戻る。正常位でするのとは違う動きと角度だ。

美園たちの息遣いが遠いBGMになり、周平は自分の鼓動が高く、速くなるのを感じた。

佐和紀の腰は艶めかしくよじれ、ねっとりと濡れた穴が波を打つようにうねる。

美園の話し声がぼそぼそと聞こえ、嫌がっている真幸がすすり泣く。しかし、本音は裏腹だ。ひときわ大きな嬌声《きょうせい》が響き、テーブルがガタガタと音を立てる。

それは佐和紀の耳にも聞こえているだろう。

棚に摑まった身体が、にわかに緊張して、息が震える。ふたりの激しさを、自分たちのセックスと重ねたことは明白だ。

切羽詰まった声で美園を呼ぶ真幸は、いつもの口調ではなかった。関西弁に戻り、快感を訴え始める。

「おまえの声を聞きながら、腰を使いたい……」

そうでなければ、美園と真幸のセックスを聞きながらのフィニッシュになる。

言わんとしたことに気づいた佐和紀が小さく唸り、周平はパジャマの裾に手を入れた。布地をたくしあげ、引き締まった背筋を撫でる。

肩越しに振り向こうとした佐和紀の眉は、恨みがましげに吊りあがっていた。

早朝の湖のように冴《さ》え冴《ざ》えとした美しさが、周平を夢見心地にさせる。

汚すことを忘れ、奉仕と献身のために腰を進めた。佐和紀の好きなストロークで穿《うが》ち、柔らかなリズムを繰り返す。

入れ墨が疼くような痺れが背中を駆けあがり、佐和紀とのセックスでしか感じたことのない快楽が、興奮剤のように神経を高ぶらせる。

「あっ、ぁ……。それ、だめ……っ」

くぐもった声で佐和紀は拒んだ。汗でしっとりと濡れた背中が、丸まったり伸びあがったりとせわしない。

「しゅう、へ……っ。あっ！」

のけぞった佐和紀は、戸棚に這わせた手で拳を握る。中イキした身体が小刻みに震え、引きつる息が途切れた。

胸に腕を回した周平は、首を捕らえる。撫であげ、指でくちびるを割った。

「ふ……っ、ん」

舌を探して口の中をかき回すと、指に吸いつかれた。舌が絡んできて、唾液が溢れる。ちゅぱちゅぱと音が鳴るほど吸われ、周平の腰はぶるっと震えた。

あやうく持っていかれそうになって、奥歯を噛む。

これ以上は我慢が利かず、佐和紀を激しく突きあげる。

「ん！　んっ……！　はっ……あ、っ……あっ！」

周平の指を必死になってしゃぶりながら、佐和紀は快楽に落ちていく。理性の薄皮を丁寧に剝いだ周平は、もう手加減をしなかった。そんな余裕もない。

佐和紀がすがっている食器棚は立派なものだが、ふたりの動きに揺らされ、中の食器がカチャカチャと音を立てる。

「うっ、んっ、んっ……あぁ！　あっ、いい……っ」

佐和紀がたまらずに叫び、先ほどまでとは比べものにならないほど強く周平を締めあげる。

「突いて……」

薄闇の中に消え入りそうな声は、泣いているように聞こえた。周平はとっさに佐和紀のくちびるを押さえる。

あれほど声を出せと言っておきながら、ここぞと感じている官能的な喘ぎは自分だけのものだ。周平が動きやすいように、上半身を伏せて腰を突き出した佐和紀は、ラストスパートの激しさに息を乱した。くちびるを自分の腕に押しつけて声を隠す。

美園たちも終わろうとしているのがわかった。真幸の声も封じられ、喘ぎはかすれたように遠くになる。

「んっ、んっ……んっ……」

感じている佐和紀の背中に寄り添い、ひそやかにこらえた喘ぎに聞き入り、なおも責め、頭の芯《しん》が焦げつくような興奮を佐和紀にぶつける。

同時にパジャマのボタンを手探りではずし、剝き出しの肩へむしゃぶりついた。

「あっ、ん！　……んっ！」

周平を包んだ襞がきゅうっと狭くなり、たまらずに腰を振る。深く差し込んだ性器がしごかれ、熱が弾ける。勢いよく飛び出していく濁流が、佐和紀を乱した。

「あ、あっ。い、く……っ」

声がけだるくかすれ、甘く尾を引く。佐和紀は身悶《みもだ》えるように、背中をよじらせる。

繫がりを抜いた周平は、力の抜ける瞬間の身体を支えた。引き抜いた勢いと同時に、ぼたぼたと体液がこぼれ落ちる。まだぱっくりと開いている場所に指を這わせて、閉じきる前にかき出した。

自分の衣服を整え、息をするのがやっとの佐和紀を横抱きに持ちあげる。

「先に風呂を使うからな」

まだ続けている美園たちに声をかける。

「……続けるなら、リビングのソファにしてやれ」

ダイニングを出る前に付け加え、反応は待たず、廊下へ出る。

すべての始末は明日のことだ。佐和紀が起きる前に済ませてしまえばいい。

「……やだって、言った……」

首にしがみついていた佐和紀が泣き出しそうな声で訴えてくる。

「悪かったよ」

気持ちよかったからいいだろう、とは言えなかった。怒られることなら百も承知だ。反省もしている。苦い罪悪感が胸に満ちて、自分の性欲の歪みを申し訳なく思う。

「癖になったら、どうするんだよ」

シャワーの中でがぶりと肩に噛みつかれ、周平は痛みをこらえてうなずいた。それはそれで困る話だ。

「悪かった。これきりにする」

素直に謝ると、佐和紀はぎゅっとしがみついてきた。

「そのうち、相手を取り替えたりすることになるんだぞ。……おまえが、ほかの……嫌だ」

いつまで経っても、佐和紀は純真だ。愛情いっぱいに拗ねる嫁を腕で抱きくるむ。肌と肌が触れて、幸せが胸に募る。

「……ほかのヤツに抱かれてる俺が見たくなったら、言って……」

潤んだ瞳が周平を見た。

これ以上に猛省を促す言葉はない。胃がカッと熱くなり、周平はたまらず、佐和紀をかき抱いた。

「そんな日は来ない」

傷つけるつもりはなかった。そう思いながら答えた声に対し、佐和紀の瞳が鈍く光る。

「そんときは、ぶん殴ってやるから」

ちょっと殴るというニュアンスではなかった。

傷ついて泣き伏せる嫁じゃない。

周平の好奇心に深々と刺されたのは、太い五寸釘《ごすんくぎ》だ。

シャレにならないと気づき、ぞわぞわと肌がざわめく。周平は、不穏な顔つきの佐和紀を優しく優しく抱き寄せた。

もう怒らせてはいけない。これがリミットだ。

本能がけたたましくサイレンを鳴らし、周平は腕の中の男をなだめ、機嫌を取ることに気持ちのすべてを傾けた。

＊＊＊

鳥の鳴き声で目が覚めて、頬に当たる周平の温かさへにじり寄る。肩にもたれて二度寝した。

だから佐和紀は、昨晩のことを夢だと思う。

美園と真幸の仲を心配しすぎたせいで、あんなにいやらしい夢を見てしまったと、自己嫌悪さえ感じて起きあがる。

隣の周平を揺すったが、まだ起きる気はないらしい。規則正しい寝息を繰り返しながらも手首を摑まれ、とっさに身の危険を感じた。

引きずり込まれたら最後だ。腹をすかせた大蛇はぱっちり目を覚まして、佐和紀の内側を舐め尽くすまで静まらない。危ない危ないと繰り返しながら逃げて、身支度のために階下の洗面所へ入った。顔を洗って歯を磨く。

すっきりして廊下へ出たのと、ダイニングルームから真幸が出てきたのはちょうど同じだった。お互いにまだパジャマ姿だ。ただし、真幸はズボンを穿《は》いていない。

「あっ！」

真幸が叫んだ。朝の挨拶《あいさつ》をしようとした佐和紀は驚き、直後にあとずさる。

ふたりはリビングで朝を迎えたのだと気づき、その理由にも思い至った。現場に踏み込んだような羞恥で声が出ず、身体中がカッと熱くなる。

そして真っ赤になったのは、佐和紀だけでなく、真幸も同じだ。

夢ではなかったと慌てふためいた佐和紀は、踵《きびす》を返す。階段を駆けあがる途中で振り向いた。

「悪いのは、あいつらだ！」

真幸に向かって叫び、その場にスリッパを脱ぎ散らかして寝室へ飛び込んだ。

怒鳴り散らしてやろうとして睨みつけた周平は、まだ夢の中だ。どんな夢を見ているかなんて、叩き起こさなくてもわかる。

凜々しい寝顔を睨みつけ、ごくりと息を呑んだ。顔を背ける。

動悸《どうき》が収まらない。

周平を叩き起こす勇気もなく、昨日のうちから吊るしておいた絽《ろ》の着物に着替えた。

佐和紀の好みに合わせて作った草木染めで、二着のうちの一着だ。

どちらもグラデーションが美しい。今日の一着は、濃い青に紫がかかり、裾に向かって赤みを増す明けの空。

もう一着は、緑が基調のグラデーションだ。軽井沢は青葉の季節だから避けた。

どちらも繊細な手仕事の逸品だった。

麻の襦袢の上に羽織り、佐和紀はくちびるを噛む。羞恥が引かず、まだ落ち着かない。しじらの兵児帯を腰に巻く。紺地に多色細縞。背中心からずらして小さなリボンに結び、ひらひらしている部分をくぐらせてかぶせる。

振り向くと、周平は起きていた。

パジャマの上着を着ていないのは、昨晩汚したせいだ。

そう思うと、また羞恥に苛まれる。怒りも沸き起こり、感情は千々に乱れていく。

なのに、やはりダメだった。寝起きの顔にかけた眼鏡越しに見つめられ、微笑まれるだけで愛情を感じてしまう。

怒っているはずの心が揺れ、つんと顔を背けた。

「腹が減ったんだけど！　食べに行く約束だろ！」

不機嫌な声でつんけん言って、佐和紀は寝室を出た。また階下へ下り、風呂場を覗いた。脱衣かごにはふたり分のパジャマ。そしてシャワーの音がしている。

耳を澄ます気にはなれなかった。

昨日だって、見るつもりはなかったのだ。本当に、驚いて動けなかっただけだった。そこへ、まるでタイミングを計ったかのように周平が現れ、あんなことになってしまった。

「ホテルの朝飯！　行くんだからな！」

浴室に向かって、返事が聞こえるまで声を張りあげる。

美園が「すぐに出る」と返事をして、佐和紀はハタと気がつく。

こういうことになると、周平はわかっていたはずだ。

広い別荘ならまだしも、こんな狭さではどこでしたって、相手にばれる。

佐和紀がそれを良しとしたのは、もしかしたらケンカになるかもしれない美園と真幸のためであり、ふたりのセックスを確認したいと言ったのは冗談だ。

そんなこと、本気で考えたことはない。格好だけのことだ。

ふたりが会ってケンカしないか。美園が手をあげないか。真幸が嫌になって逃げないか。

そんなことを心配して、周平の手前、偉そうにセックスだなんだと言ったに過ぎない。

そこに、つけこまれた。

だから、朝食はどこかのホテルのモーニングにすると、周平は初めから段取りを組んでいたのだろう。あわよくば、他人のセックスをBGMに、嫌がる佐和紀を抱こうと考えていたに違いない。

やりかねない旦那だ。だいたい、初めから、見せてやればいいとかそんなことばかりを冗談めかして口にしていた。

むかっ腹が立ち、佐和紀はダイニングに走った。置いてある電話の子機を掴んで、テラスへ出る。

岡村の携帯電話の番号を、叩き打つ。

『どうしましたか』

驚いたような、それでいて、嬉しそうな声で問われ、

「むかつく！　むかつく！　むかつく！」

佐和紀はそれだけをひたすら繰り返した。


結局、岡村に聞かせたのはそれだけだ。具体的な話は口が裂けても言いたくない。

電話を切り、煙草を吸って待っていると、佐和紀の不機嫌を察した三人は、いそいそと支度を済ませてきた。誰にも挨拶せず、佐和紀は終始無言で後部座席へ座る。

四人の移動用にと、管理人が用意しておいてくれたセダンだ。

運転するのは周平で、助手席は美園。佐和紀は真幸をそばから離さず、老舗《しにせ》ホテルのレストランへ入った。予約を入れてあるのか、スムーズに通される。モーニングの時間は終わり、早めのランチタイムが始まっている。

席について早々、佐和紀は美園を引っ張り出した。

どうしても一服しないと気が済まない。イライラしながら、離れた場所にある喫煙ルームへ入り、美園の煙草をもらった。

「なんか言えば？」

ライターを奪い取り、火をつける。

荒く煙を吐き出し、強く吸い込みすぎて辛くなった煙に顔を歪める。イラついて吸う煙草は最低だ。なにひとつ、おいしくない。

草履で床をリズミカルに叩くと、美園は苦み走った顔を背けて煙草に火をつける。満足げに吐き出した煙に腹が立ち、思わずむこうずねを蹴ってしまう。

痛みをこらえながらも黙って身を引いた美園は、目を丸くする。そして笑い出した。

「怒りすぎやないか？　あんなん、あいつとおったら、しょっちゅうやろ」

「んなわけあるか！」

「はー、さよでっか。箱入り嫁やな。お幸せなことで」

立て板に水の勢いでまくし立てた美園が一番幸せそうだ。頬はゆるみ、こころなしか、つやつやしているようにも見える。

「てっきり、心配して焚きつけてくれたもんやと」

「優しくしてやっただろうな、真幸……」

「そりゃもう、あんたらが手本を見せてくれたしな。あのあとが……」

美園は視線をそらし、こらえきれないように、やにさがる。

「連れて帰るなよ」

佐和紀はため息をついた。美園は笑顔を引っ込めて真顔になる。薄手のジャケットの襟を指でしごいた。

「よう、わかってる。あんたに任せたんは正解やった。あんなに落ち着いた真幸を見るんは、久しぶりや。しばらくでもええんや。あいつが安らげる場所があるなら、離れて見守るぐらい……」

「強がりだな」

煙草の灰を落とし、佐和紀は薄く笑った。ほんの少しかわいそうになったが、美園の決意は本物だとわかる。

「今度は横浜で会うといいよ。二晩居続けるぐらい、組長さんでもできるだろ」

「できればええけどなぁ」

笑いながら言った美園は眉をひそめ、静かに煙草を吸った。

「うちのも腰が据わらん男やけど、あんたも、そうやってるのは性に合わんタイプ違うか。どうや。ここいらで、遠征でもせえへんか」

個室に入っているのに、美園は声をひそめた。ふたり以外、客はいない。

「いまの横浜とはちごうて、関西はスリルだらけや。楽しむんやったら、いまやぞ」

「……周平に聞かれたら、背中を刺されるよ」

「あいつはどてっ腹に撃ち込んでくるタイプや。そやけど、冗談言うてるんやない。あんたはそうやって、きれいな着物《べべ》着て笑ってるのもええけど、身体の中に流れてる血ぃは囲われもんのソレちゃうやろ。惚れた弱みで付きおうてやるのは結構やけどな。男としての、切った張ったの旬《しゅん》は長《なご》うない。……真幸はその旬をたっぷり暴れまわってきたんや。やるだけやったと思うから、落ち着く気ぃにもなったんやろ。心底、俺がかわいそうになったんか、しれんけどな」

「ノロケだろ。それ」

「そうや。どんと構えてこらえた分は、これからちょっとずつ返してもらう。それでええ。俺みたいな男には、小出しのほうがありがたみがある」

「……優しいね」

周平とは違う優しさが、美園にはある。言葉や行動は乱暴でも、見るべきところを直視する強さがある。

「自分がおらんと、岩下が心配なんか？」

「俺を男として買ってくれるのは嬉しいけど、嫁としての旬もある……」

「結婚して何年になる？」

「五年目」

「ほんまか。もっと新婚やと思い込んどったわ。三年の山も越えたんなら、五年も十年も変わらんやろ。時勢なんか、その間にぐるっと変わってしまうで。……まぁ、考えてみたらどうや。五年甘やかしてやった分、一年でも自分のやりたいことやって、それで戻ったらまた五年や。それで目移りする旦那やったら、焼き殺してしまえ。そんなもん。しょうもない」

「過激派かよ」

「真幸の口癖や。あいつは、しょうもないもんが大嫌いやからな」

「あんたたちお似合いだよ」

「知ってる」

美園は断言する。

「そやから、ぶつかるんや。まぁ、そろそろ若うなくなるしな。関西のドタバタが済めば、いろいろ落ち着く。そやから、しばらくは頼むわ」

「俺がそっちへ行ったら、真幸は……」

「岩下が面倒見てくれるやろ」

「違う意味で見たらどうすんの」

「そんときは、あんたが八つ裂きにするやろ」

「まぁ、そうか……うん」

「俺から岩下に、あんたを貸してくれとは言えんしな。遊んでみたくなったら、おいでや。道元も待ってるで」

「あー、いらない。あれはめんどくさい」

佐和紀が答えると、美園は苦み走った目元に笑みを浮かべた。

「うちやったら、そないに危ないこともない。ドンパチあったら駆けつけて、軒並み殴ってくれたらええ。小競り合いはようけあるんや」

「こっちはないの？」

親指と人差し指を銃の形にしてみせると、美園はにやりと笑う。

「あれはだいたい脅しに使うんや。ほんまに撃つんは、リスクが高いからな。撃ちそうなアホとはケンカせぇへん」

「……ふぅん」

気のない返事をして、佐和紀は最後のひとくちを吸った。ケンカの話で気が削《そ》がれて、恥ずかしさも憤りも落ち着いてくる。

「それでもさ。真幸がいないとさびしかっただろ？」

「あいつはな、ある日、ふらっといなくなるからや」

美園はうつむいて煙草を消した。当時の孤独を思い出しているのだろう。いかつい顔に寂しさが映り、男振りがぐんとあがる。

「そろそろ戻ろか」

佐和紀の指からも煙草を引き抜いた美園に促される。笑顔でうなずき返した。

心に傷のある男の仕草はいつも優しい。

そして痺れるほどの繊細さを隠している。

周平の色っぽい横顔を思い出し、佐和紀はそっと、自分のくちびるを指で拭った。

＊＊＊

美園を佐和紀に奪われた真幸は、おとなしくテラス席に座っている。四角いテーブルは外に向いて斜めに置かれ、周平は上座にいる。目の前が真幸だ。

落ち着いた横顔は、愛情で満たされていた。不安や戸惑いは、微塵《みじん》も感じられない。

佐和紀が努力した結果だと思い、周平はほんのわずかに目を細める。

「あの……すみません。あんなところで始めてしまったばっかりに……。ご迷惑をおかけしました」

深々と頭をさげられ、周平は苦々しく笑う。

「その分、いい思いもさせてもらった。損はしてない。……機嫌ならすぐに直る」

怒っている顔もきれいだと思うからなおさら問題なかった。

「俺を受け入れてくれて、ありがとうございました」

背筋を伸ばした真幸は、ナチュラルな生成り色のシャツを着ている。平凡な顔立ちによく似合っていた。町工場にいそうなタイプだ。ガテン系の後輩に囲まれて四苦八苦しながらも、なんとか毎日を生きている。趣味はギターを弾くことで恋人もいない。

そこまで想像して、周平は視線をテラスの外へ向けた。

透き通るような緑の葉が重なり合い、高原の爽やかな気配がする。

混み合う前のレストランは、居心地もよかった。

「佐和紀の頼みだ。断るわけがない。……それも計算の上のことだろう」

静かに問いかけると、真幸はまっすぐに見つめ返してくる。互いの表情ひとつで言葉の意味が変わってしまう。それを、真幸も知っているのだと直感した。

だから、答えは聞くまでもない。周平の投げた言葉の通りだ。

「おまえのことは、どこからも聞かれていない。どこだと聞く気もない」

周平の言葉に、真幸は表情ひとつ変えなかった。

「俺も、知る気はありません」

静かに答える。

「賢明だな」

「やっぱりご存じだったんですね。なにもかも」

「知らないよ。いまも言っただろう。ただ、おまえみたいな人間は足抜けできない」

ヤクザと違ってルールがない世界だ。一度でも内情を知れば、死ぬまで秘密を抱え続けなければならない。

「前回が大きなヤマだったので、しばらく『眠る』必要があります」

「また出るのか。……美園はどうする」

「少なくともあの人の立ち位置が確定するまでは居られます。あとは上の指示次第です」

「……ずいぶんと厄介なことになったもんだな。出会ったときは、花屋の店員だったじゃないか」

「岩下さんだって、下半身が服を着てるような男でしたよ」

「お互いに若かったわけだ」

「十年ひと昔と言いますから」

真幸は静かに微笑んだ。組織に利用されている下っ端の表情ではない。それなりに裁量を与えられているのだろう。

上からの指示に、意見を返すこともできる立場かもしれない。だから、『スリーパー』として身を隠す場所も一任されていたのだ。

「俺の保護下へ入ったのは、美園のためなんだろう。そこだけは、はっきりさせてくれ」

「佐和紀さんを利用したのは、成り行きで……」

「そうじゃない。おまえにとって美園はなんだ」

周平にとっては悪友のひとりだ。この十年間の苦しみが報われて欲しいという想いもある。そうでなければ、寛大さを見せる男の立場がない。

「……関係を終わらせないために、俺も苦労したんですよ。ただの公安の犬ならよかったんですけどね。うっかり沼に足を突っ込んでしまって。美園を裏切って別れることができたら、それ以上傷つけないことは知ってました。でも、関係を終わらせたくなかったんです。……あの人なら、俺のために傷ついてくれると、信じていたかったんでしょうね」

「……やり遂げたわけか」

「探してくれるなと頼めばその通りにしてくれたし、俺の行き先には口を出さなかった。もしも勝手なことをされていたら、あの人が危ないということも……わかってはいたんですけど」

事情を理解できる周平相手だから話すのだろう。ときどき眉を引き絞り、当時の苦しみをなぞるように息を吐く。

「おまえは美園を信じて、美園もおまえを信じたわけだ」

「はい」

こっくりとうなずいた真幸はくすぐったそうに身をよじった。はにかんで笑い、くちびるを軽く噛みしめる。

「岩下さん。あなたが俺を公安に売ったことは、墓まで持っていきます。美園には、嘘をついてでも」

笑いながら顔をそらし、真幸はふぅっと息をつく。

周平は素知らぬふりで、自分の袖のボタンを確かめる。そのことについては言及を避けた。

昔の話だ。美園に請われて大阪で暮らし始めた真幸が公安に目をつけられたのは、周平が仲間内にリークしたからだった。

しかし、関《かか》わったことは明言できない。

「佐和紀さんは、記憶を取り戻してるように思います」

ふいに言われ、周平は動きを止めた。

「なにを根拠に……」

「俺といた頃の記憶じゃないですよ。あれは幼すぎて、覚えているほうがどうかしている。母親の事故の前後でしょうか。……それも、母親の正体には繋がらないと思いますけど。俺なりに考えてみたんですが、佐和紀さんの祖母はどこかの組織のスパイで、出入りしていた祖母の恋人が伝達係でしょう。なにか仕事をしていたというよりは、逃亡生活を送っていたと考えるのがいい」

「……美園とセックスをしたから、そんなによく舌が回るのか」

「あんなにストレートに、互いの愛情が通じ合ったことは回数がないので、ちょっと気分が高揚しているかもしれません」

「これからは毎回だろう」

「おふたりがいなくても、そうだといいんですけど」

真幸は不安そうに眉をひそめた。

「そこはおまえも努力しろ」

笑って答えた周平に向かって、今度は肩をすくめる。

「……ひどくされるほうが得意なんですよ」

「そのくせ、優しくされるのが好きだろ。そう言っておいてやるよ」

「やめてください。夜の感想を話したなんて知られたら、恥ずかしくて、また素直になれない」

「……それなりに働くつもりで、口を滑らせてるんだろうな」

「匿ってもらっているお礼ぐらいにはなると思います」

真幸には二面性がある。

彼の仕事がそうさせるのか、元からそうだったのかは、周平の知るところではない。ただ、本当の姿があるとしたら、それは美園だけが知るのだろう。

十年経ってようやく、ふたりは愛人関係からたわいもない恋人同士になろうとしている。

組んだ膝の上に手を置き、周平は目の前の男に声をかけた。自分の保護下に入った理由が、もうひとつ思い当たる。

「真幸。美園が佐和紀を欲しがってるんだろう」

「言い方が悪いです。必要としていると言ってください。あなたの奥さんは『核弾頭』ですからね。いわゆるリーサルウェポンになれるタイプだ」

だから代わりに、真幸は自分から周平に正体を明かしたのだ。利用されてやる代わりに、佐和紀を貸し出せとでも言うつもりかと身構える。

「佐和紀さんが、望んだら、ですよ」

真幸はまっすぐに周平を見つめてくる。

「あの人は意志が強い。よっぽどのことがない限り、あなたの隣から離れないでしょう」

「おまえみたいなケガはさせられない」

「男の生きざまに、誰が口を出せるんですか」

自分をひ弱に見せかけるのに長けた男は、周平の一言を嘲笑《あざわら》って、首を傾げる。

「焚きつけるなよ。あいつは火がつきやすい」

「それは昨晩、拝見しました」

さらりと言われ、周平は真顔になる。

言い返そうとする前に佐和紀たちが戻ってきた。ふたりの話もそこまでだ。

「……周平。ちょっとぐらい気を使って、楽しい会話とかしてやってよ」

ふたりがだんまりを続けていたと思っている佐和紀は、真幸を心配して席につく。

「昨日の夜の感想なら聞いた」

そう答えると、真幸が動揺した。カトラリーが雪崩《なだれ》をうってテーブルから落ち、ウェイターがさっと近づいてくる。

「……聞くまでもないのに」

左隣に座った佐和紀は頬杖をつく。

周平がその手首に指を伸ばすと、反対側の手が伸びてきて応える。頬杖をほどいた佐和紀は柔らかく微笑み、身体を傾けた。

「俺は気持ちのいいセックスを知ってる。あの声も、そういう声だった」

顔を近づけた周平のくちびるに目がけ、ふっといたずらな息を吹きかける。煙草の匂いだ。握り合う手を変えてテーブルに置いた。

機嫌を直したばかりの佐和紀は、いつもよりずっと妖艶《ようえん》だ。なのにからりと爽やかで、避暑地に吹く風のような雰囲気がある。

美園は真幸を眺め、真幸はそれが恥ずかしいと言いたげに、ちらりと視線を返す。周平に対しては強気だが、惚れた男の前では猫をかぶりたがる。

喉元をくすぐるようにかわいがられたいのに、実際にされるとパニックになってしまうのだ。それをうまくあやすことのできなかった美園は、いまになってようやく落ち着きを持って向かい合っている。

周平は、佐和紀の耳元へくちびるを寄せた。

「おまえは、気持ちよかったのか」

問いかけると、耳を貸していた佐和紀が肩を揺すって笑う。そして身を離す。

「聞くまでもないのに」

艶然と微笑んで答えた。それをうっかり見てしまったウェイターの手元が狂う。

周平はとっさに、傾く皿を支えた。

8

窓際のカウンター席に座った佐和紀は、ぼんやりと空を見た。久しぶりの雨雲が視界を覆っている。まだ夕暮れにもなっていないのに、外は薄暗い。店内の空気も湿っていたが、若者向けのカフェバーはにぎやかだ。

肘をついた手に煙草を挟み、顔を近づけて吸う。木綿の浴衣はインディゴブルーで、黒い七宝柄の角帯を巻いている。色味が地味なら、それほど悪目立ちもしない。どちらかといえば、かっちりとしたスーツ姿の岡村のほうが目立っている。

日に日に洗練されていくのは、仕事で揉まれているからだ。

どこまでいくのかと思いながら、にやにや笑って眺めているだけは気が楽でいい。途中でつぶれる男でもないと、わかっているからなおさらだ。

「知世と実家の関係は、よくないですね」

身体を斜めに開いて佐和紀へ向く。岡村も煙草を吸っている。

手元にあるのはコーヒーだ。

「やっぱり兄貴がダメなのか」

佐和紀は手元のビールを飲みながら聞く。話の中心になっている知世は、大学の日だ。

「頭が弱いだけなら、いいんでしょうが……。嫉妬深くて欲深いタイプです。知世が楽しくやっているのが、気に食わないようで。最近は周りにも愚痴をこぼしています」

「……大滝組でぼろ雑巾《ぞうきん》になっていれば、満足なのかよ」

「おそらくは。そうなればそうなったで、金をせびってくると思いますが」

「ある意味、根性あるよな。すごいヤクザ向き」

思わず笑ってしまう。

「引き剝がして、それで済めばいいけど……。縁を切らせて、それで終わる話？」

「知世をどこかの組に押し込みますか。直系本家の盃は、さすがに無理ですが。手は出せなくなります」

「周平は？」

「兄弟盃になりますから、効力が薄いですね。子分にしてもらったほうがいい」

「……うち？」

こおろぎ組の名前が脳裏をよぎる。組が小さすぎると思ったが、それ以前の問題だ。佐和紀は乗り気になれなかった。

「あいつは、こっちに来ないほうがいい。実家がどうであれ、カタギの暮らしができるだろう」

「面倒を見てやらないんですか」

「前途有望な若者だろ。普通の仕事でやっていけるヤツだ」

「佐和紀さんの世話係がまたいなくなりますね」

「俺もこの生活には慣れた。運転手さえいれば困らないよ」

「……そうですか……」

佐和紀の話に合わせてあいづちを打っているが、岡村は不本意そうだ。眉間《みけん》が曇る。

「だめ？」

「周りは迷惑しますよ。いまから目星をつけておきます」

「あ、っそう。シンちゃん、過保護」

「なんとでも言ってください。知世の今後は、本人に伝えていいですか」

「うん、そうしてやって。一緒にいる分にはいいけど、ヤクザにはしたくない」

「わかりました。説得できるかどうか」

「俺が言って聞けばいいけど……。あいつは、おまえが好きだから」

含みのある言い方をして、佐和紀は灰皿へ煙草を置いた。

岡村が困ったように黙り込む。言葉を探しあぐねる沈黙が流れた。

「佐和紀さん、ここにいた」

ふたりの間にふっと手が伸び、岡村がとっさに振り向く。佐和紀に触れようとする手首を摑んでひねりあげる。驚いた佐和紀が相手を殴るよりも早く動くのは、もはや習性だ。

そこにいたのは、VネックのTシャツにジーンズを穿いた背の高い青年だ。もう会うこともないと思っていた直登だった。

「離してやってくれ」

佐和紀が言うと、岡村は警戒を解かずに直登の腕から手を離す。

「……会いに来てくれると思って待ってたんだけど、連絡先を言うのも忘れてたと思い出して」

ひっそりと話す直登は、はにかみを浮かべる。

会わないでいられるはずがない。自分がしたことを思えば。

そんなことが佐和紀の脳裏をよぎる。

直登は、自分を睨んでいる岡村の視線を気にして落ち着かない。怯《おび》えているのかと思ったが、そうではなかった。

岡村以上に鋭く警戒しているのだ。

一ヶ月ほど前に会ったきりだったが、直登との会話はうすぼんやりと思い出せる。

周平から救ってやると言われたのだ。本気で考えているのだろう。

「少し、話せませんか？」

囚われ人を憐《あわ》れむような目を向けられ、佐和紀は居心地悪く岡村を見た。

「この近くに公園があるから。そこで、少し……」

直登が言う。時間がかからないことをアピールしているのは、岡村を牽制《けんせい》するためだ。

佐和紀はするりとイスから下りた。

「知り合いだから心配いらない。あとで来てくれ」

「……なにを言ってるんですか。一緒に行きます」

店は先払い制だから、そのまま三人で外へ出る。

徒歩で二分ほどの場所に、広めの児童公園があった。遊具がいくつか設置されていて、砂場はないが、すべり台とブランコが置いてある。

「ここで待っています」

公園の入り口で、岡村から傘を渡された。ぽつぽつと小雨が降り始めている。

ブランコの柵《さく》へ向かう直登を追っていく。先に口を開いたのは直登だった。

「少し、忙しくて。ごめんね、忘れていたわけじゃないんだよ」

前と同じように、佐和紀を無視して話す。口調の柔らかさに騙されるが、まるでひとり芝居だ。

「……直登。俺は望んでないから」

「言わされているんでしょう。あの男に」

言葉が示しているのは周平だ。佐和紀は降り出した雨に傘を開き、背の高い直登にも差しかける。

「そうじゃない。わかってくれ。あの頃の俺は、もうどこにもいない」

「兄が、死んだようにですか」

傘を奪うように持った直登は、自分が濡れるのはかまわず、佐和紀を雨からかばう。

「ダメですよ。そんなことは理由にならない。佐和紀さん、忘れていないでしょう？　俺たち、家族だったじゃないですか」

それはまやかしだと、口にできなかった。子どものごっこ遊びでしかないと告げるには、直登は真剣すぎる。

この男の心は、時間を止めているのではないかと思った。身体は大人になっているが、心は成長していない。

とっさに危機感を覚え、佐和紀は身を引いた。直登が踏み込んでくる。

もう会うこともないと思ったのは、会いたくなかったからだ。忘れたはずの罪が突きつけられる。身を切られるよりも苦しく痛い現実だった。

「家族なのに、また見捨てるんですか。佐和紀さんにとって、家族はその程度のモノですか。俺は、ずっと、いまでも……」

雨脚が強くなり、岡村が近づいてくるのが見えた。

腕を摑もうとする直登の手を振り払ったが、逃げ切れずに袖が摑まれる。傘が大きく傾いで、濡れた土の上に転がり落ちる。

「あんたはわかってない！」

直登が激昂《げっこう》した。岡村がふたりの間に飛び込んできて、佐和紀を背にかばう。

引きちぎられた袖が、直登の手に残る。雨が強く降り、佐和紀は顔を歪めた。

雨に濡れた直登はなおも叫ぶ。

「あんたが戻ってくると言ったから！　だから、あいつは耐えたんだ！　どんな目に遭ったか、知ってるだろう！　あんたと俺は知ってる！　大人が、信じなくても！」

「話はここまでだ！」

岡村が負けじと叫んだ。

「これが話をする状況なのか！」

ちぎられた佐和紀の袖を取り戻したが、直登も負けじと両手で引っ張った。ふたりが揉み合いになるのを避け、佐和紀は岡村の腕を引いた。

止めながら、直登に向かって声を張りあげる。

「守れないほど子どもだったことは謝る！　あの頃のことは、いくらでも謝る。でも、いまはもう無理だ。それに対して、謝る気はない！」

胸が痛んだ。佐和紀の中にも、直登と同じように、止まった時間がある。

それに気づかされて込みあげた涙は、雨に溶ける。

誰もが頭からびしょ濡れになっていたが、傘を拾いに行かなかった。

岡村は片腕を佐和紀の前に伸ばし、少しでも退《ど》かせようとする。

「俺を、見捨てるのか……」

直登の声はぶるぶると震えた。歪んだ表情を、雨か涙かわからない雫《しずく》が伝う。

「いまのあんたなら俺を見捨てないと思ってた。少しは、あの日を、後悔しているなら」

「なにが、できたんだ」

つぶやいた佐和紀を、直登は恨みがましい目で睨んだ。

「どうして警察に行ってくれなかった。あのまま、警察を呼んでくれたら……。あの日のことは止められたのに！」

佐和紀の袖を両手に握りしめ、直登は全身をぶるぶると震わせる。怒りと悲しみが、彼の中に溢れていくのが見えた。

そして、行き場のない激情が佐和紀に向かい、救いを求めている。

「……聞くことはない。行きましょう」

岡村が佐和紀の腕を引く。よろけるように歩き出すと、追おうとした直登が足をもつれさせた。水を跳ね、その場に倒れ込む。直登は子どものように声をあげて泣き出した。

驚きとともに後ろ髪を引かれ、足を止めて振り向く。

「佐和紀さん！」

岡村が鋭く声を響かせた。有無を言わせぬ勢いで肩を抱かれ、公園から強引に連れ出される。佐和紀は、何度か、腕を振りほどこうとした。

あの日の後悔が苦くよみがえり、交番の前を何度も行ったり来たりしたことを思い出す。しかし、警察を頼ることはできなかった。自分の素性を知られる可能性があるところへは近づけない。それは、本能に植えつけられた約束ごとだった。

それが、言い訳になるだろうか。

大志を見捨てたことを、自分はこんなにも悔いている。あの日のことはすべて間違いだったと、そう思っているのだ。

コインパーキングに置いた車まで戻ると、岡村は佐和紀を車の後部座席へ押し込み、トランクに乗せてあったバスタオルで包んだ。

事情は聞かず、運転席に乗り込んで濡れたジャケットを脱ぐ。中のシャツまでびしょ濡れになっていたが、自分のことはかまわずに車を出した。

呆然《ぼうぜん》としている佐和紀を気にしながら車を走らせ、着いたのは、岡村の新しいマンションだ。

駐車場には知世がいた。公園で待つ間に連絡したのだろう。考えることを放棄した佐和紀は左右から支えられる。

それでも歩けず、岡村に抱えられるようにして、風呂場まで連れていかれる。

Tシャツと下着だけになった知世が岡村に替わり、佐和紀の着物を脱がせた。ふたりで浴室へ入り、熱いシャワーを浴びた。

「……あの男ですか。西本、直登」

名前を聞いただけで涙が出た。悲しくてたまらない。

彼はまだほんの子どもだった。一緒に連れていってくれとしがみついてくるのを、振りほどいて逃げたのだ。蹴り飛ばしたかもしれないし、殴ったかもしれない。

もしも佐和紀が普通の子どもだったなら、彼を連れて警察へ飛び込めた。しかし、許されたのは逃げることだけだ。逃げて逃げて逃げて、ただ生き延びる。

それしか頭にはなかった。

「佐和紀さん……」

直登の名前を口に出した後悔で、知世がうなだれる。それでも、冷えきった佐和紀にシャワーをかけ続けた。

「だいじょうぶ……」

口にしたのは惰性だ。佐和紀は自分に言い聞かせ、心でも繰り返す。

浴室を出て、服ぐらいは自分で着ようとしたが無理だった。放心状態の佐和紀は、立つとめまいで倒れそうになる。

知世が風呂場用のイスを拭《ふ》いて脱衣所へ出した。座ったままで服を着せられる。

真新しいトレーナーとズボンは、どちらも上質の柔らかな生地だ。知世もトレーナーとズボンに着替え、佐和紀の髪を簡単に乾かしてから岡村を呼んだ。

ふたりに支えられて、ベッドまで連れていかれる。

岡村はシーツを替えていたのだろう。生活臭のしない布地は清潔な匂いだ。横たわると、ダブルガーゼのタオルケットがかけられた。

「ともよ……」

温かい飲み物を作ってくると言われ、腕を摑んだ。実際は宙を掻いただけだ。

知世が残り、岡村が代わって部屋を出ていく。

「佐和紀さん……。どこか痛みますか？　必要なら救急車を呼びます」

「……ダメだ」

保険証はあるが、書類と実際の性別が違う。戸籍上は女になっているから、救急病院へ行くのはトラブルの元だ。

「すぐに落ち着く」

そう言って、手を握ってくれるように頼む。まだ若い知世の手のひらは子どものようで、佐和紀の胸の奥はまた締めつけられる。

涙が溢れ、枕が濡れる。

「本当は、捨てておけないんですね」

静かな知世の声が、無音の部屋に響く。

「約束を、果たしたいんですか」

「子どもだった。……仕方がなかったんだ」

言い訳が胸を焦がし、佐和紀は顔を枕に押しつけた。知世の両手が、佐和紀の手をぎゅっと握って包む。それだけがいま、あやうく自分を繋いでいると佐和紀は思った。

周平を思い出そうとすると、直登の顔になり、そして、直登の兄・大志の顔になる。

記憶を取り戻し、混乱していたのだと佐和紀は悟った。それを、いつものくせで『ない』ことにした。思い出したことを忘れることは、たやすい。

佐和紀は、それができる。

しかし、直登を目の前にしては困難だ。佐和紀の中に残った傷も深い。

「……そう、ですね」

知世の声が震えて聞こえる。

「佐和紀さん、そうです。仕方がないことだって、あるんです」

知世の腕が肩に回り、横たわった身体の上に、確かな重みが覆いかぶさる。泣いているのがわかった。同じように震えて、静かな涙を流しながら息を揺らす。

佐和紀は嗚咽《おえつ》の声をこらえ、知世は声もなく涙を流す。もらい泣きなのか、それとも自分の人生を重ねているのか。

「岩下さんが、理由なんですか」

ひとしきり泣いたあとで、知世は鼻をすすりながらベッドのそばに膝をついた。

直登を振り切らなければならない理由の話だ。どれほど後悔しても、周平には代えられない。

「……比べものには、ならない」

佐和紀の答えを聞いて、知世は素直にこくんとうなずく。

「知世は、誰といたい……」

枕に頬を押し当てた佐和紀の問いに、知世の顔が歪んだ。眉をひそめた表情ではない。ぐちゃりとつぶれるように見え、佐和紀は驚く。

はっと息を呑む間に、知世の顔は美しさを取り戻す。見間違いかとまばたきを繰り返しながら、さらに問いかけた。

「シンか？　あいつのものになったら、兄貴を……」

捨てられるのかとは言えなかった。その言葉は、いまの佐和紀には重すぎる。

「……たった一度のセックスで世界が変わるとは思ってません。あの人は、あなたが好きなんです。そんな人と寝たところで、なにも変わらない。俺は……、岡村さんとの関係にだけは、がっかりしたくないんです」

「……ごめん」

わかったつもりになっていた自分が恥ずかしくなる。たかがセックスだが、その一方で、肉体の繫がりはやはり特別な意味を伴う。

「いいんです。佐和紀さんと岩下さんの関係を知ったから、だから、わかったんです。それまでは、一度でいいからって思ってました。でも、もしもたった一度があるなら、それは、俺とあの人だけの、たった一度であって欲しい」

それはきっと、岡村が佐和紀を好きなままだとしても、だ。

知世は強い。その強さが兄を依存させる。それを、振り切れないで生きてきたのだ。強いから、受け止めてしまう。

ままならない人生が、年下の青年の心にも巣喰《すく》っている。

岡村の呼ぶ声がして、知世が立ちあがる。佐和紀は自分から手を離した。

ふたりが戻ってきて、佐和紀は助けられながらゆっくりと上半身を起こす。クッションが積み重ねられ、背中を預けた。

「ホットミルクにしました。はちみつで甘くしてあります。飲めそうですか」

「うん……」

「手伝いましょうか」

知世のほうがいいかと気遣う岡村が、隣に腰かける。片方の手で肩を抱かれ、落とさないようにもう片方の手がマグカップを摑んだ。佐和紀は指先を添えるだけだ。

そばで控える知世へちらりと視線を向ける。若い男は、ひょいと肩をすくめた。

「こんなことで妬《や》いたりしません。俺は、佐和紀さんのことも好きです」

反対側へ回り、ベッドを這って、ぴったりと寄り添ってくる。子猫のように温かい。

「シン。あの男のことは、知世に聞いてくれ」

はちみつの香りは、精神安定剤のように佐和紀の心へ効いた。

「詳しい話は、今度する……」

「わかりました」

「おまえ、俺が泊まると思って、これ、用意してたのか」

知世の着ている服は大きめだが、佐和紀のものはぴったりだ。

「俺の使い古しを貸すわけにはいかないので」

「……置いてたわけだ」

「夢を見る権利は誰にでもあるんです」

このマンションには何度か来たことがある。佐和紀ひとりではなく、三井や知世が一緒のときだ。

「……見るな、とは言わないでください」

岡村は静かに笑う。佐和紀はホットミルクをゆっくりとすすった。佐和紀好みの、強い甘さだ。

涙がまた込みあげてきて、強くまぶたを閉じた。

いま、捨てられないのは周平との暮らしだけではない。岡村も知世も三井も、佐和紀にとっては家族だ。

いつか、大志と一緒に作れたらいいと夢見ていた。決して傷つけ合わない『家族』だ。

あの日壊れた夢は佐和紀の中に存在し続けている。

しかしそれは、大志と直登を切り捨てて、抱いた夢だ。

大志が佐和紀を求めたようには求められず、直登のことも自分を守ろうとする以上には守れなかった。

傷は胸に残っている。この傷を癒《い》やせるのは、間違いを犯した自分だけだ。そう、わかっていた。

佐和紀はまた、目をそらす。

長く封印して、忘却のかなたにあった記憶だ。

大志が生き残れない子どもだと知っていたし、直登もおそらくそうだと思っていた。だから、これきり忘れようと思えたのだ。そういう残酷さが、佐和紀の中にはある。

「あなたが正しいと思うことがすべてです」

肩を抱く岡村の手に、力はこもらない。

ほんのわずかな力の加減で、壊れてしまう関係だ。はかなさを知っていて、岡村はいつも慎重に近づいてくる。壊れそうなものを決して壊さず、いまもまた、優しい熱がひっそりと肩に寄り添う。

「……シン。俺たちはみんな、自分の欲だけが正義だ」

涙はもうない。佐和紀は身をよじった。

いまだけ、柔らかなニット地に包まれた岡村の肩へ額を預けた。

なにもかもが繰り言になり、佐和紀は落ち着かない気分のままで目を閉じる。周平とは違う匂いのする身体に、心はいつまでもざわついていた。

＊＊＊

話があると、岡村に呼び出された周平は、久しぶりにデートクラブのオフィスへ顔を出していた。通された場所は応接室だ。

自分が呼び出されると不思議な感じがする。

支配人の北見《きたみ》とそんな話をして待っていると、知世を連れた岡村が入ってきた。高級感漂うスーツがピシリと決まり、ネクタイの色合わせにもセンスがある。

佐和紀の見立てだ。周平には一目でわかってしまう。

佐和紀には理想とする男の姿があり、そこへ合わせていく傾向がある。もちろん、相手のこともよく見ているが、見ているだけに格好がつきすぎるのだ。

旦那である自分以外には発揮しなくてもいい特技だと思いながら、北見を見送った。岡村と知世が、周平の前に腰かける。

「話があるのは、知世なんですが」

岡村が切り出した。隣に座った知世は緊張した面持ちで頭をさげる。

若さが透き通るような青年だ。背格好が佐和紀に似ているだけでなく、繊細な顔立ちに隠された意志の強さが二重写しに見える。二十歳《はたち》の頃の佐和紀を想像して、周平はソファの肘置きに腕を休ませた。

実際の佐和紀はこんなふうではなかったと思う。いまの佐和紀の印象が知世と似通っているだけで、時計の針を巻き戻せば、まったく違う男がそこにいるだろう。佐和紀は佐和紀だ。

そして、知世も知世でしかない。

「……兄の、ことで……」

周平が見つめると、知世はいつでも視線を泳がせる。いまもおどおどとうつむき、膝の上で指を震わせていた。

それでも周平は、にこりともしない。

デートクラブに雇ってくれとやってきて、そのまま佐和紀の世話係に収まった彼が、清廉潔白で裏のない人間だとは思えなかったからだ。

どこまで自分をさらすつもりかと、見透かしてやるつもりで睨み据える。

やはり知世は、怯え切って息を詰まらせた。

「補佐……。どうぞ、もう少し」

見かねた岡村が間に入ったが、周平は何食わぬ顔で肘置きをタッピングした。その指の動きを、知世はじっと目で追う。

「兄貴に渡す金はどこで作ってる。佐和紀に言えない状態なら、早めに対処しろよ」

話の糸口を作ってやると、知世はくちびるをぎゅっと引き結んだ。

「ご迷惑をおかけして、申し訳ありません」

「自分じゃ対応できなくなった、ってことか」

岡村に視線を向けたが、まだなにも聞いていないらしく、首を左右に振る。知世が続けて口を開いた。

「兄の嫁には、いただいている小遣いから金を渡しています。子どものおむつも買えないと言うので。……それが兄には不満で……、嫁に渡した金額よりも大きくないと……。それで、仕方なく」

「売春してるのか。相手は？」

「兄の友人や、裏風俗の頃の顧客で」

岡村もさすがに驚いたのだろう。一瞬だけ目を見開き、額を押さえて長いため息をつく。

「……まずは病院だな。ここでもいい。性病の検査を受けろ。それから……」

周平は短い息をついた。惚れている岡村を隣にしてよく言い出せたと思ったが、

「やめる気はありません」

はっきりと言われて、意味がわからなくなる。思わず睨みつけたが、目が合ったときのようにはうつむかなかった。

「定期的な検査を、ここで受けさせてもらいたいです」

「知世」

岡村に肩を摑まれ、静かに振り向いた。片方の手は、ソファの肘掛けをぎゅっと強く握りしめている。

「男が欲しいわけじゃないよな」

周平が声をかけると、知世は視線を戻した。岡村の手も離れる。

「理由を話しに来たんだろう。聞いてやる」

「ありがとうございます。……単刀直入に言わせてください。兄が新しく知り合った人間の中にあの女がいます。『由紀子』です。顔は見てません。俺が相手をした兄の友人から聞きました。肉体関係があると思います」

「……手を引け」

「引きません」

首を振って拒む。その肩を、岡村がもう一度引いたが、今度は振り払うように身をよじった。

「誰かが犠牲にならなければ、気の済まない女なんですよね？　もしも俺が逃げ切ったら、次は誰になるのか、岩下さんなら知っていると思って、今日は来たんです」

「知世。やめろ」

岡村が声をかける。

「言うことを聞け」

止められたが、知世はまた激しくかぶりを振った。

「このために、俺を引き入れたんじゃないんですか！」

叫んだ声に、岡村の表情が歪んだ。

「佐和紀さんは傷つくかもしれない。だけど……」

ぐっと唇を噛みしめ、知世はぶるぶると震えた。それをじっと見つめ、周平は口を開く。

「佐和紀は傷つく。おまえのために、めいっぱいに怒る」

冷静な声で言うと、知世はまっすぐに見つめ返してくる。決意で目を血走らせていた。

そこにあるのは、感傷的な自己犠牲とは異なる決意だ。

口に出してはいけない望みが、知世の中にはある。それは兄の破滅だろう。しかし、家族に忠誠を誓ってきた知世だからこそ、家族には歯向かえない。そうなるように、抑圧されて育ってきたのだ。

だから、誰かがそうしてくれることを願っている。

家族をバラバラに解体して、そして、それぞれが救われることを。

「おまえ、兄貴に言われて、うちに来たんだな」

「病気になったりケガをしたりすれば、客が取れなくなります。だから、質《たち》のいいヤクザの愛人になれと」

「それで、ターゲットを岡村にしたわけか」

「……あなたですよ」

知世は視線をそらして言った。

「兄はバカだから、なにも知らないんです。男を嫁にもらうような男なら、愛人を欲しがるって。嫁なんて、いつでもヤレる家政婦だと思っている人ですから」

「兄貴の嫁は、そんな扱いで平気なのか」

「平気じゃない。でも、逃がしてやったところで行くあてはないんです。一度、遠くの友人に預けましたが、すぐに親が探し出して……。本当に、引きずって連れてきました。あの人も俺も、兄からずいぶんと殴られて。それで、もう逃げるのは嫌だと……。頑張っていれば優しいんだって言いますよ。だから、俺に金をもらうことは当然の権利だと思ってる。……まぁ、兄の世話をしてもらってますから」

思うより悲惨な家庭環境だ。

しかし、女衒《ぜげん》だった頃にはいくらも聞いた。身内に虐げられるより、優しい不特定多数に抱かれているほうが楽だと言う女もざらにいる。そうやって歪んだ心は元に戻らず、違法薬物へ逃げないようにコントロールすることは難しかった。

「岡村さんへの、俺の気持ちは……」

そう言って、知世はうなだれながら首を振る。

「好きってどういうことなのか、よくわかりません。抱かれたいと思ってました。でも、佐和紀さんから何度も言われているうちに、俺は……、絶対に抱いてくれない人がいいんだって、そう思うようになって」

岡村を見あげて、細く笑い、またすぐにうつむく。

「いままで、それなりにセックスを愉しんできたつもりでした。でも、むなしいことだったと、いまはわかります。わかることができたことが、俺は……」

知世の涙が、ぽたぽたと足元へ落ちる。

岡村がハンカチを差し出したが受け取らず、自分のポケットを探った。取り出したのは、グリーンの縁取りの柔らかそうなハンカチだ。

周平と買い物へ出かけた佐和紀が、知世のために買った数枚のうちの一枚だろう。いつでも佐和紀のためにハンカチ数枚とティッシュを携帯している。その律義さが好きだと、佐和紀は無邪気に笑っていた。

そのハンカチを、知世は両手でぎゅっと握りしめる。

周平は、無駄だと知りつつも問いかけた。

「おまえを由紀子から守ることもできる。誰も傷つかずに済む方法もある」

だが、知世は拒んだ。

「兄が俺にすることを、止めないで欲しいんです。それだけでも、お願いしたいんです」

「自分の周りの誰かを傷つけたとなれば、佐和紀は由紀子を許さない、それがおまえの望みか」

「それは、あの女が噛んでいたとわかった場合です。これは俺と兄の問題でもある。もしバレなければ、あの女のことは隠し通してください」

「バレたときはどうする」

「……それは、佐和紀さんが決めることだと思います」

うつろな目を向けてきた知世は、周平に心を読まれることを恐れていない。

抱えた秘密を明かしたいいま、怯える必要はないのだろう。知世の瞳には、周平の知らない佐和紀が映っている。

だから、周平には、知世の思惑が読めた。

なにも言わずにいることもできたのだ。知世が自分のためだけを考えたなら、もっと身勝手に行動したのなら。

それをせず、手の内を見せたのは、知世が心底から佐和紀を慕っている証拠だ。

周平たちにはそれを知っていて欲しいのだろう。

つまり、佐和紀はもう以前とは違っているのだ。年上の男たちから愛玩《あいがん》対象とされる暴れ者ではなく、知世たちの世代が憧《あこが》れを寄せる開拓者へと存在を変えつつある。

だから知世は、佐和紀の力を借りて救われるのではなく、佐和紀と同じように強い意志を持って自分自身を救おうとしているのだ。

結果として佐和紀が動くのなら、年長者が口や手を出すことではないと、差し出がましいのも承知で釘を刺している。

若い人間らしい考え方だ。一本気で向こう見ずで、理想が燃えている。

周平が不理解を示せば、容赦なく見下してくるだろう。その程度の男だとジャッジされたら、もう二度と心を開くことはない。

若い世代はいつだって不躾《ぶしつけ》だ。若さの中にある野心がそうさせることは、周平自身にも覚えがある。

「おまえの望みはわかった。話してくれたことにも感謝する。シン、おまえは知世に協力してやれ」

岡村は答えなかった。不満のある視線を返され、周平は知世だけを応接室の外へ出した。

「手を尽くせば、回避できます」

岡村は身を乗り出す。正論だ。まっとうな意見でもある。

「知世の兄貴を消して、由紀子を捕獲するか？」

ソファにもたれて足を組んだ周平は、背もたれに腕を伸ばした。

「できなくはないな。でも、知世が望んでいることは、そんなことじゃなかっただろう」

「そこまで知世の肩を持つとは思いませんでした」

「若い男に目移りしてるとでも言いたいのか」

鼻で笑ってやると、岡村が深いため息をついた。

周平はなおも問いかける。

「俺たちが壱羽組の跡取りを消せるか？」

どこに頼んでも噂は流れる。知世がいなくなるのとは話が違う。

壱羽組は弱小だが、上部組織が黙っていないだろう。大滝組は大きな組織である分、幹部クラスのつばぜり合いが激しい。それをうまくなだめて回るのが、若頭補佐として渉外にあたっている周平の仕事でもあった。

大滝組直系本家が手を出したとなれば、難癖をつけてくる可能性もある。

「あいつの兄貴はそこまで考えて、弟をいたぶってる。由紀子にそそのかされて、なおさら気持ちよくなってるんだろう。そういうのが、あの女は大好きなんだ」

「佐和紀さんが目的じゃないんですか」

「あいつが人を陥れるのは、自分の快楽のためだ。俺のことも、佐和紀のことも、それほど固執してないはずだ。手ごろな人間がいなくなって、刺激に飢えたときに寄ってくる。それだけだ。いままでもそうだった。……由紀子にはもう、たいした力はない。桜川との離婚は、あいつの誤算だ」

「あの女は、どうにもわかりません」

「わからないのが、あの女だ。人間だと思うな」

追い込みは始まっている。由紀子を匿う満亀組は関西情勢の中核にいるが、高山組の分裂を控え、桜河会への影響力を持たない由紀子を持て余し始めるだろう。

ただの美しい女なら、歳《とし》を重ねても価値はある。だが、あれは人間の皮をかぶった化け物だ。人を騙す狐狸《こり》の類《たぐい》よりたちが悪い。

だから、本郷《ほんごう》をつけて関西から追い出したのだ。知世の兄に目をつけたのは、もちろん、知世が世話係のひとりであると知ってのことだろう。由紀子が隠れているのは、佐和紀を精神的に痛めつけるために、いまはまだじわじわと知世をいたぶっている最中だからだ。

なにも知らない佐和紀が味わうであろう屈辱と苦痛を想像して、ほくそ笑んでいるに違いない。

そう話すと、岡村は身を屈めるようにして手を組み合わせた。深く考え込ませる前に、話を続ける。

「シン。佐和紀を守るのはもちろん大事だ。でも、壱羽組に手を出せば、北関東の幹部が黙っていない。大滝組直系本家を揺らすことはできない。……嫁と組織と、どっちが大事か、聞きたいなら聞いてもいいぞ」

「比べられないことは知っています。でも、最悪、佐和紀さんは飛び出しますよ」

佐和紀は直情的だ。由紀子絡みで知世が傷ついたと知ったとき、あとさきのことを考えられるとは思えない。

周平や岡村への信頼がそうさせる。尻拭いはしてやれるが、限度もある。

「佐和紀はもともと、そういう人間だ。あいつは俺の添えものじゃない。嫁なんかにもらってしまって、悪かったと思うこともある。俺がどう扱っても、周りは嫁だからとそれなりの責任を押しつけるだろう。俺にも、旦那なのにと言ってくる。そんなものは言いがかりだ。あいつと俺が、夫婦ごっこでふざけてるのとは意味が違うだろう」

佐和紀と周平は、別々の人間だ。都合のいいときだけ混同されても困る。

もしも佐和紀が報復に飛び出していくのなら、行動には正当性を付加してやらなければならない。それだけのことだ。止める気はない。

察した岡村は真剣な顔つきになった。

「……だからって、佐和紀さんと由紀子の直接対決は、望んでいませんよね？　確認しておきたいんです。壱羽組の兄弟ゲンカで済めばいいですが、こじれたときは、そうなりませんか」

知世の思惑はわかるようでいて、あいまいなままだ。本人も口にしなかったし、周平も問わなかった。

由紀子を泳がせ、兄の自滅を狙っているのかもしれないが、自分が巻き込まれることで佐和紀を引っ張り出そうともしている。

知世は、それを自分のためではなく、佐和紀自身のためだと思っているのだ。知世にとって佐和紀は、旦那の横で微笑んでいるだけの優雅な嫁ではない。

周平も同じ気持ちだ。

もうじき大滝組から退く身としては、『若頭補佐の嫁』という看板をはずして、佐和紀自身を独り立ちさせたい。

目の前の石につまずくのがかわいそうでも、小石を拾って回ることには限界がある。これからは、佐和紀自身が気づき、周りに命じて取りのぞかせなければならない。

しかし、由紀子のことは別だ。あの女については周平と京子に責任と決定権がある。

由紀子を追い詰めるために佐和紀を利用してきた京子も、理解しているはずだ。佐和紀の将来のためにも、あの女の最終的な始末には関わらせない。

岡村をじっと見つめ、周平は静かに命じる。

「いざとなれば、おまえが殺《や》れ。あいつはダメだ。ひとりも殺らせるな」

「わかりました」

間髪入れず、岡村は即答で請け負った。

佐和紀の手は、きれいなままがいい。人の上に立つ身だから、汚れるときは相手を吟味しなければ、格がさがる。

「あとは、おまえと佐和紀の問題だ。俺がおまえに命令することは、もう、ない。いままでよくやってくれた」

「本当に、お役御免なんですか」

岡村はなにかを悟ったように姿勢を正した。

西の一大組織・高山組が分裂したとき、その余波は必ずくる。大きく揺れる組織を頑強にするのなら、一本柱を若返らせて立て直すという荒療治も有効な手立てだ。

大滝組にも、それは言える。つまり、組長の代替わりだが、おいそれと口にできることではない。

「もうアニキなんて呼ばなくてもいい」

周平は話をそらさずに答えた。

「……由紀子は、あなたにこだわっているんだと思っていました」

「愛なんてものは、まやかしなんだよ、シン。いつか話したかもしれないけどな。俺と由紀子の間にあった『愛情』は『奪い合うこと』だ。あいつが俺を転落した無様な男にするのか、俺があいつを、器の中で腐っていくだけの女にするのか。そういうつぶし合いだ。そこにセックスがあるだけで、きれい見えるなら、おめでたい話だろう。……佐和紀は、少し、そう思ってるかもしれないな。たぶん、佐和紀の過去が重いからだ。愛情がそこにあれば、人間の罪深さが救われると思ってるんだろう。思い当たる節があるか？」

「西本直登のことですか。知ってるんですね」

岡村はほんのわずかに眉をひそめる。

「どうしていつも、知っていて、なにもせずにいられるんですか。今度のこともそうだ。知世の好きにさせたら、佐和紀さんが傷つくことも知っている。……そもそも、佐和紀さんに由紀子を引き合わせたこと自体が……」

「それが巡り合わせなんだろう。佐和紀との生活のためになら、誰を犠牲にしても俺は平気だ。でも、佐和紀は、やっぱり傷つく。俺だけがあいつのすべてじゃない。それを受け入れられないようじゃ、俺が一番の邪魔者になるだけだ。『好いて添えない』。そんなふたりにだけはなりたくない」

脳裏にさまざまな人の顔が浮かぶ。京子と昌也。妙子と大滝組長。ほかにも何人も見てきた。

美園と真幸だって、そうなる運命を抱えていたのだ。

恋に落ちることは簡単でも、愛情を分かち続けることは難しい。ましてや一生を添い遂げるなんて至難の業だ。

関係を惰性で続けることは、愛を持続させるより簡単だが、不平不満が増えて心が腐る。

「この世界にいる限り、佐和紀が傷つかない未来なんてないだろう。あいつは人よりも多くを愛するから、人生の悲しい場面をこれからたくさん見ることになる。佐和紀が傷つけてしまう相手だっているはずだ。……おまえとか、な」

苦笑を向けて、周平は眼鏡を押しあげた。

「それでも、生きていくのがいい。なにをしたって世間の毒にしかならない俺たちでも、人間である限りは、もがいてもがいて、ほんの少しの幸福のために戦いたいと思うだろう？」

「……はい」

「必ずしも最短距離であるとは限らない。そうである必要もないだろう。知世を守って、なにもさせず自由にしてやることはできる。でも、あいつが乗り越えようとする道筋にケチはつけられない。それが、兄弟同士の殺し合いでも、だ」

周平は短く息を吐き出した。足の上で手指を組み合わせる。

「佐和紀が引っ張り出されても、それがあいつ自身の望みなら、俺は知世に頼まれた通りに見て見ぬふりをする。これは佐和紀と知世の間のことだ。そこにまで嫉妬するぐらいなら、佐和紀を野放しにはしない。……シン。おまえが口出しをして、あとをすべてフォローしてやれるか？　それが佐和紀のためになると思うか？　赤ん坊のケツを拭いて回る母親じゃないんだ。……おまえもタカシもタモツも、這いずり回るほどの苦労をしただろう」

させたのは周平だ。ときに泣き喚《わめ》かせて、逃げ出そうとするのを引きずり戻し、現実の泥に沈んでもがくのを非情に踏みつけもした。

佐和紀に対してそこまでするつもりはないが、苦労もせずにやり過ごしても、あとで必ず大きな揺り返しがやってくる。

「おまえたちが必死に摑んだ藁《わら》が、おまえたちの人生だろう。そう思わないか。……藁に引っかかっていた種が芽吹いて初めて、そこに種があったと気づく。花になって、実がなって、初めてそんなものだとわかる。それが人間の可能性だ。ヤクザにも、チンピラにも、どんなクズにも、そういう可能性はあっていい。……おまえもこれから人を育てることになるだろう。生きる楽しさを分かち合うことだけは忘れるな。それが、同じ釜《かま》の飯を食うってことだ。……これは佐和紀の受け売りだけどな」

笑いながら、周平は静かに目を閉じた。

知世をかわいそうに思う。どこか遠くへ逃げれば、自分だけは助かるのに、ケジメをつけずにいられない、若い正義感と恨みの深さに同情する。

それでも手は出さない。人を泥から救いあげるとき、周平だって傷を負う。そんなことはもう避けたい年齢になった。三井と岡村と石垣。その三人だけでも、いっそ殺してしまいたいぐらい大変だったのだ。

他人の人生に責任を持つことは、簡単じゃない。

「佐和紀は、人の心を守ってやれる人間だと思う。……その可能性を、俺の自己中心的な孤独の埋め合わせにはできない」

「損な性分ですよね、アニキは」

愛すれば愛するほど、相手の才能を無視できない。

「こういうめんどくさい男が、佐和紀の好みなんだ」

「……知ってます」

愁いを帯びて微笑む岡村は、大人の男の顔をする。

深く傷つき、そしてあきらめの中から答えを見つけた、生還者の悟りだ。

それから、遠くを見つめ、ぼんやりとして言った。

「俺、あの頃のことは、思い出したくないです」

「タカシもそう言うよな。タモツは、平気だっただろ。あいつは昔から筋が通ってたんだ。ただ、人生に腐ってただけで。ほんと、顔の形が分からなくなるぐらい殴ってやったからな。結局はいい面構えになった」

「……夫婦って、似ますよね」

岡村がぐったりとうなだれる。

「ザーメン、飲み合ってるからな」

「もうちょっと、言い方を考えてください」

「知るか。知世を呼んでこい。食事でも行こう」

「かわいそうじゃないですか。かまわないでやってください」

昔と変わらない軽口を叩き合って、立ちあがった。

「おまえ、佐和紀をいつも買い物に付き合わせてるのか」

背中に嫌味を投げつけると、その肩が笑って揺れる。

「佐和紀さんの楽しみなんですよ」

「人妻ってのはいい響きだからな……」

ふたりはドアへと向かって歩いた。

＊＊＊

シフトレバーを扱う周平の手元を見るのが、佐和紀は好きだった。

右手で軽く握り、ニュートラルから真上の一速へ手首で入れる。手を返すように引き戻して二速。そして三速。スピードに乗れば、四速から右へ押したまま五速へ。エンジンは軽快に回り、青いカブリオレは快走する。

ほんの少し、夜の仕草を思い出させる艶めかしさがあり、五速に入れて離した手に指を握られると、佐和紀の心臓はエンジンよりも激しく脈打つ。

結婚する前は頻繁に買い替えていたというスポーツカーは、ずっとそのままの車種だ。跳ね馬のエンブレムを見るたび、周平は意味ありげに笑う。

じゃじゃ馬なのは百も承知だ。少しは大人になろうと努力を続け、なんとか周平の隣にいても遜色《そんしょく》なくなってきたと思えるまでになった。

横須賀の海沿いをドライブしながら向かったのは、母親と暮らしていたアパートの跡地だ。初めて周平と訪れたのは、結婚一年目の冬だった。大滝組長と松浦組長から離婚を迫られ、ふたりして反発していた頃だ。

周平と交わした会話も思い出せず、人の記憶の頼りなさに佐和紀は目を細める。すでに新しいアパートが建ち、干してある洗濯物が眩しい夏の日差しと海風に揺れていた。

「気になることでもあったのか」

周平が隣に並ぶ。佐和紀は静かにかぶりを振った。

「見ておきたかったんだ。どんな景色になったのか」

いまはもう貧乏アパートではない。ありきたりな男女が肩を寄せ合い、幸せな家庭を築こうと努力している場所だ。かすかに赤ん坊の泣き声が聞こえ、佐和紀はさっさと踵を返して車へ戻る。

「もういいのか」

「いいよ。もう、いい」

いつものように、周平は多くを聞かない。車は走り出し、広い坂道をくだっていく。

海沿いに走り続け、佐和紀は思いつきで海岸へ行こうと声をかけた。

マリーナを抜けると民家も途切れ、雑木林の脇を抜けた先に白砂の海岸があった。

平日で人は少ないが、海水客が遊んでいる。

記憶通りの美しい海は遠浅だ。入り江の端は、こんもりと松の木が茂り、木造の灯台が埋もれるように建っていた。

整備されてはいたが、基本的になにも変わっていない。雰囲気は昔のままだ。

「ここには何回か、来た。たぶん、祖母とその恋人と」

ぐるりと見渡して、それから周平を見る。

「ここね、処刑場なんだって。だから、開発されなかったたって言ってたな」

「そんなこと聞かされて怖くなかったのか」

「……そういう怖さを感じないいんだ」

海風が凪《な》いでいる。日差しだけがきつく、肌を刺すようだ。

佐和紀は浴衣の袖を摑んで周平のそばへ寄った。

「思い出した。いろいろと」

「少しずつ話してくれればいい」

「……周平は優しいよな」

「ダメか？」

眼鏡越しの微笑みは、腰にくるほどの威力がある。眼鏡をはずされたら大変なことになると、想像するだけで胸の奥がざわめく。

欲情よりもむしろ、ときめく恋情に揺さぶられ、周平の顔を覗き込むようにして笑いかける。

「ダメじゃない。でも、俺は、いつも誰かを傷つけてる……。知世を傷つけた」

「からかいすぎただけだろう」

「あいつにとってセックスがどんなものなのか、考えればわかったのに……。俺、無神経なんだろうな。軽い気持ちで、シンとのことを口に出しちゃうんだ」

「先回りすれば傷つけないわけじゃない。うわべだけの付き合いになるだけだ」

周平の手が背中へ回る。晴れた海の向こうには半島が見えた。

「優しいだけの関係は、それ以上がない」

周平に言われ、佐和紀は頬を膨らませた。

「おまえのこと、優しいって言ったばっかりなのに」

軽く睨むと、笑いながら抱き寄せられる。海水浴の客は遠く、見られる心配はしなかった。佐和紀は遠慮なく腕に手を添わせる。指が絡んだ。

「周平。俺は、おまえを傷つけてるだろ。踏み込むべきじゃないところを荒らして……。おまえのためだって思ってきたけど」

「わからなくなったのか」

「我慢させてるだけだったら、本当にごめん」

「俺が不幸に見えるなら、いくらでも謝ってくれ。だけど、俺を幸せな男だと思うなら、もうなにも言うな」

佐和紀は口をつぐんだ。周平の息が耳元にかかり、震えそうな身体がしっかりと支えられている。

「昔ね、周平。向こう側へ行ってみたかった。千葉県だろ。でも、橋はないし、泳いでも渡れない」

「渡ってどうするつもりだったんだ」

「知らない国があると、思ってたのかな」

照れて笑うと、周平はパッと離れた。手首をぐっと引かれる。

「向こう側へ連れていってやる。海を越えて」

「え？　クルーザー？」

目を丸くした佐和紀は、おもしろがっている周平にぐいぐいと引っ張られた。

車へ戻り、周平が向かったのは、フェリー乗り場だ。三浦半島の久里浜《くりはま》港と房総半島の金谷《かなや》港を結ぶカーフェリーに車ごと乗せて、周平はカブリオレの幌を閉めた。

展望のいいデッキへ出ると、やがて船が港を離れた。

「あんなところだったんだな」

暮らしていた町は見えないが、パノラマの景色が少しずつ遠のいていく。

山と海、そして船と波音の町だ。

「……こんな方法があるなんてさ。知らなかったな」

風に髪をさらしながら言うと、ジャケットをなびかせた周平はうなずいた。

「方法を知らない人間は損をする。だから人間は学ぶんだ。知らなくていいことを知っても、閉塞《へいそく》感に息をひそめて生きるよりは、よっぽどいい。……だいたい、人間には忘れる能力が備わってるだろ？　そういうことなんだ」

胸がチクリと刺された。佐和紀を傷つけるつもりがないことは知っている。わかっている。けれど、抱えている秘密が、じくじくと痛んだ。

忘れてしまえばいい。

あの日の罪も、約束も。言い訳ならいくつでも用意できる。

いまの幸福のために忘れることは、悪いことではない。

そう思えるのに、胸はきしむ。はためく袖を帯に押し込んだ佐和紀は、剝き出しになった腕で周平のジャケットを摑んだ。

日差しが眩しくて周平が見えない。光のガラスが目に飛び込んだように痛み、ぎゅっとまぶたを閉じた。

黙っているのは、もう限界だ。沸き起こった衝動に突き動かされ、そのまま、腕の中へ飛び込む。

声が喉で詰まり、嗚咽に変わる。

「……友だちが、死んだ。俺が見捨てた男だ。十五年。十五年も無駄にして……っ」

涙は出なかった。声が喉に詰まって、みっともなくかすれていく。

佐和紀を抱き留めた周平は身体をぶつけた衝撃に片足をずらし、その場に踏ん張った。

そして背中を抱き、浴衣を優しく撫でさする。耳元で声がした。

「それがどうした。人は死ぬんだ」

ハッとして顔をあげると、周平は待ち構えていた。

眼鏡の奥の瞳が、佐和紀を見据える。

「自分を責めるな。死んだ人間は戻らない。それまでの苦しさを思ってどうなる。かわいそうだと泣くぐらいなら、思い出に泣いてやれよ。いい思い出だってあるだろう。どんな理由があっても、寿命がきたら人は死ぬ。おまえが見捨てたからじゃない。……俺は、おまえを待ってたんだ。名前も知らない、顔も知らない、愛し合えるかどうかもわからない、俺が全身全霊で愛するための、たったひとりの相手を待ってた。そのために犠牲になったやつがいるなら、ありがたく手を合わせる。ひどいと思うなら殴っていい。おまえの気の済むようにしろ」

「……それが、優しいって言うんだ……」

バカという言葉を飲み込んで、周平の身体にしがみつく。大志の死を、ようやく周平に言えた。安堵《あんど》感が胸に広がる。

「周平。俺がこんなにつらいのは、いまが幸せだからだ。あのとき、逃げてよかったと、心から思うからだ。そんなこと、死んだあいつには言えない」

生きるために逃げた。その先に、周平との出会いがあったのだ。

その事実を前にして、人の死を肯定する自分がいる。それを直登は許すだろうか。

許されたいと思う身勝手さを、佐和紀は憎んだ。

心が乱れ、安っぽい感傷に逃れようとする自分の内心を見つめる。

直登のことが胸に残り、いくら忘れようとしてもできなかった。佐和紀に金を握らせたとき、兄の大志はもう疲れ果てていた。どうにもならない閉塞感の中で、弟のことは頭の端にもなかっただろう。

直登は誰からも忘れられ、そして見放されてきた。

佐和紀の心は、ずっと揺れている。

揺れているということは、答えが出ているのだと知っていた。

生きていくために覚えたあきらめが、身体の内側を暗く染めていく気がして、周平にいっそうしがみつく。

バカのふりをしなければ。

目の悪いふりをしなければ。

都合の悪いことは全部、忘れてしまわなければ。

そうして、生きて、生きて、生きて。

海風の匂いがして、夏の味が胸いっぱいに広がる。

直登のことは相談できない。

誰よりも優しく、そして誰よりも察しのいい男だ。すぐに悟られてしまう。そして、傷を負わせることになる。

ふいにあご先を摑まれ、短いキスを交わす。

見つめてくる目の熱っぽさに、佐和紀は放心した。

悲しみを吸いあげるような深いキスで舌が絡む。物思いが快感に居場所を奪われる。

　佐和紀の指を摑んだ周平の手は温かく、身体の内に募った暗がりが薄れていく。

　ふたりだけに聞こえる水音がして、やがてゆっくりと身体が離れた。

「おまえが自分で決めたことには反対しない。それを忘れるな。俺は美園とは違う」

　意味を問う前に腕を引かれ、船の前部へ連れていかれる。陸地が見えてきて、周平はまた話し始めた。

「美園をかわいそうな男だと思ったんだろう？　でも、美園のために、真幸も傷ついてきた。ふたりの悲壮さを比べても仕方ない。愛し合ってるんだ。俺たち外野が理解する必要はないし、俺たちの関係を他人に理解させる必要もない」

「俺は、どこにも行かない」

「知ってるよ」

　優しく笑った周平の手が、佐和紀の頰を軽くつまんで離れる。

「なぁ、佐和紀。ひとつだけおまえに頼みがある。これから言うことだけは、俺の本当の言葉だと信じてくれ。裏はどこにもない」

「……うん」

　改まって言われると怖かった。身構えた佐和紀を覗き込み、周平が眼鏡をはずす。

　それをジャケットのポケットへしまい、佐和紀の眼鏡もはずした。蔓《つる》を指にかけたまま、顔を覗き込んでくる。ぐっと近づいてきて言った。

「俺の目を見ろ。誰が映ってる」

「……俺」

「ほかに、なにか見えるか」

「見えない」

「愛する相手を見つめたのは、おまえが最初だ。そして、最後だ。わかるか」

「わかる、よ」

しかし、なにを伝えようとしているのかは不明だ。

「俺はおまえ以外を愛したことはない。家族も、由紀子も、妙子も、そのほかの女も男も。俺の網膜は記憶しない。だから、お願いだ。二度と、俺が過去に、誰かを愛したことがある人間だと思うな。それは愛じゃない」

「……あっ」

小さく叫んで、裸眼の佐和紀は両手を伸ばした。周平の頬を両手で包み、凜々しく美しい周平の瞳を右から左、隅々まで見つめる。

愛されたときから、もう何度も覗き込んできた。揺れることのないまなざしは思慮深く、いつだって佐和紀ひとりを映してきた。

嘘も偽りも、そこにはない。佐和紀は、ずっと信じている。

だから、深くうなずいた。

「うん。わかった。ちゃんと覚えておく」

「他人との失敗の上におまえがいると、そう思われるのだけは我慢がならない」

「……ごめん」

そっと指先で頬を撫でる。周平を傷つけていた、そのことが胸に染み込み、そして甘酸っぱい感傷へ変わっていく。

「でも、情はかけたんだよな」

「そこを突くおまえが嫌だ」

周平の眉間にぐっとしわが寄り、佐和紀は笑いながら人差し指でこすった。

真実はいつだって不確かだ。答えもひとつとは限らず、人間が、その感情で選んでいく。正解なんて元から存在しない。

そうやって繰り返していく選択が、人と人との関係を作り、疑心暗鬼を消していく。

「俺だって人間だ」

周平は真面目な顔をした。

「恋愛ごっこをしているほうが、抱いたときの性的な快感が増す」

「最低ですね」

佐和紀が睨むと、顔に眼鏡を返された。周平も眼鏡をかけ直す。

なごやかで雰囲気のある仕草を見つめていた佐和紀は、ふいに思い立って周平の左手を摑んだ。揃いの結婚指輪にそっとキスをする。

「本当の、周平……か。周平もさ、子どもっぽくなったよな。初めの頃とは大違い」

「男はみんな子どもなんだろ」

「俺も男……」

「知ってるよ。……おまえのあそこも立派に成長して……」

「突き落とすぞ、エロ旦那」

言葉とは裏腹に、ふざけてしがみつく。腰を抱かれて、こすれた周平を硬く感じる。

「佐和紀。ラブホテル、行こうか」

港が見えて、船の速度が落ちていく。

どこかウキウキした声で言われたのが嬉しかった。子どもっぽく振る舞う周平も好きだ。

だから、わざとしおらしく首を振る。

「お道具はイヤ」

「嫌がることはしない。嫌がることは」

「二回言うなよ」

「じゃあ、させてくれるか。優しくするから」

「……イヤだ。おまえの優しくは、しつこくエロくって意味だし」

そして、それが嫌いじゃない。身を寄せた佐和紀はいたずらに言った。

「乳首、触らせてくれたらな～。なんでもするのにな～」

「あ、そろそろ中へ戻るか」

周平はわざとらしく身をよじる。くすぐったいと言って、どうしても触らせてくれない場所だ。

「いいじゃん。俺、上手だと思うよ。いっぱい、されてきたから。自分のテクニックだろ、確認しとけよ」

「それはまた今度にしよう。未体験のプレイも体位も、まだまだある」

「……つまんない。触りたい」

「赤ん坊みたいだな。そんなに吸いたいなら、ミルクの出るのが……」

「人の乳首は吸いまくっといて……っ！」

下ネタで返された苛立《いらだ》ちに叫んでも、周平には勝てない。それどころか、自分で言っておいて、身体がむずむずと疼いてしまう。

「見てるだけで興奮する」

顔を覗き込まれて、ツンとあごをそらす。

しかし、デッキの上で滑らないように用心するため、佐和紀は周平の腕を掴んだ。

周平の指が、肌を撫でるように触れてきて、支えられる。肩をぶつけ、笑い合って階段を下りた。

車に乗り込んで、シートベルトをつける前にしたことは、息が乱れるほど濃厚なキスだ。見つめた先に周平がいて、微笑みを返す。そうしている間は心が凪ぎ、佐和紀はすべてを忘れられた。

イン・ザ・ミラー

シートベルトをつける前に交わしたディープなキスで、お互いの欲望は収まりがつかなくなった。

フェリーから車を降ろしてすぐに電話をかけ、部屋を押さえて現地へ向かう。

横浜周辺であればラブホテルのありそうな立地もわかるが、房総半島南部では土地勘がまるでない。適当に流して探そうという悠長な気分でもなく、カーナビの示す通りに車を走らせる。

ラブホテルへ行くとわかっても、佐和紀《さわき》はなにも言わなかった。流れ去る車窓の景色に目を奪われ、ときどき空を見あげては周平《しゅうへい》を振り向く。

視線を感じる周平もまた、なにも言わなかった。手を伸ばして佐和紀の手首を摑《つか》む。手のひらを重ねて、水搔《みずか》きの部分を柔らかくこする。佐和紀は逃れるように腕を引く。

「……やらしい」

「どこが」

笑いながら引き寄せたが、振り払われてしまう。

「なんか、すごくいやらしい気分になる……」

「その欲求不満はすぐに解消しような」

「欲求不満じゃねぇもん」

ぷいっとそっぽを向く横顔がきれいだ。すっきりとした頬《ほお》のラインに目を奪われかけて、周平は運転へと意識を集中させる。

それでも、頭の中に渦を巻く欲望の景色までは消しきれない。どんな部屋があるのかと想像しながら到着すると、車を停《と》めるよりも早くエントランスから従業員が走り寄ってくる。誘導されて、奥のスペースをふたつ分使って車を停める。

周平がまず青いカブリオレから出た。オーナーから連絡を受けていたのだろう中年の男は物腰柔らかく挨拶《あいさつ》を述べ、鍵《かぎ》をふたつ差し出した。

「ディスコ調の部屋と鏡張りの部屋が人気です。どちらでも、どうぞ」

佐和紀には確認せず、一存で決める。周平が鍵を受け取ると、男性従業員は何度も頭をさげながらエントランスの中へ戻っていった。


「こんなに濡《ぬ》らして、欲求不満じゃなかったなんて、嘘《うそ》だろう？」

周平が指を動かすと、ほぐされた場所はヌチョヌチョといやらしい音を響かせる。粘り気のあるローションが内側から溢《あふ》れ出し、まるで体液で濡れているようだ。

周平の指先で前立腺《ぜんりつせん》を刺激され、仰向けに転がった佐和紀はもう二度も達していた。敏感な身体《からだ》は内側をよじらせ、本番の行為を待っている。指先がぎゅっと強く締めつけられ、周平は薄く笑いながら手首のあたりで眼鏡《めがね》を押しあげた。

「どの体位で入れられたい？　このままか、後ろからか。それとも、おまえが乗るか？」

「この、まま……」

両腕を伸ばした佐和紀の瞳《ひとみ》は淫欲に濡れている。指で念入りにいじられて身体はすっかり仕上がっていたが、求めながらも周囲を気にする余裕はまだ残されていた。

だから周平は、腕を引いた。指を抜きながら佐和紀の身体を反転させ、両手両膝《りょうひざ》をつかせる。

「前から、って言ったのに……」

非難してくる声にはかわいげがあり、周平の思惑など百も承知だと言いたげだ。答えのわかりきったやりとりに佐和紀が笑い、周平は焦げつきそうに燃え立つ心を持て余す。

「そう言うなよ。一緒に見たいだろ。挿入される瞬間の、おまえの顔……」

言いながら手を伸ばし、首筋をそっと撫《な》でて顔をあげさせる。それと同時にゆっくりと腰を進めた。

「ん……」

逃げることはしない佐和紀の声が詰まり、鏡に映った美しい顔立ちがわずかに歪《ゆが》む。

「ふと……い……」

「いつもより？」

答えた周平にもわかっていた。鏡の前でするセックスは初めてじゃない。それでも、ぐるりと鏡に囲まれた部屋は異空間だ。

バックスタイルで周平を迎え入れる佐和紀の顔も、のけぞった腰のラインも、入れ墨を背負った己の背中から臀部《でんぶ》までも一度に眺めることができる合わせ鏡だ。

佐和紀の身体が敏感に震えた。

「あ、あぁ……」

とろけた秘部が押し広げられながら周平を包み、佐和紀は艶《なま》めかしい感嘆の息をつく。それもつかの間だ。両肘《りょうひじ》を伸ばして身体を支えた体勢で、鏡越しに鋭い視線を飛ばしてくる。

「眼鏡……取れよ……っ」

「ごめんだな。見たいものは見たい」

「ヘンタイッ……。いつも見てるだろ」

「いつも見られてるのに、おまえこそ、なにが恥ずかしいんだ。教えて欲しいぐらいだな。どこが、どんなふうに……変態なのか」

ゆっくりと腰を引き、またゆっくりと差し入れる。ギチギチとした狭さはないが、濡れた肉襞《にくひだ》は太い周平にぴったりと寄り添って絡みつく。出し入れをする周平も絞られて気持ちいいが、ぎっしりと詰められてこすりあげられる佐和紀にも快感があるだろう。

肩を震わせながら息を乱し、ときどき目を細めてあごをそらす。

「卑猥《ひわい》だよな。おまえの身体はきれいだし、俺の入れ墨はエグい。ほら、俺の後ろ姿も映ってる。こんなふうにしたら、な……」

言いながら、これ見よがしに腰を振ると、佐和紀はくちびるを引き結んだ。鏡の中の周平を見つけたのだろう。喘《あえ》ぎたいのをこらえながら、普段は見ることのできない角度に目を奪われている。

「自分じゃないみたいだろ？」

佐和紀に余裕を与え、じわじわと広がる甘い快感に酔いしれる。

周平が眺めても、それは他人事《ひとごと》のような景色だ。鏡に映っている佐和紀はいつもよりも伸びやかでしなやかに見え、視点を転じれば実体が目の前にある。よく見知った姿は、鏡の中よりもあきらかに肉感を伴って魅力的だ。

わざといやらしく腰を回し、ずっくり差し込んで奥を穿《うが》つ。喘ぎをこらえていた佐和紀はやがて顔を伏せる。ちらちらと鏡の中を見た。

興奮は肌を熱く火照《ほて》らせ、声も甘くうわずっていく。

自分ではまるで気づいていないのがよかった。知らずのうちに欲情する佐和紀は屈託なく淫《みだ》らだ。腰がうねり、もっと激しさを求めてくる。

「あ、あっ……あっ……」

次第に強く突きあげ、逃げていく身体を背中から抱き寄せる。

「あっ、あぅ……っ」

「ほら、佐和紀。向こうのおまえとどっちが気持ちよさそうに見える?」

「……え?」

怪訝《けげん》そうな声で鏡を覗《のぞ》き、佐和紀はくちびるを嚙《か》んだ。ほんの一瞬の戸惑いのあとで声をかすれさせる。

「……あっち」

「そうか。じゃあ、もっとだな……」

下腹部に腕を回し、逃げられないようにして深く押し込む。そのまま腰を振ると、佐和紀の声が呻《うめ》くようにくぐもった。

深い場所を執拗《しつよう》に突き、身悶《みもだ》える腰をいっそう強く抱く。

「あ、あ、あっ……だめ、これ、だめ……っ」

だめなことはなにもない。ただ感じすぎるだけのことだ。

「きもち、いっ、から……だめ……っ」

ついに本音を漏らし、身をよじらせて泣き声を出す。猫が鳴くような細い声が喉《のど》から漏れ、ぐずる息遣いが混じる。

周平は逃がさずに腰を突き出し、汗ばんだ佐和紀の身体をさらに追い詰める。

「あ、あっ、んん、んんっ。くる……、あ、くる……」

ドライの快感が押し寄せていることは、周平を包む内壁の痙攣《けいれん》でもはっきりとわかる。一定のリズムを持ってきゅうきゅうと締まり、昂《たか》ぶりを搾られている周平も我を失いそうに快感が募っていく。

佐和紀の上半身を、抱いたまま引き起こし、淫らに揺れる佐和紀の性器を鏡に映す。前からも後ろからも、右からも左からも、周平に抱かれる佐和紀が映し出される。

喘ぐ息遣いが、鏡の中にいる佐和紀の数だけ重なるようで、周平はたまらずに佐和紀を振り向かせた。くちびるを寄せるとキスが返る。

たっぷりと舌先を絡めたあとは、身体をよじらせたまま、何度もくちびるに吸いつく佐和紀に任せた。くちびるが肌に触れると興奮する日なのだろう。幸せそうにうっとりと目を細め、何度も繰り返す。

「イかせてやろうか。佐和紀」

「……鏡の中にいる俺の数だけ、して……」

小悪魔的な戯れに、周平の心は余すことなく持っていかれてしまう。

「いいよ。全部のおまえを愛してる」

とっておきの言葉に、佐和紀の目が潤む。熟しきった快感を持て余し、けだるく息を吐いた。

そんな佐和紀を大事に抱き寄せ、そっとキスを繰り返す。周平の腰の動きの淫靡《いんび》さとはまるで裏腹の、甘く優しいキスだった。

あとがき

こんにちは、高月紅葉です。

仁義なき嫁シリーズ第二部第十一弾『遠雷編』をお届けします。シリーズ通算十七冊目となります。え、そんなに。つい、数え直してしまいました。

さて今回は、遠いところからゴロゴロと聞こえ始める不協和音の前哨戦《ぜんしょうせん》です。

本文に出てくる『チャイニーズマフィアの奇術師』というのは、『横濱三美人』に出てきたジンリーのことです。彼の催眠術にかかったことで佐和紀の心の鍵は緩み、直登の登場でついに過去の記憶が……。といっても、すっきり思い出すという感じではなく、じわじわと少しずつという感じですね。

佐和紀の過去に関しては、展開の都合上、小出しにしていたり、キャラの中で事実誤認があったりして、かなり複雑にしてあります。でも、そこは物語の主題ではないので、今後もどうぞ、周平と佐和紀が寄り添いながらがんばっていく姿を楽しんでいただけたらと思います。というのも、次回は『群青編』ですので……。

同人誌&電子書籍で先に読まれている方にはお馴染みの第二部最終巻。怒濤《どとう》の展開です。

今回の遠雷編で遠くに聞こえていた嵐の気配が、さてどうなるのか。
佐和紀の拠りどころとなるのは、自分だけを見つめている旦那の存在のはずなのですが……。（と、不穏な次回予告をしてみる）
これからも成長していく佐和紀にご期待ください。

末尾となりましたが、この本の出版に関わってくださった皆様に心からの謝意を表します。そして、仁嫁を支えてくださる皆様、ありがとうございます。本シリーズは電子書籍で発表されてから十年が経ちました。書籍化十周年は来年です。
こんなに長く、そしてたくさん書けたのは、読んでくださる皆さんがいたからこそ。心から感謝します。ありがとうございます。
そして、これからもどうぞ、応援のほど、よろしくお願いします。

高月紅葉

＊仁義なき嫁　遠雷編‥電子書籍「続・仁義なき嫁13　～遠雷編～」に加筆修正
＊イン・ザ・ミラー‥書き下ろし

ラルーナ文庫

この本を読んでのご意見・ご感想・ファンレターなどお待ちしております。〒111-0036 東京都台東区松が谷1-4-6-303 株式会社シーラボ「ラルーナ文庫編集部」気付でお送りください。

仁義《じんぎ》なき嫁《よめ》　遠雷編《えんらいへん》

2022年8月7日　第1刷発行

著　　者｜高月《こうづき》 紅葉《もみじ》
装丁・DTP｜萩原 七唱
発 行 人｜曺 仁警
発 行 所｜株式会社 シーラボ
〒111-0036　東京都台東区松が谷 1-4-6-303
電話　03-5830-3474／FAX　03-5830-3574
http://lalunabunko.com
発 売 元｜株式会社 三交社（共同出版社・流通責任出版社）
〒110-0016　東京都台東区台東 4-20-9　大仙柴田ビル 2 階
電話　03-5826-4424／FAX　03-5826-4425
印刷・製本｜中央精版印刷株式会社

ISBN978-4-8155-3272-7